大地产商

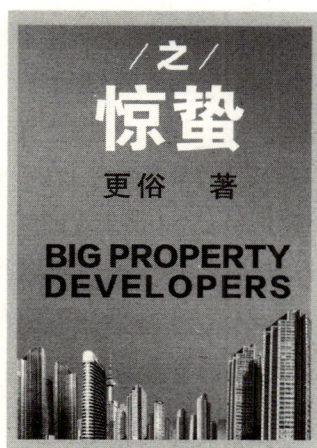

之

惊蛰

更俗 著

BIG PROPERTY DEVELOPERS

北京联合出版公司
Beijing United Publishing Co.,Ltd.

图书在版编目（CIP）数据

大地产商之惊蛰 / 更俗著． —北京：北京联合出
版公司，2017.5
ISBN 978-7-5596-0422-4

Ⅰ．①大… Ⅱ．①更… Ⅲ．①长篇小说—中国—当代
Ⅳ．①I247.5

中国版本图书馆CIP数据核字（2017）第111282号

大地产商之惊蛰

作　　者：更　俗
责任编辑：李艳芬　徐秀琴
封面设计：荆棘设计

北京联合出版公司出版
（北京市西城区德外大街83号楼9层　100088）
三河市汇鑫印务有限公司　全国新华书店经销
字数：275千字　　158毫米×230毫米 1/16　印张：20.5
2017年7月第1版　2017年7月第1次印刷
ISBN 978-7-5596-0422-4
定价：39.80元

目录

contents

第1章

秋分节气已过，中午的热浪透着明显的后劲不足。

丰逸轩新出版的《新区域经济关系》还是很有些嚼头，陈立在图书馆耗了一上午，头昏眼涩才看完几十页，此时已经饥肠辘辘。

陈立走出西墙长满荫绿爬山虎的图书馆西门，正好有一队刚结束上午军训的大一新生从眼前经过。作为中原省一等一的大学，中原大学的军训为期一个月。九月八号开始，国庆节之后还要训练一周才进行会操演练，再进入课堂学习。军训虽然辛苦，但大一新生们的脸上都洋溢着刚刚脱离残酷高考的喜悦以及对大学生活的无限向往。

看着他们稚嫩青涩的脸蛋，陈立不由想起两年前他与唐晓拿着录取通知书踏入商都市的那一刻，那时的他们也是那样的稚嫩青涩，甚至胆怯。

唐晓那张对大城市充满懵懂向往的美丽面庞不由自主地再次浮现在陈立的脑海里，陈立心里莫名一痛，没想到分手都快两年了，还会情不自禁想起两人刚进大学时的情形。他深深吸了一口气，夹起那本《新区域经济关系》往校西门走去。

"师兄，请问十一舍在哪里？"

陈立匆忙赶路，好像走得更快一些就能把唐晓那张清纯脸蛋从脑海里甩掉，没想到一个身材娇小的女孩子突然跑过来问路，他差点儿没能收住脚撞到人家身上去。

女孩子穿着略有些肥大的军训服，鹅蛋形的小脸被晒成小麦色，但透着掩饰不去的羞红。说是问路，清澈漂亮的眼睛里却有些胆怯的闪躲，旁边还有好几个女孩子朝这边抿嘴笑。

与唐晓分手之后，陈立虽在男女感情上变得迟钝，但也知道他这是被搭讪了。

"这条路走到底，右拐第三栋楼就是十一舍，小心不要把自己跑丢了！"陈立笑道。

女孩子被看破心思，小脸羞红了，心脏怦怦地要跳出来，但听到身后姐妹不加遮掩的笑，她不甘心打赌输给她们，倔强地挺起了已有些模样的胸脯，咬着粉润的嘴唇问道："师兄您能带我去吗？"

照周斌的打分标准，眼前这个女孩子绝对可以打到八十分以上，但陈立看出这几个女孩子是在拿自己开玩笑，他哪有心思跟她们玩过家家的游戏？

陈立拉住一个像是在这几个女孩子身后尾随颇久的家伙："这位小学妹想去十一舍，兄弟你应该有空的吧……"陈立不由分说将搭讪的女孩子塞给被"馅饼"砸晕的老生，抽身走了。

突如其来的状况，对他人或是一段校园爱情的开端，发展下去甚至可能成为终生回味的过往，对陈立来说，暂时还没有谁能弥补唐晓离开后的缺口。

转眼已是大三，陈立并没像其他同学那样沉迷于校园中的感情纠葛，也没有为了今后的发展而执着于考研。比起其他陷入焦虑与迷惘的同学，陈立此时过得从容而淡然。

他是个很务实的人，做着很务实的打算，惦记的也是很务实的事儿。要不是丰逸轩教授的经济学讲座实在难得，他大可去享受当小老板的逍遥日子。

这是二〇〇〇年的秋天，计算机才刚刚进入大众的视野，中原大学西门外民居杂乱的江秀街上，好几家黑网吧已经红火了有些日子了，陈立与同宿舍的周斌，就是其中一家名为新潮锐网吧的幕后老板。

在每月生活费普遍才三四百元的学生群体里，能够再拥有网吧老板的身份，无疑会让很多人眼前一亮，但对陈立来说，这只是不用慌乱考研或毫无头绪去找工作实习，可以继续从容淡定地享受大学校园的美好时光的资本而已。

说起来，成为新潮锐网吧的幕后老板，还颇有戏剧性。

三十岁刚出头的张卫东刚开办新潮锐网吧时，陈立对《暗黑破坏神》《星际争霸》等单机游戏以及刚兴起的MUD网络游戏都不怎么感兴趣，每次被周斌拉去通宵上网，除了查看各类专业资料外，就是进联众世界下几盘围棋。

张卫东对围棋的兴趣也远远超过开网吧。他有一次经过陈立的身后，自以为看到陈立下了一手臭棋，忍不住心痒就凑过来指点，待看清楚陈立在联众围棋里的排名，才知道闹了一个大笑话。

之后，张卫东要求陈立每次过来时先跟他下一盘指导棋，就可以免了陈立与周斌的上网费。三个人的关系迅速亲近起来。后来，陈立还将撕毁录取通知书到省城打工供弟妹读书的赵阳介绍到新潮锐网吧打工。

半年前，张卫东被他老子强令出国学习，接手国外的业务，一直不温不火的网吧需要转手出去。

二〇〇〇年时还没有《传奇》《奇迹》等风靡一时的大型网络游戏，所谓的MUD还只是网游的雏形，网络的专线连接速度也远不尽如人意，但专线网络费用以及江秀街的房租却不便宜，新潮锐网吧在张卫东手里也只是维持生计的水平，最后是半卖半送地将三十多台二手电脑设备、工商执照以及还剩下的大半年房租等，都打包交给了周斌、陈立、赵阳接手。

周斌是富二代，是他从家里拿出十万接手新潮锐网吧的，但他心里清楚能以这么低廉的价格接手新潮锐，完全是张卫东看陈立的面子。而他离开陈立也没有信心能将新潮锐经营好，就强拧着要陈立跟他绑到一起当新潮锐的老板。

多出的五万块钱，便算是他借给陈立的。

初当老板时还雄心勃勃的周斌，没过两天就已煎熬得嗷嗷诉苦，陈立看在眼里却也不急。

这情况陈立在接手之初就心中有数，即便他有意打磨周斌的性子，也要将新潮锐网吧理顺之后，才能当"甩手二掌柜"。

陈立用两顿烤串加啤酒找来计算机系的师兄，开发独立的计费、计时系统，除了新潮锐网吧自己使用，还顺带卖给高校附近的十几家网吧；撇开他所就读的中原大学，找到专出美女、培养幼师的晓庄师范学院学生会，将新潮锐网吧当成晓庄师范学院的勤工俭学基地，挑选青春洋溢、漂亮的小学妹过来当网管。

如此一来，每天都有两位青春靓丽的女孩子在网吧里周到热情地服务，就足以挑逗得男女生比例高达六比一的中原大学学子嗷嗷直叫了。

后期陈立又将外卖、电话卡、快餐面、饮料销售、打印等增值业务做起来，甚至还与周边的餐饮商家联系，将他们的商家广告放到网吧电脑的开机页面上。

在陈立这一系列眼花缭乱的动作施展出去后，周斌突然间发现，不温不火的新潮锐网吧，仅靠三十多台电脑，每个月竟然就有上万的净利润了……

二○○○年，中原大学的毕业生，月薪才一千刚出头，陈立已经不显山不露水地领先了一步，以他疏淡的性子，更是不急于去考虑工作或考研的事情。

他这时候从图书馆出来，摆脱搭讪的小女孩的缠绕，就是想去找上午守在新潮锐网吧的死党赵阳和周斌先吃午饭，下午再去听丰逸轩教授的一堂讲座。

这也是中原大学这时对他最大的诱惑……

骄阳当空高挂，炙热难耐熬心，秋风徐徐渐起，阵阵清凉袭人。

"鬼天气!"陈立抬头看了眼日头,快步走进学校西大门的江秀街。

熙攘的闹市将清风都挡在了街外,嘈杂的叫卖声与问询声连成了一片,让人不禁升起阵阵焦躁。

这世上所有的学校不论名气高低、环境好坏,约好了似的都有个统一的标准配备,那就是让万千学子无限吐槽的食堂。

中原大学的食堂亦不能免俗。凡事有因就有果,能够做出炒月饼这道奇葩菜式的学校食堂,反而促成了西门外江秀街的繁荣。

每到饭点儿,三五成群的学生就倾巢而出,只为吃顿可口的饭菜。这显而易见的商机便宜了校园周边的居民,守着这么一块福地,推辆三轮车上街,除去那一阵儿的忙碌,躺着就把钱挣了,谁还出去打工呢?

对面街口,已经从新潮锐网吧出来的周斌、赵阳正蹲在地上抽烟。

陈立已经看到周斌、赵阳,而周斌、赵阳的目光却在那些青春迷人的女生脸蛋上打转。陈立刚要喊周斌,一辆红色的宝马从他眼前驶过,很快就在路边停了下来,距离陈立有二十多米。

二〇〇〇年的商都市,哪怕是入门级的宝马都很罕见,这辆车显然是刚提不久的新车,连玻璃膜都还没贴,车内的一切外面看得清清楚楚。

车窗后是一张迷人的面孔,鼻子、嘴唇无一不美,二十四五岁的样子,但有些憔悴,有遮不去的淡淡眼袋,但也因此衬得她的眼睛迷离诱人。女人这时候正拉遮阳板,检视镜子里五官修饰精致的脸蛋上有无瑕疵——以周斌的标准,这张脸蛋足以打九十分。陈立心想着要不要提醒周斌、赵阳一起过来看美女。

车后排的儿童安全座椅上坐着一个粉雕玉琢的小女孩,也就两三岁的样子,正好奇地张望外面,看到陈立后天真地笑了起来,粉粉的酒窝看了让人心暖。陈立也不禁笑了起来。

少妇打开门下车,看到陈立正莫名其妙地朝这边笑,还以为自己哪里不对劲,下意识地扯了扯微皱的裙摆,遮住膝上一截丰腴美腻的腿肉,害得路人一阵暗自唏嘘。

少妇踩着高跟鞋，往陈立这边一个卖萝卜丝饼的路边摊走过来——陈立在与唐晓分手之后，自以为对美女的抵抗力已经足够强了，还是禁不住对俯着身子、胸部被蕾丝圆领衬衫衬托出完美弧形的少妇多打量了两眼。

陈立身材颀长，长相清秀，不会让任何人厌恶，但少妇似乎受够了别人这么打量她，身子往外侧了侧。陈立的注意力很快被一个到宝马车附近徘徊的中年男人吸引了过去。

可能在烈日下走了多时，中年男人皱巴巴的汗衫已被汗水浸透，贴在身上，胡楂子乱糟糟，一脸的颓态。虽然这家伙也朝美艳少妇这边望过来，但滴溜乱转的眼睛却透露着试探，同时还暗中打量旁边的路人在关注哪里。

陈立眉头一皱，心里有几分警觉，刻意在少妇身边停下来，继续打量那个可疑的中年男人。

中原是全国出名的劳务输出大省，外出务工人员极多，流动人口数量庞大导致的治安压力更是与日俱增。少妇的香奈儿挎包随身带着，此时宝马车里还有没有什么值钱的财物？是什么引起这中年男人的注意？

当中年男子的闪躲眼神多次往后座儿童座椅上的小女孩扫去，陈立心里咯噔一下：难道这人光天化日之下就敢在大学城里抢小孩儿？这他娘也太大胆了吧？

"……你的车有没有锁？"陈立伸手推了少妇肩头一把，想要提醒她，少妇却像受了惊吓，往旁边一跳。

她下意识以为陈立伸出手是要占她便宜，没有听清陈立的话，秀眉怒蹙，想要骂走这看上去长相清秀、内心龌龊的男孩子。这时候那个中年男子却一咬牙，猛地拉开车门钻进了车里。

操！绝对不正常！

"有人进你的车，你认不认识？"陈立大声问道，看到中年男子钻进驾驶位，低头似乎正摸索车钥匙的部位。

看到这一幕，陈立恨不得朝这有脸蛋却没头脑的少妇啐一口——将小孩留车上，她下来买东西，不仅车门没关严，竟然还将车钥匙留车上！

那个小女孩的笑容是那样的天真无邪，还不知道车里突然钻进一个陌生人意味着什么，不管那人是想抢车还是抢小孩，陈立都不会让他得逞，他拔腿就朝宝马车跑去。

"嗡嗡……"发动机声随即响起，少妇转头看清楚是怎么回事，魂都吓散，花容失色，发疯地大叫起来："抢车！有人抢车！宝儿，宝儿……"她发疯似的往车那里跑去，但没跑出两步高跟鞋就猛地一拐，整个人摔在路边！

陈立直接朝即将启动的宝马车侧前方扑过去，还不忘大声招呼一脸茫然的赵阳和周斌："周斌，有人抢车！"

车门没有关上，荡开很大的缝隙，而车子刚启动，速度不会立即提上来，陈立心想他还有机会将那中年男人拖下来……

可能是过于紧张，又或是没有开过豪车，宝马车刚起步居然就熄了火。这会儿陈立已经拉开车门，小半个身子探进了车里，一把抓紧了中年人的衣领，要将他直接拖下车来！

中原大学西门有无数学生、摊贩，只要将他拖下车，都不用周斌、赵阳出手，就能将这家伙打残了，陈立绝不会让他再有拧车钥匙发动车的机会。

中年男人也是没有想到车子会熄火，更没有想到会有人反应这么快。他的衣领被揪住，挣扎不开，慌乱间他抓起口袋里的折叠刀，朝外乱划过来……

◎
第1章

7

第2章

混乱中陈立来不及躲闪，胳膊被狠狠划了一刀，顿时血流如注。

蹲在街口抽着烟的周斌和赵阳，远远地看见正走过来的陈立莫名其妙就拐向了宝马车，接着便疯了似的扑进车里。小吃街人流涌动、嘈杂繁乱，陈立在喊什么，他们一点儿都没听见。

还不待他们反应过来，就见陈立半探进车里的身子趔了出来，一只胳膊也是鲜血淋漓。

"我操！"周斌还不清楚怎么回事，但看到陈立吃亏，顺手抄起路边小贩油桶火炉前用来捅炭火的实心铁钎就蹿了出去；反应稍慢的赵阳被甩在了身后。

陈立一只胳膊受伤，另一只手去抢中年男人手里的折叠刀，不让他再有行凶的机会。

中年男人也是慌乱，看到陈立不要命，一记窝心拳朝陈立胸口砸过去，慌乱中，折叠刀也没拿稳，掉到仪表盘下。

陈立多年来一直有晨跑的习惯，身体素质也不差，可毕竟不像周斌没架打就抱着沙包出气、天生好勇斗狠的料，他这会儿挨了中年男子当胸一拳，整个人直接被砸退了一步，险些栽倒在地。

陈立有一股子不服输的拗劲，他知道不能退让，让人将车劫走，麻烦就大了。他手腕扒车窗玻璃上，身子又猛地探进去，还不忘大声招呼别人过来帮忙："有人抢车，抓住抢车贼！"

看着陈立没有放弃的意思，中年男子慌乱中升起了车窗，猝不及防的陈立双臂直接被卡在了车上。

事发虽说突然，但陈立喊第一声时，旁边就有人注意到了，并围了上来，但看到车里的人突然亮出了刀子，一时间都吓住，没人再敢进一步。

疾奔而来的少妇，慌乱中一跤扑倒在地，头上的翡翠簪子跌落在地摔得粉碎。她披头散发地爬起来又扑向了车子，可惜右侧车窗紧闭，她能做的也仅是呼喊求救，疯狂地拍打车窗。

后座的小女孩被眼前的混乱吓得哇哇大哭。

"嗡嗡……"

发动机凶猛的噪声响彻街市，惊得一圈的人拥挤着躲开。

虽然有陈立在一边撕扯阻拦，中年男子在慌乱中还是把车子发动了起来，完全顾不得车窗上还卡着个人，丧心病狂地只想赶紧驾车逃走。

"我操你妈！"

身后一声暴喝，陈立下意识地侧过头，就见周斌挥舞着铁钎子捅了上来。

周斌这家伙平日里没事儿还总想寻出点事儿，眼前这状况，让他直接抄起铁钎子，从宝马车的挡风玻璃上捅了进去。

中年男人下意识地往副驾驶一闪身，方向盘向左打死，车子一下子蹿上了人行道，闷头扎进了花坛后再次熄了火。

人群中爆发出一阵惊慌的尖叫，周斌一身冷汗地愣在了当场。

霎时间的惯性停滞差点儿将陈立卡死在车窗上的手臂扯断，钻心般的疼痛，都要痛昏过去。

"插死你狗日的！"

周斌不知道陈立怎么样，看到赵阳朝陈立那边跑过去，暴跳如雷地抽出铁钎，再次朝车里的抢车贼猛插过去，绝不让他再有发动车子的机会。眼看情势不妙，抢车贼越过挡杆从副驾驶位推开车门蹿了出去。

"小刘，截住他。"

不是所有人都被抢车贼的丧心病狂吓住，两个衣衫利落的男子从人群中冲出来，年纪稍大的那个落在后面，大叫着让另一个年轻人冲上去帮周斌一起将抢车贼抓住。

抢车贼眼露凶光，他跳下车时，又顺手将折叠刀捡了起来，这时候正挥舞着折叠刀，直插向拦住去路的人。呜的一声风响，那根实心铁钎从后面砸过来，狠狠地砸在他的手臂上。

当啷一声，折叠刀落地，抢车贼的手臂扭曲地垂了下去。

自小就爱惹是生非的周斌，进入中原大学之后就没什么能动手的机会，今儿好不容易逮着一个，陈立竟然还被这人伤了，动起手来更是彪悍异常。

抢车贼顾不上许多，忍着疼痛要冲破人群逃走，那个被唤作"小刘"的年轻人迎面一脚，将他踹了回去。

周斌本就生得人高马大，加上手中抢着根实心铁钎，此刻更是威猛得不得了，又是一棍砸在了抢车贼膝盖上，当场把他敲翻在地。

这两下让抢车贼失去了反抗能力。经常打架的周斌深知铁钎威力，再用这个就得出人命，索性扔了铁棍，抓起抢车贼的衣领子，硕大的拳头就冲着他的眼窝招呼了起来。

跃跃欲试的路人这时候都义愤填膺地围上来，周斌对抢车贼的殴打，一下子就扩展成了群殴。

"陈立，你没事儿吧？"那个中年人看到抢车贼被众人揪住，跑过去与赵阳一起，将陈立扶起来，看到他胳膊血淋淋的，焦急地问道。

赵阳是陈立的高中同学，陈立在省城商都市认识的人，他基本上都打过照面，很奇怪跑过来帮忙的这个中年人，竟然认识陈立。

陈立忍着痛抬头一看，没想到在这时候竟然还能遇到个熟人，而且还是个非同一般的熟人。他强忍着双臂的剧痛，诧异地问道："浩然哥，你怎么在这儿？你这是回青泉，还是到商都市出差啊？前些天我打电话回去，我爸还提起过你呢！我爸还说你什么时候调回中原省来工作，我毕业就能抱着你的粗大腿混日子了。"

见手臂还卡在车窗上、右胳臂鲜血直流的陈立还有心思说笑，张浩然从有些犹豫的赵阳手里接过砖头，只两下就将车窗砸碎，顾不上碎玻璃可能扎伤手掌，直接将车窗的玻璃扒了下去。

看陈立这时候又痛得稀溜溜直抽气，张浩然担心陈立的胳膊有可能会废掉，后悔自己没能早点反应过来一起将抢车贼截住，说道："我调到商都市来工作了，一直都想联系你来着，想到你暑假可能回青泉去了。今天刚好经过这里……"

张浩然也是青泉人，他读高中时出车祸，腿伤得很严重。当时肇事司机逃跑了，他却因为家里贫困没有钱动手术，想打石膏保守治疗。陈立父亲当时在青泉市人民医院骨科工作，为他垫付了医疗费，帮他及时做了手术，没有留下后遗症。

这笔医疗费，也是张浩然毕业工作后才还清。张浩然自手术之后，就与陈立家走得很近。

大学毕业后，张浩然到省煤炭厅工作。而陈立的姥爷九十年代初一直都在省煤炭厅担任重要职务，直到从党组书记任上退休，退休前还特意将张浩然介绍到当时担任省煤炭厅党组副书记的罗荣民身边当秘书。

张浩然之后又随罗荣民调到外地工作了好几年。

罗荣民三个月前调到商都市任常务副市长，在罗荣民身边工作多年的张浩然，自然也一起调了过来，任市政府副秘书长。

新官上任三把火，在沿海发达地区工作多年的罗荣民，到商都市做的第一件事就是将商东新区的开发建设提上日程。

作为罗荣民的主要助手，张浩然这两三个月也是马不停蹄，今天陪着投资商考察了一上午，中午才找借口将陪同投资商共进午餐的机会让给了市政府秘书长、市政府办公室主任杨明辉。

现任市长，到下一届人大就会退居二线，不管谁接任，作为现任市长的大管家，杨明辉都不大可能继续留在市政府任职。

就杨明辉个人而言，也希望老领导能在退居二线之前提携他一把，尽量到区县争取一个实职，也不枉这么多年为老领导鞍前马后地效劳。

张浩然自然了解杨明辉的心思，在这个节骨眼上，所有的事情都尽可能让杨明辉出头，他也落得清闲。

上午陪同投资商跑了好几个地方，张浩然着实有些饿，车子路过中原大学的时候，想到陈立应该在中原大学读大三了，还犹豫着要不要找陈立一起吃中饭呢，没想到就亲眼目睹了劫车案的发生。

刚开始张浩然还没有搞明白发生了什么事儿，只看到宝马车一头撞进了花坛里，车窗上还卡着个人，鲜血直流，已经浸湿了衣衫，再看时，才发现那人正是他想着要见上一面的陈立。

眼下陈立看似风轻云淡，不过看他额头上不断有汗珠滚落，显然是受伤不轻。手臂被划开的口子不要紧，严重的是手臂卡在车窗里被车子硬扯出去的那一下，极可能会伤了筋骨。

赵阳脱下T恤，将陈立流血不止的伤口缠了起来。

"浩然哥，劫车的这家伙估计还是个人贩子。"陈立强撑起了不自然的笑脸，扭头将周斌喊过来，"别打了，交给警察处理就好。"

不管是抢车贼还是人贩子，真要打出个好歹，也不好收场，适可而止就行。

周斌应声退了出来，围观的学生却是群情激奋，这会儿恐怕除了警察谁也拦不下了。

张浩然此时也顾不得了解到底怎么回事儿，陈立的伤才是最要紧的，他冲着人群中喊道："小刘师傅，你报警，在这里等着派出所的民警过来。"说完，不由分说一把抱起陈立，"走，去市人民医院。"

"张秘书长，坐我的车吧。"

张浩然听到有人大声招呼，回身看见一个大腹便便的胖子凑了过来，指着不远处的一辆奔驰轿车，关切地要张浩然抱着陈立坐他的车去医院。

◎

第 2 章

第3章

"钱总？"

看到神色看似关切，眼角却敛着笑意的中年胖子，张浩然也是一愣，没想到会在这里遇到锦苑国际的董事长钱万里，但随即明白过来，钱万里今天应该是一直跟在他后面，只是他心里想着别的事情，没有注意到后面有一辆奔驰轿车跟着。

"张秘书长，救人要紧！"钱万里看了眼张浩然收起了笑容说道。

虽然早有驾照在手，但这些年张浩然也很少有开车的机会，虽然不喜欢钱万里极有心机地跟在他的后面，但这时候还是先将陈立送到医院要紧。

张浩然没有多说什么，吩咐了司机小刘几句，就抱着陈立，钻进钱万里的车里。

群殴仍在继续，惊魂未定的少妇抱紧了大哭不止的孩子安抚着，也寻找关键时出手相救的年轻人。她看见胳膊上鲜血淋漓的陈立被一个人抱上了一辆奔驰车急速离去，隐约听到市第一人民医院的话语……

钱万里的奔驰车里，浓重的血腥味让张浩然很是不安，陈立却是淡定如常。

因为钱万里在，张浩然没有说太多，只是告诉陈立自己三个月前就随罗荣民调回到了商都，目前就在市政府工作，中午路过学校，不曾想遇到这样的事情。

　　陈立自小就在复杂的家庭环境里成长，对当今的官场及社会的种种认识，有着远超同龄人的成熟，他瞥了一眼在副驾驶位上正襟危坐、不时流露出关切的胖子，以及从张浩然对这胖子的疏淡态度，多多少少能明白，这胖子正急于讨好罗荣民身边的红人张浩然。

　　罗荣民几年前就是正厅级了，这次调回到商都市，怎么也应该是常委了吧？

　　岔到别的事情，胳膊倒不显得那么痛了。陈立心知张浩然虽然也就是正处级，但在罗荣民身边工作，又深得罗荣民的信任，那就意味着他在商都市的权力场上，从此拥有了一席之地。

　　张浩然调到商都市工作，陈立也很意外，他原本还想着在大学校园里悠然自在地享受最后两年的美好时光，再考虑其他的事情，但如果罗荣民还是一个感恩图报的人，还记着姥爷当年对他的恩情，眼下未尝不是他的机会。

　　眼前这胖子，到底因为什么事情求到张浩然头上，又或者是因为什么盯住张浩然身后的罗荣民？

　　陈立从后视镜里能看到副驾驶位上那胖子眼里的迫切，但他也不会急着追问张浩然工作调动的事情，岔开话题聊些别的。

　　钱万里在副驾驶位上心中早已波涛翻涌，他是商都市地产企业锦苑国际的老总，算是成功人士、亿万富翁，但他手中的银杏花苑一期项目销售业绩惨淡，而银行贷款即将到期，一旦资金链断裂，整个锦苑国际就会被拖入绝境。

　　真正让他忧虑的不是生意场上的竞争对手，而是政府那边的动向。

　　钱万里能在商都市的地产行业混出一些名堂，身后也是有靠山的，但他的靠山三个月前突然从金水区区长的位子调离，直接导致锦苑国际失去最重要的支撑。

　　原本不是问题的银行贷款，眼看就要成为卡在锦苑国际脖子上的夺命索，偏偏新项目的销售又极其惨淡，资金回笼极其不畅。

当年从国企辞职毅然投身商界的钱万里，自然不愿坐以待毙。

他知道要摆脱眼下的困境，只能在商都市再找一个更强硬的靠山。

金水区这边，因为之前靠山的关系，钱万里也得罪了不少人，只能将视野放到更高一层的市里，寻找建立新关系的机会。

罗荣民这几年主要在外省工作，与本地官场牵扯甚少，刚回到商都市，就有让商都市焕然一新的架势。而作为新调任过来的常务副市长，大家都传言，罗荣民很可能在换届时执掌市政府。

钱万里想在市里建立新的关系，以摆脱当前的困局，同时也希望新的关系能将锦苑国际的发展拉上一个新的平台，因而刚到商都市工作、看上去都还没有站稳脚的罗荣民，就成了钱万里的首选目标。

钱万里不觉得他这时候就有资格能直接搭上罗荣民，这段时间来，他借着锦苑国际参与商东新区新规划方案征集的机会，千方百计地想着与罗荣民的身边人、同时调任市政府副秘书长的张浩然建立关系；只是张浩然对钱万里的热忱，一直都很疏淡。

今天得知张浩然陪同几个投资商到商东进行实地考察，钱万里就带着司机守在考察团的必经路线，寻找接近张浩然的机会。

到了中午，发现张浩然没有和考察团共进午餐，钱万里想着多了解张浩然一些情况更方便下手，于是坐车跟在后面，然后也在中原大学门口目睹了今天的劫车案。

钱万里不知道张浩然和陈立具体是什么关系，但张浩然所表现出的关切跟焦急却是实实在在的，再看陈立的相貌、谈吐，加上事情发生在中原大学的校门口，钱万里猜测陈立倘若不是张浩然家的亲戚，也极可能是哪个领导家的孩子。

所谓"谈笑有鸿儒，往来无白丁"，钱万里从陈立与张浩然的谈话里，也能听出这年轻人的家世不凡。不管怎么说，他都不会放弃眼下亲近张浩然的机会。

在钱万里的催促下，司机完全放开了手脚，路遇红灯一律直闯不停。

同样是火急火燎，钱万里希望的是用自己办事的效率和速度表明态度，从而博得张浩然的好感。

张浩然的火急火燎，还是担心陈立会出现什么意外。

他有过类似的经历，当年的车祸，要不是陈立的父亲果断帮忙垫付医疗费，又亲自帮他动手术，他的一条腿可能就废了，哪里会有今天的成就？

若是陈立在自己眼皮子底下出了什么事情，张浩然都没有脸再回青泉去面对陈立的父亲了。

张浩然比受伤的陈立还要紧张，他突然想到了什么，从兜里拿出手机，顾不得手上的血迹弄脏了白衬衣，直接找出电话簿打了出去："喂，廖局长，对，我是张浩然，这边有个朋友受了点伤。嗯，是的，我们正在赶往第一人民医院，算是车祸吧，有点儿严重，受伤的是胳膊，这个事情还请你帮忙联系啊……好，好，有劳廖局长了。"

要说世上最不愁没生意上门的那就属医院了，不分淡旺季，谁都离不了。

此时张浩然带着陈立要赶去的商都市第一人民医院，是中原省顶级的几家三甲医院之一。平常人想要看个专家号难如登天，住院排队等床位更是常态。

张浩然这时候不敢有丝毫的懈怠，正值中午，要是找不到坐诊的专家，自己就算亮出市政府副秘书长的头衔，也使不出力。

为了确保陈立能得到最好的治疗，与地方上关系还比较疏淡的张浩然，只能直接打电话找了市卫生局局长。

市卫生局局长廖嘉良这时候刚刚坐上饭桌，突然接到张浩然的电话顿时有些愣神。

新上任的常务副市长罗荣民就分管商都市的卫生系统，廖嘉良想要向罗荣民汇报工作，都得通过张浩然联系，但他此前和张浩然的联系也仅止于工作，还没有深交的机会。

廖嘉良第一反应就是要秘书亲自跑一趟，联系第一人民医院的值班领导，提前准备一下急救措施。但秘书前脚刚走，廖嘉良想到下一届政府班子换届选举的传言，还是有些坐不住，中午饭也不吃了，直接后脚就跟了出去，往第一人民医院赶去。

第4章

商都市第一人民医院。

急诊楼前早已准备就绪的医生护士摆足了架势。院长出国考察，今天本该值班的行政书记家中有事，副书记高卫国替他值班，没想到就遇到了这事儿。

高卫国紧赶着来到了现场，已是有些站不住了，一个劲儿给躬立在旁边的急诊室主任使着眼色。这样的场面急诊室主任也只是满头生汗地悄悄点着头，时不时地望向身后整装齐备的医护人员。

接到廖局长身边秘书电话后，高卫国在第一时间通知了急诊室这边做好接诊准备。虽然在市卫生医疗系统，高卫国也享受副处级待遇，但多了个"副"字就官低一级，只能看别人的眼色行事，他就得亲自出面走一趟。

张浩然虽然是市政府副秘书长，却也不是普通的角色，更关键的是他们并不知道是谁受了伤。

他赶到急诊楼前，刚好遇见廖局长的秘书急匆匆赶来。这会儿见廖局长都亲自到了，他心里更是忐忑，心想莫非是市里的谁受了伤？

不多时，一辆黑色奔驰急速驶到了急诊楼前。

看到张浩然先从车里下来，心领神会的急救医生马上冲到了前面，第一时间查看了陈立的伤势，并且简单询问了受伤时的情况，几个身强力壮的护工直接把陈立抬上了移动病床。

见陈立被推进了急诊室，张浩然悬了一路的心算是落下了一半。

没想到廖嘉良也在，张浩然直接迎了上去："大中午的，还劳烦廖局长亲自跑一趟，实在是太不好意思。"

"张秘书长，您客气了，抓好卫生工作，是我分内的事。"廖嘉良混迹官场多年，这里面的门道也玩得娴熟，与张浩然客套地说话，也不问受伤的青年与张浩然到底是什么关系，只是让高卫国赶紧安排医护人员给治疗。

陈立几乎是被"绑架"着送到急诊室病床上的，只能听天由命地任由一群"白大褂"摆弄起来。虽然双氧水冲洗伤口的感觉并不好受，可他连眉头都没皱一下，不是太勇敢，而是不敢皱……

刚才一个小护士在擦拭血迹时，不小心触到了他被刀划开的伤口，陈立忍不住抽了一口气，小护士立刻被人叫了出去，换上了个满脸严肃、有经验的中年护士。再看周围一圈医护人员如临大敌的样子，陈立心知他们是误会自己的身份了。

擦拭血迹的消毒棉球每一次从陈立胳膊上划过，中年护士都要抬头看一眼陈立，哪怕是一个微小的颤动，都会让她立刻停下手中的清理工作，赶忙询问陈立的感受。

因为家里的关系，陈立小时候没少在医院厮混，清理外伤的场面也见得多了，老爸带学生时经常挂在嘴边的一句话就是，"干外科的一定要心狠手辣"。

这话乍听起来有些瘆人，可细想一下也确实如此。外科接诊的病患受的都是外伤，血咻呼啦的场面每天都要见，那样的场面放在常人眼里，就算没疼自己身上，也感同身受了，可大夫不行。若是过度关注病人的感受，势必要拖慢工作效率，那处理一个简单外伤所耗费的精力基本不亚于一场小型的外科手术。

可今天这样的场面连混迹医院多年的陈立也是第一次遇见……

好不容易清理干净了血迹，中年护士的脸色也已经白了一片，连腿都站麻木了。

因为是被刀子划伤的，所以创面细长，裂开的口子虽然已经基本止住了出血，可还被汽车带着拖了一下，所以简单缠了几层纱布之后，陈立就又被架上了病床。

原以为是要去拍X光片，没想到直接就被送进了CT室，陈立也是很无奈。在吵吵嚷嚷中被架上了CT机，他觉得困乏，索性闭目养神，由他们去折腾，但刚消停没一会儿，就感受到了有一双小手在他腰间摸索着。

陈立惶恐地睁开眼睛，就见一个脸蛋清秀的小护士要解他的裤腰带！

顾不得伤口，陈立直接坐起来，佝偻着身子用双手护住了腰！

小护士满脸尴尬地冲陈立笑了笑，"那个……身上有金属物，会影响CT拍摄的准确度……"说着白皙的小脸上已经浮起了一片红晕，显然是明白陈立为何做此反应。

陈立更加尴尬，最终在小护士的坚持下，还是被动地享受了一把被人脱衣解带的快感，尤其这女孩子长得还真漂亮，还有一种陌生的紧张跟刺激……

这时候，一墙之隔的影像监控室内，气氛才稍稍松缓一些。

"他胳膊上被划了一刀，又被车窗卡了胳膊，后来车子还撞上了花坛。医生，你确定真的没事儿吗？以后会不会留下什么病根儿……"

诊断结果出来后，张浩然还是有些担忧地问了一连串问题。

若是放在普通病患家属的身上，或许这种质疑诊断结果的话刚出口，就会招来大夫的白眼，可此时急诊室主任也只能略显委屈地再次解释了起来："除了刀伤外，手臂和腿都是软组织挫伤，伴着肌肉拉伤，骨头没有大碍，卧床休养一下就能痊愈的……"

确认陈立受的只是些皮外伤，张浩然也是长吁了口气。

因为赶着查看有没有骨伤，陈立被划开的刀口只是做了初步的止血和清创，这时候一群人浩浩荡荡地出了CT室，还要给陈立做进一步的包扎。

张浩然重新坐回到包扎室外的候诊椅上，忙乎了半天，有些脱力的感觉；跟着跑前跑后的钱万里，这时候将司机招呼过来，吩咐了几句，司机就一路小跑地出去了。

又小心翼翼地折腾了半个小时，陈立总算是走出急诊室。

看到他安然无恙，张浩然还是关切地问了一句："陈立，感觉怎样？"

陈立看到现场有许多人，周斌跟赵阳都从学校赶了过来，还有卫生局局长廖嘉良和医院的副书记高卫国，更有那一群跟了一路的医务人员。这排场，着实有些大了。

张浩然动用了这么大的能量，陈立不想表现得过于轻松，那样会显得张浩然太小题大做了，眉宇皱起来，说道："胳膊还是疼得厉害，抬起来都有点儿困难。"

"嗯，去病房歇着吧，这几天哪儿也别去，就先在医院养着。"

张浩然话刚一出口，旁边的高卫国立刻就站了出来，说道："我已经让人将病房准备好了，先在医院观察几天。我们这里的医疗条件在省里都是顶尖的，也有省里最著名的骨外科专家，张秘书长尽管放心。"接着又在前面引路，领着大家往住院部走去。

急诊室主任说陈立伤势无碍，眼下看也没什么大事儿，张浩然就不想再劳烦廖嘉良跟着到处走动。

该做的事做了，该给的面子也给了，再留下也没有什么必要了，廖嘉良也就没客气什么，带着秘书先告辞。蜂拥了一路的医务人员此时也就散去，只留下与陈立相熟的人，跟着高卫国往医院深处的僻静之地行去。钱万里颇有些尴尬地紧紧跟上了众人的脚步。

在高卫国的带领下，一行人穿过一大片环境清幽的花园草坪，走到一座覆满了爬山虎的三层小楼前才停下脚步，葱郁的叶片随着清风"沙沙"作响，不经意看过去只当是这花园的一部分。

小楼门外上三层步梯台阶，就是典型九十年代风格的木框玻璃推拉门，虽然风格过了时，可一尘不染的玻璃与闪着亮光的门漆说明有人时常打理。

迎面锦绣山河的屏风后就是楼梯，高卫国却转身进了走廊。走廊中水磨石的地板干净润洁，没了医院特有的消毒水味道，反而是两米置一花架，盛开的鲜花散着淡淡花香。

原以为是要被安排住在一楼，却被带着直接来到了走廊的尽头，这里竟藏着部电梯。看着众人惊奇的眼神，高卫国脸上也稍稍露出了几分自得："设施还算完备。"

给陈立安排的病房在三楼，进门就是偌大的会客室，低调奢华的真皮沙发排列在大理石茶几的两侧，往里是一个古朴厚重的办公桌，甚至后面还竖着一个宽大的实木书柜。

办公桌的一边有一个木门，里面才是病房。说是病房，和酒店套房一个样，席梦思大床，沙发茶桌，小型办公桌一应俱全，还有跑步机和几个健身器材。

身处其中的周斌和赵阳脚步都有些僵硬，一路走来可见这座小楼随处都带着时代感，可谁能想到房间里会是五星级酒店套房的效果。

周斌和赵阳还不知道张浩然的背景，看病房如此奢华，都忍不住咋舌。

陈立却很淡然，毕竟姥爷退休后也享受高级干部的待遇，这点世面还是见识过的，心知这一切虽是看在卫生局局长廖嘉良的面子，说到底还是张浩然的面子，他走到里间的病房躺下，让护士给他扎上点滴消炎。

在场的人除了周斌和赵阳，都是人精，高卫国、钱万里见陈立波澜不惊的样子，暗自猜测他的背景不会简单。

高卫国将所有的事情安排完毕，跟张浩然客气了几句，也退出了病房。

这会儿，张浩然包里的手机响了起来，是留在现场等候警察过来处理后续事情的司机刘胜强打来的。

警察已经到了现场，经过简单盘查，发现抢车贼本就是在警局挂了号的通缉犯，竟然还敢在大学门口作案。只是很不巧，他刚下手劫车，就被陈立发现，非但没有得逞，还被义愤填膺的众人打断了胳膊腿。

周斌下手还是狠了些，两下就敲断了抢车贼的胳膊腿，如果再来两下，恐怕半条命就要折在这里。

刘胜强看得出副秘书长张浩然之前就认识陈立，而且还对陈立极为关切。周斌、赵阳是陈立的同学，他想他们未必需要见义勇为的虚名，担心留下姓名、联系方式等线索，日后抢车贼可能会找上门来报复。周斌下手有那么几下特别狠，这时候抢车贼伤情还没有鉴定出来，为避免后续不必要的麻烦，刘胜强觉得没必要跟警察提及陈立、周斌，就说都是见义勇为的群众，大多数人已经散掉了，只留下几个人证协助立案就可以了。

刘胜强打电话过来，就是征询张浩然的意见。

张浩然自然知道陈立无论是从商还是从政，都有老爷子替他铺路，才不需要这种后续可能会有麻烦的虚名，心想刘胜强不跟警方提陈立的名字也好，省得一群人跑到医院来做笔录，打扰陈立休养。

刘胜强在电话里又提醒张浩然，下午四点还有场关于商东新区开发的会议，罗副市长还等着听他的汇报。

"好，我知道了，你先协助警方处理好案件，我过会儿自己打车回市里。"说完，张浩然就挂了电话。

陈立知道张浩然刚调来工作，没那么清闲，说道："浩然哥，我这边现在也没什么事儿了，你先回去工作吧。"

张浩然抬手看看表，快三点了，很多事情耽误不得，就说道："下午有个会议，必须得参加，你先在这儿躺着，晚上有时间我再过来，你也别乱跑。"

出了病房的张浩然轻轻地将门带上，发现钱万里带着他的司机还坐在会客厅里的沙发上，陈立的两个同学也在，正谨慎地看着自己。

钱万里赶紧起身，说道："张秘书长，吃点儿东西吧，这会儿肯定饿了。"

看着大理石茶几上放着许多快餐盒，张浩然心想这钱万里心思也够细的，他这么一通闹腾，午饭是错过了，但现在也顾不上吃了，便摆摆手，带着笑意说道："饭就顾不上吃了，我还有事儿，得马上回市政府，今天也是太麻烦钱总了……"

张浩然的意思很明显：现在没事儿了，你钱总的好意我自会记在心里，我有事儿要走，今天没时间跟你详谈，你是不是也该走了？

钱万里哪能听不出张浩然话里的意思，但他也并不打算顺着张浩然的意思往下说，他笑道："这样吧，张秘书长，您先去忙，这里先交给我看着，我让司机先送您回市里，免得耽搁了您的正事。"

张浩然心里也有所触动，心想钱万里即便这时候遇到些困难，也都是四十好几的人了，照理来说也算是功成名就，这时候三番五次地贴上来，换作一般人还真未必有这样的耐心。

张浩然心思稍微转了一下，说道："也好，那就有劳钱总了。我还有事儿，先走一步。"

钱万里将张浩然送出大楼，要司机一定将张浩然送到市里。

◎
第 4 章

第5章

"小兄弟，今天这事儿，我是看得心惊胆战，还是你们年轻人有血性。折腾半天，也是饿了吧，你手脚不方便，可不要嫌弃我笨手笨脚的啊……"

钱万里端着一碗养生粥，推开门走进里面的病房。陈立双手打着绷带，不方便活动，他就想亲自给陈立喂饭。

"钱总太客气了，我不饿不饿！"

不管这胖子对张浩然有什么企图，是不是想借他拉近与张浩然的关系，陈立都不会接受钱万里的喂饭：一是他还没有资格拿捏姿态；二是让一个头发往后抹得锃亮的中年胖子给自己喂饭，要多别扭就有多别扭。

与其让钱万里给他喂饭，他宁可这碗粥放地上，他撅着屁股去舔。

赵阳眼明手快，将钱万里手里的那碗粥给接过去，先放到一旁。

他、周斌与陈立几年的兄弟感情，没有什么生分的。钱万里不是什么简单的人物，真要是递水喂饭，也该是他们这些情同手足的兄弟来做才对。

"小兄弟，跟张秘书长都是青泉人？"钱万里挨着床边坐下，想打探陈立与张浩然到底是什么关系。刚才在车里，陈立与张浩然聊得虽然热切，但他听到的有用消息实在不多。

"……我家跟浩然哥认识好些年了，浩然哥这几年调到外省工作，联系

26

才少些。"陈立还想知道钱万里到底是什么来头呢，便将与张浩然的关系说得含糊，有一句没一句地跟钱万里搭着茬儿，"钱总是做什么的？跟浩然哥也认识很久了？"

"呵呵，我就是个盖房子卖房子的。"钱万里笑着说道，虽然锦苑国际陷入窘境，但瘦死的骆驼比马大，钱万里有他的骄傲跟淡定。

跟钱万里短暂的接触，让陈立意识到，本来应是地头蛇角色的钱万里，极可能是靠山倒了或者靠不住了，遇到了什么困境，才如此迫切想与新贵张浩然结交，借以与罗荣民建立关系。

"钱总的那辆进口奔驰，在商都市可真不多见。钱总的公司，我说不定也有听说过。"陈立漫不经心地说道。

"锦苑国际，在商都市只能算是小企业！"钱万里很有涵养地笑道。他看出陈立谈吐不凡，就算与张浩然不是直系亲属，出身也绝不会简单。

"你前些天跟我提起来，中大附近的那个银杏花苑，是不是就是锦苑国际的项目？"赵阳在旁边正递水给陈立喝，听了锦苑国际的名头，插嘴道。

见陈立、赵阳都知道银杏花苑，钱万里有些得意，微笑着点了点头。

"就是你说的那个卖不出去、公司马上就要倒闭的楼盘？"坐在旁边一直拿手机发短信的周斌这时候突然回过神插了一嘴。

陈立差点儿将一口水喷出来，看钱万里乐呵呵的肥脸骤然间拉得老长，便笑着解释道："我跟周斌在中大读经济学，前段时间写地产行业发展的论文搜集资料，到钱总公司开发的银杏花苑了解过一些情况，今天能遇到钱总，也真是有缘了。银杏花苑目前的销售状况不是很好，但周边也是高校林立，未来的发展潜力极大。钱总能将项目建在那里，眼光很独到啊。"

钱万里一身肥肉为他跑前跑后，陈立也是尽可能说些安慰人心的话，看钱万里脸色缓和了些，又接着埋怨周斌道：

"虽然现在银杏花苑周边发展有些滞后，但等生活配套设施逐渐完善起来，市政府再进一步开发周边地区，赶着来买房的人都能抢破了头。你不懂别瞎说!"

周斌这会儿也意识到自己说错了话，摸了摸脑袋，傻笑着糊弄过去了。

始于一九九七年的高校扩招让商都市几所高校的校舍顿时紧张起来。在省市两级政府的推动下，开始在商都市东郊集中筹建新的校区。

一九九八年，国务院正式揭开福利房分配制度改革、大力推动商品房市场发展的序幕。钱万里瞅准机会，拿出多年的经商积累，在大学城区域，买下一大块地皮。

钱万里想借着大学城的兴建大赚一笔，银杏花苑一期就建了二十栋商品房，可谓大手笔。然而周边区域的城市改造、大学城生活配套、商业及高新科技创业园区域的规划和发展却停滞不前。这导致银杏花苑一期销售非常惨淡。房款无法回笼，银行贷款即将到期，锦苑国际随时面临崩盘的危险。

陈立的安慰话再动听，也解决不了现实问题。钱万里不知道陈立在张浩然心里到底有多少分量，他抱着试一试的心态，实事求是地说道："银杏花苑开盘快半年了，销售情况是不太乐观。"

陈立虽然过得淡然从容，但姥爷给他设定的未来人生选择只有两个，要么经商，要么从政；就像考入中原大学，姥爷也只给他两个专业选择，要么就读国际政治，要么就读经济学。

拿姥爷的原话来说，这是陈立他欠沈家的。沈家必须要有人站出来光宗耀祖，年轻一辈里就只有陈立是合格的人选，所以这两年来他一直在暗暗地做准备。

陈立还真是悉心研究过银杏花苑的情况。

银杏花苑销售滞后最主要的问题还是选址。夹在城中村的一块空地，周围环境错综复杂，缺乏足够的生活配套设施，吸引不了购房者。陷入困境的锦苑国际只能降低房价，但这样的营销策略却将区域贬值的心理暗示灌输给潜在客户，并不有利于销售的改善。

当然，钱万里此时迫切想搭上张浩然的关系，陈立猜测更有可能是他身后的靠山出了问题。

"其实，银杏花苑的房子也不是卖不出去，只不过要重新包装，重新定位，运用新的营销策略，就算卖不上多高的价格，全部卖出去，我看应该问题不大。"陈立躺在床上反正没事，索性就多聊几句。

机遇这事说起来玄奥，但也没有那么复杂——别人的危机，陈立心想他要能解决好，那就是他的机遇。倘若钱万里认为他是一个无关紧要的角色，又何苦留在这里强颜欢笑？

陈立学的就是经济学，对地产行业也有足够的研究，加之成长背景特殊，令他可以在钱万里这样的角色面前侃侃而谈，绝不会心怯。

钱万里换了个姿势，将深陷在沙发中的身子探出来。陈立虽然说得头头是道，但钱万里并没有往心里去，眼前这年轻人的话虽有些道理，也不过是纸上谈兵。把房子全部卖掉谈何容易！

他在陈立身上花心思，不过是想通过陈立搭上张浩然这条线。

钱万里听得随意，待司机送张浩然回来，他就站起来说道："我还有些事儿，就让小王留下来照顾你……"

陈立知道他现在没有什么筹码去说服钱万里，但也不会让钱万里太容易借他跟张浩然搭上线，那样的话，他就太没有价值。

陈立笑着推辞道："钱总太客气了，我有两个好兄弟照顾着，钱总你再将王哥留下来，纯粹是让我们四个人斗地主，不好好休息啊！"

陈立的态度很明确，你钱万里想跟张浩然搭上线，就得亲自往这边多跑两趟，不要想派个司机就能掌握张浩然的动向……

◎
第 5 章

第6章

　　陈立坚持将钱万里的司机一起送走，赵阳看这边没什么事情了，就先回网吧照看着。

　　周斌跟陈立一样都是甩手掌柜，在哪里待着都是待，就留在医院里，有什么事也有个照应。

　　可能是失血有点儿多，折腾了一下午的陈立有些困意，挨着床就想睡一觉，又想着是不是应该打发周斌去进一步打听锦苑国际的底细，正想着，便听见刚离开不久的赵阳在外面跟谁说着话。

　　赵阳提着两兜东西推门进来，身后还跟着个人，正是差点儿被抢走了孩子的宝马少妇。

　　大概是那场突如其来的惊吓还没有消去，少妇精致的五官虽用简单的妆容修饰了些许，仍掩不住憔悴，眼神尽是无处着落的后怕。来到陈立面前，她略显尴尬，强撑着表现坚韧。

　　"你好，我叫何婉。今天要不是你，真不知道会怎样。你的手怎么样了？"

　　看到陈立要从病床上起来，少妇走过来摁住他，难掩激动地说道："真的不知道要怎么感谢你……"

"没再误会我是小流氓就好……"陈立微微一笑，请何婉坐下来。

何婉挨着病床坐下来，略显丰盈的身躯以微陷进床垫的臀部为分界，呈现出截然不同的两种即视感：挺立眼前的上半身，乳白色的蝙蝠毛衫下是气质与年华的沉淀；微蜷床边的下半身，淡粉色及膝裙包裹的是腴润与线条的呈现。

人还是那个人，即使刚刚经历了一场惊心动魄的风波，依然艳丽得夺人眼球。

从宝马少妇进门，周斌就看傻了眼，这会儿都还没有回过神来。

听陈立调侃，何婉有些不好意思。

她今天开车路过中原大学，想在路边买份快餐，哪知道被抢车贼寻到了可乘之机。

何婉容貌精致，没少见登徒子的轻狂，因而陈立刚开始善意提醒时，她下意识地误会陈立是不怀好意的搭讪。何婉靠着这样的警觉，小心翼翼地保护着自己，这次却错怪了好人。

陈立坦然地笑了笑，岔开这个令何婉发窘的话题，问道："小孩子没事儿吧！"

"没事儿，已经送回家了。你胳膊上的伤要不要紧……"何婉看着陈立被绷带扎紧的胳膊关切地问。

"只是擦破点儿皮，休息几天就好了，你不用在意，小孩子没事儿就好。"陈立轻轻抬了抬胳膊，虽然这会儿微痛中带着些伤后的困软，总还不影响活动。

何婉犹豫了好一会儿，才将攥在手中良久的银行卡轻轻地放在陈立的床头，说道："这卡里有五万块钱，密码是六个零——钱真的是不多，只希望你能收下。"见陈立的脸色因意外而僵住，何婉又赶紧加了一句，"真没别的意思，就当是医药费。你救了宝儿，总不能要你自己掏医药费。你一定要收下，不然我也实在是不知道该怎么办了。"

差一点儿就失去了女儿、惊吓过度的何婉，心情还没有平复，不知道该怎么面对眼前这个陌生的恩人，思来想去觉得还是直接送钱比较好。

陈立、周斌他们并没有在派出所留下名字，何婉还是隐约在出事现场听见张浩然跟司机说送陈立到市人民医院来。她将女儿安顿好后，在一张银行卡上存了五万块钱，赶到市第一人民医院，也好不容易才打听到陈立住院的地方。

对于大部分人来说，送钱是最直接了当的感谢和感激方式，但对有些人，用钱就显得太唐突。

陈立能住进这种普通人花钱都住不了的高干病房，自然不是等闲之辈。何婉一开始是想直接送钱表达谢意，这会儿又担心太唐突了。

陈立不想收下何婉的钱，但也怕何婉坚持，在病房里扯来扯去太尴尬，便笑道："那好吧，我先收着，等出院时结清医药费，多出的钱再还给你。"

何婉不禁长出了一口气，恍然间似乎整个人都多了几分轻快，脸上的笑容也少了几分拘谨。漂亮的女人总能让男人愉悦，更何况是何婉这样一个风姿绰约的女人。

周斌在旁边着迷地看着何婉，这会儿嬉皮笑脸地凑过去说道："姐，今天我可也出了大力气，你不能只谢陈立这小子，不谢我啊！"

何婉对这个拿着铁钎两下就砸断了抢车贼手脚的年轻人印象很深，却不知道要怎么应付他的嬉皮笑脸。

"你今天正义感得到膨胀，内心得到满足，逮到发泄暴力的机会，还不用承担任何责任，说起来还得是你给何婉姐倒找钱，修她的车窗玻璃呢！"陈立笑着揶揄周斌。

何婉还不是很清楚陈立、周斌、赵阳三个人的关系，但听他们说话轻松随意，又难得都能在关键时刻仗义出手，对他们都有好感，笑着坐下来听他们说话。

"何婉姐是做什么工作的？"陈立见何婉情绪放松下来，摸竿子往上爬，好像今天就要认定这个"姐姐"。何婉能开一辆崭新的宝马车出现在江秀街，也不应该是普通人。

何婉从包里拿出名片，客气地递给陈立、周斌他们，举手投足间不自觉地带出了几分干练。

"印象广告设计公司总经理……"

周斌凑过来，一字一顿地将何婉印在名片上的身份念了出来，跟陈立打趣道：

"前面刚走了个锦苑国际董事长，这会儿又来了个印象广告总经理。陈立，咱们哥几个是不是赶紧也整一家公司开起来啊，要不我都不好意思去印名片。"

陈立将名片往枕头底下一塞，笑道："你回家跟你家老爷子说，让他直接退休钓鱼养老去，你不就直接当企业老总了？到时候把我们哥几个都带回去，一人给个副总经理干干就成了，我们费那个劲开公司干吗啊？"

"卧槽，你小子真够狠的。我要是在老爷子面前露出篡位夺权的心思，他当场就能掐死我——再说老爷子守的那两座矿，也是日薄西山，怕是撑不了多少日子了。"

周斌翻着白眼儿比画了个掐脖子的手势。他家境富裕，说话也心直口快，也多少嫌何婉掏名片的动作有些装腔作势，便笑道："不过啊，你要不愿意开公司，咱们就混着呗，也不差那几个钱。再说了，现在扔十个砖头出去，能砸中七八个总经理，也没啥好稀罕的。"

周斌这话是信口胡说，却正戳到了何婉的痛处。

公司以前做得也是风生水起，可在她接手以来，生意每况愈下，连以前的老客户都流失殆尽，仅靠一些零散的小单子撑着，自己这个所谓的总经理，只怕也做不了几天了。

只是何婉听周斌说刚才锦苑国际的董事长也在这里，禁不住好奇起来。

她这时候陡然想到用奔驰车送陈立到医院来的胖子，可不就是锦苑国际的老板钱万里？

锦苑国际在商都市的众多地产企业中不算多大，可近期在大学城区域新开发的银杏花苑，却是商都市众多广告公司眼中的一块肥肉。

印象广告此前与锦苑国际并没有合作，标书递上去，很快就被驳了回来，目前看不到有拿下这笔单子的希望。

"何婉姐，你怎么了？是不是哪里不舒服？"陈立见何婉心事重重的样子，还以为她受惊吓没缓过来，或者中午那会儿崴了脚还难受着，就问了一句。

"开车送你到医院的那个中年人，就是锦苑的老总钱万里吧？他有没有留下什么联系方式？"何婉探过身子，抓住了陈立的胳膊问道。

陈立虽然没有伤到骨头，可何婉这一下正抓到了刀口上，一时间痛得他直抽气，额头都起了一层细密的汗珠。

看着陈立龇牙忍痛的脸，何婉才意识到自己的唐突，赶紧放开了抓着陈立的手，想要道歉，却又有些张不开嘴了。

"他倒是想留下联系方式，"周斌打着哈欠说道，"那也得陈立愿意他留下来才成啊！"

虽然周斌家的身家离千万富翁还差一截呢，但他从小生活条件优越，并不怎么在意钱万里的地位，何况陈立早就跟他说过锦苑国际现在的日子不好过，钱万里这个亿万富翁说到底是个随时都会倒的空架子。

陈立看何婉为难得连话都说不出来了，一副坐立不安的样子，也不难猜测缘由。

钱万里是搞地产开发的，何婉是开广告公司的，房产营销少不了大规模铺广告——在商都市，对任何一家广告公司来说，锦苑国际的广告订单都是笔大生意——竟然无意间让金主从身边溜走，何婉有些小慌张，实在正常得很。

第7章

"何婉姐，跟钱总的公司有合作？"压下手臂传来的隐痛，陈立轻笑着问道。

何婉将刘海儿往耳后拢了拢，定了定神儿，勉强笑道："能有合作就好了。前几天倒是往银杏花苑那边儿投了份策划案，可是没两天就被打回来。"

何婉说得轻描淡写，她当钱万里今天只是正好路过，做了一回好人好事，既然人都走了，她心里没了期待，就不愿再多谈。

"陈立，我看得出钱万里今天死命巴结张浩然，但又摸不透你跟张浩然的底细，所以才跟发了情似的在你身边转悠。我看啊，你出面帮何婉姐说句话，接锦苑国际一两笔广告，应该没有什么问题！"周斌不笨，也不蠢，在旁边坐了半天是没有说什么话，对钱万里、张浩然以及陈立之间乱七八糟的关系却看出了个大概。但他对漂亮女人太没有抵抗力了，直接将今天听到、看到的底给漏出去，陈立想岔开话题都来不及。

陈立恨得牙痒痒，钱万里心思在张浩然身上，没有那么容易咬自己的钩，他更不可能披起张浩然的虎皮，为何婉的事去欠钱万里的人情。

看何婉在听周斌的话后，迷人的眼睛里又绽放出期待的神色，陈立赶紧将自己先撇出去，说道："何婉姐，你别听周斌这家伙胡说八道，人家钱总是堂堂的亿万富翁，哪里会听我一个学生的招呼？"

见何婉漂亮的眼睛里掩饰不住的失落，陈立恨不得抽自己一巴掌，心里想，换个角度考虑，何婉未必不是能引钱万里咬钩的饵。想到这里，陈立又说道："何婉姐，把你公司给银杏花苑做的策划案说来听听，兴许我能给你出出主意呢。我虽然学的是经济学，但也很喜欢广告策划，还想着找家公司实习，长长见识呢……"

这话说得何婉没有了拒绝的理由。

陈立想给出主意是好心，就算说不出什么有价值的建议，就凭着陈立今天的见义勇为，何婉也不会将一份被锦苑退回的策划案当成宝贝藏着掖着，但想到与钱万里失之交臂，她心里还是很失落，勉强笑道："你们都是学经济学的，对广告策划案应该有一些接触，就跟你简单说说我们的思路吧。"

陈立微笑着点了点头。

"我们的第一份策划案采用的是多媒体全渠道的宣传方式，重点突出锦苑国际大型地产集团的背景。以平面、电视、广播、看板、旗帜、指示牌等全面覆盖的宣传方式为主，再以详尽的海报、售楼书、平面图册为辅助，垄断重要时间段的主要媒体，挤压其他有竞争力的同级楼盘广告空间，用全面的广告触及率形成强大的声势，给潜在消费人群造成银杏花苑楼盘项目可靠性、唯一性的印象……"

说起广告策划案，何婉立刻透露出一股职业女性特有的洒脱和干练，言语间也有自信，更是让见惯了学校里小鸟依人的小女生的周斌两眼直冒贼光。

陈立认真听着，心里暗笑：这个策划案的优点显而易见，大气、全面、有竞争力；可缺点却也跟优点一样突出，就两个字"费钱"，锦苑正面临资金链断裂的绝境，能接受这样的方案，那真是见到鬼了。

印象广告公司可能在广告策划制作上很专业，但对这么大的客户了解如此之少、如此之浅，也恰说明业务能力极不专业，也显得何婉的领导力还很不成熟！

陈立听到这里，就有些意兴阑珊了，只是对何婉背后的故事感到好奇。何婉只有二十五六岁的样子，工作经验欠缺，应该不是印象广告的创始人，她是怎么接手这家公司的？是家族企业？是家族出了什么变故，她才不得不接手公司？

"这份策划案送过去没两天，就被直接退了回来。"何婉不知道陈立的心思早就飞到天边去了，说到这里，神情有些失落，看陈立并没有要打断的意思，又接着讲了起来，"不瞒你说，银杏花苑的这个案子对我们公司真的很重要。第一份策划案被退回来后，我带着公司的创意团队琢磨推敲了几个昼夜，总算发现了问题所在。因为我们先入为主，一心想的都是锦苑国际的地产背景，策划方向都朝着能够与锦苑国际的实力相匹配去努力，没有对银杏花苑一期工程做详尽的市场调查。"

听到这儿陈立心里一笑，印象公司还能够及时发现这一点，也不算无药可救啊。

"吸取了第一次的教训，我专程跑了几趟银杏花苑，又找到一些地产业内人士进行咨询，才知道银杏花苑一期销售并不顺利，而且锦苑国际的发展也并不如外界看到的那么势头强劲，甚至连这段时间风头最劲的商东新区开发也没有积极参与的迹象。这有些不符合钱万里这个人的性格……钱万里是国企出身，离开国企后就在商海拼搏，靠的就是眼光和魄力，从来不会放任机会从眼前溜走。任谁都知道商东新区的开发已经是板上钉钉的事儿，钱万里更是早在所有人之前，就在新区的大学城规划区域建起了银杏花苑一期，可之后就再也不见有什么新动作，这样的情况确实是有些诡异。"

"何婉姐对钱万里研究得挺透彻嘛！"陈立笑道。

听陈立夸奖，何婉一张俏脸微微泛起些粉淡："做生意这事儿越是走在前面越是获利多。锦苑国际在商都市也是有名的地产企业了，多少人都关注着它的动向，就算抢不到第一口吃的，跟着他也能捞点儿汤喝，所以盯着钱万里的人不在少数。"

陈立做论文时研究过银杏花苑的项目，但对钱万里这个人却没有花过心思，这时候听何婉说起这些，对锦苑、对钱万里的认知迅速丰满起来。他笑着鼓励何婉继续说下去："何婉姐，我觉得你说的都挺有道理的，那印象广告拿出来的第二份策划案肯定是十拿九稳了。"

何婉哪里听得出陈立话里的笑意啊，她又拢了拢不知何时垂落的鬓发，继续刚才的话题："将锦苑国际的近况与银杏花苑一期项目的销售情况结合起来看，我推测可能还是资金方面出了问题。针对这些情况，最近我们刚做出了第二份广告策划书，大幅缩减了广告预算。电视、广播这些多维广告形式费用高、时效低，基本放弃了，户外广告也只以CBD人流聚集区为主，加入更多平面广告资源，直投广告重点放在市内的初、高中学校附近，提高潜在消费人群的关注度……总之就是尽可能地压缩广告成本。"

讲完这些，何婉长出了一口气，神情略显不安。她对这份策划案还是有些信心不足，在不怎么熟悉的陈立面前，却又莫名想要得到某种认可。

这些事儿已经在心里郁积了多时，在公司的会议上也反复讨论过。身为老总，整个公司都在看着她，即使心焦到了极点，在人前也要保持一副胸有成竹的状态，她着实是有些疲了。这会儿跟陈立说起来，更像是在倾诉心里的烦闷，也没指望陈立一个学生能给出好建议。

"呃……哈……"陈立微皱着眉头思索了良久，何婉也不去打扰他。他忽地伸了个懒腰，蹭着身子想要坐起来。

何婉正犹豫着要不要帮忙扶一把，旁边的赵阳过来帮陈立垫好枕头，陈立坐了起来。

听了这么半天，陈立心中已经有底。何婉的第一份策划书没有对银杏花苑做具体的调查了解，只是从锦苑国际给人的一贯印象为出发点去展开，被拒是理所当然的事儿。但是何婉的反应很机敏，很快找到了问题的所在，意识到银杏花苑一期项目似乎是资金出现了问题，所以在第二份策划书中大幅缩减了广告预案的开支，但是并不能解决实质的问题。

第8章

"何婉姐，我没什么实际的工作经验，但是有些想法，说出来不一定能帮得上忙，也不知该说还是不该说？"陈立没有急着向何婉推销他的想法，反而很客气地谦逊了一把。

何婉最近才全面接手公司，年纪不比陈立大几岁，但经历过很多的事儿，有几分看人的本事。今天要不是陈立第一时间发现异常并果断出手，还不知道会发生怎样的事情。现在看，陈立的谈吐以及待人接物的从容要比那些刚踏入社会的小青年还成熟、聪慧得多——当然，这或许也是何婉心怀感激之情、爱屋及乌的缘故。

不管陈立说的能不能帮上忙，都是出自一番好意，何婉笑着道："没关系，你尽管说，或许你身在局外，能有些更周全的想法。"

"那我就说说，说的不对，何婉姐见笑……"陈立笑道。

旁边的周斌早就不耐烦了，说道："何婉姐，你别搭理这小子，陈立平时贼点子特别多，还特别爱装模作样、给人下钩。要搁我，你想知道啥我就说啥，哪那么多事儿？"

"行啊，那你说吧。"陈立顺势将话题架给周斌。

周斌还没搞清楚平时沉默寡言、惜字如金的陈立今天为什么话特别多，刚才插一句话就是想活跃一下气氛，他挠着脑瓜子嬉笑道："我其实就爱看你怎么给何婉姐下钩……"

何婉被陈立、周斌他们嬉笑的氛围感染，高兴地催促陈立道："你就别难为周斌了，赶紧说吧。"

陈立不再卖关子，就着话题聊下去："何婉姐，我觉得印象公司的这两份策划案，都不能算差，但都没有抓住重点。做生意求合作这事儿，跟处朋友没有什么两样，你得先为人着想，人家才能跟你处下去；你替别人想得不够，别人对你也就冷淡了。"

何婉问道："怎么不够？"

"银杏花苑的销售情况不容乐观，但又急于回笼资金，目前已着手降价销售。印象公司也察觉到锦苑国际在资金上的问题，想着替他们节约，千方百计削减广告预算，但印象公司与锦苑不自觉犯的错误，在本质上是一样的。"陈立看何婉眼里露出诧异，解释道，"哦，我前段时间做了篇论文，恰好对学校附近的银杏花苑一期项目做了一些调研，也一直关注着锦苑公司的情况。"

何婉恍然一笑，陈立又继续说道："锦苑这样的营销策略，很难挖掘更多的客户，反而会让之前对银杏花苑有兴趣的潜在客户加强了银杏花苑会贬值的心理预期。在潜在客户数量还极有限的情况下，这种潜移默化的影响极其致命，不知不觉就会形成销售不力与资金无法回笼的死循环。印象广告的第二份策划案将传播范围缩减到潜在客户重点覆盖的区域，看似替锦苑削减了大笔的广告开销，但有没有想过，这些区域，锦苑之前有过一轮的广告覆盖，而且广告制作相对还要精良些，这时候进行第二轮覆盖，广告制作却变得更简约，这不就是进一步强化银杏花苑不断贬值的心理预期。锦苑国际和钱万里或许还发现不了这其中的问题，但印象广告想要以第二份方案去拿锦苑的单子，锦苑那边会本能地排斥。我觉得印象广告的这份方案，需要推翻重做！"

"是这样吗？"何婉刚刚接手公司，正努力学习广告业务，对陈立的见解还谈不上有太大的把握，但陈立能分析得如此深刻，她还是相当震惊。她没想到陈立对锦苑国际研究得这么深，看问题的角度是她以往所没有想到的，但与她在外面打听的情况，却又是不谋而合。

只是，弃用第二份策划案，又能有什么办法解开这个死结呢？

"何婉姐，你要是不嫌我多事儿的话，我给你做个策划案怎么样？"陈立看到何婉已经被他说动心，暗感何婉比钱万里这只老狐狸，还是容易说服，顺着竿子就往上爬，直截了当地将他的想法说出来。

"你来做？"何婉有些迟疑地看向陈立被绷带扎了个结实的双臂。

陈立先是为帮自己受了伤，如今又要帮自己做新的广告策划案？

"咕噜噜噜……"这会儿周斌听明白陈立为何话这么多了，原来是看到直钩钓不住钱万里这条大鱼，想借何婉的印象广告公司绕个弯，加重他这边的筹码。周斌中午饭没怎么吃，这会儿肚子咕咕作响起来，"不好意思，不好意思……中午饭都没顾得上吃，这一折腾就全给忘了。"

虽然说刚住进病房，钱万里就让司机买了盒饭回来，不过那会儿什么状况都搞不清楚，又跟钱万里不熟，周斌也没有扒几口饭进肚子，这会儿眼见陈立甩眼看过来，周斌不服气地嚷嚷道："你就是不饿！"

今天就数陈立折腾得最狠，又是搏斗又是陪聊的，刚才喝了点儿粥也不顶什么用。

"我去买饭吧！"一直站在一旁的赵阳看时间也不早了，就出了门。

赵阳出了门，何婉才想应该是她多表现表现，但她追出去时赵阳已经下楼了。

何婉跑回了病房，跟陈立说道："陈立，既然你喊我姐了，我也就不客气了，这样吧，你住院期间呢，就由我负责伙食，做好后勤，咱们一起将新的策划案做出来。"

锦苑国际的单子对公司实在重要，何婉心想陈立这边即使做不出多漂亮的方案，也是多个参考，再说陈立手臂受伤，她也不能送来五万块钱，就当这事儿跟她真没有关系了。

然而，赵阳这次又是刚出了门没多久就折了回来，原是钱万里的司机送晚饭过来。这次钱万里的司机直接将那辆奔驰车停到特护楼的花坛前，何婉他们透过窗户就能看得见。

钱万里不咬钩，陈立自然不会接受钱万里司机的殷勤，留下装满精美菜肴的餐盒，找个借口将钱万里的司机支走了。

何婉心里顿时没有那么平静了，她真搞不明白陈立与钱万里到底是什么关系了。

要说没什么联系，钱万里仅仅是凑巧经过江秀街遇到今天的事儿，将陈立送到医院救治，就已经是古道热肠、乐于助人了，又怎么会专程派司机送晚饭来？难不成真像周斌说的，陈立只需要打声招呼，就能将单子从锦苑国际那边接过来？

何婉心里迟疑不定，但她也是个知进退的女人，知道有时候并不方便打听太多。

"老钱是有心人啊。"送走钱万里的司机，周斌回来晃着脑袋坐到沙发上，伸手从赵阳端着的盘子里扯了块肉塞进嘴里嚼起来，嘴里不清不楚地说道，"这是杨家瓦罐烂猪蹄儿，味道真是没得说，你赶紧来一块儿。听说过以形补形没？吃了这个搞不好你明儿就出院了！"

虽说是已经见识过周斌这张不靠谱的嘴巴，可何婉还是被逗乐了。

周斌又招呼起何婉来："何婉姐你来整一个，陈立手残，咱们就让他先看着。"

何婉轻笑着摇了摇头，看了看手表："你们吃吧，我回公司一趟。"说着看向了陈立。

何婉此时已经无心在此耽搁，她要赶紧回公司，将陈立的想法带回去与公司的策划部商议一下。

陈立心想钱万里的司机来得刚刚好，正好达到他想要的效果。他稍稍客套着挽留了一下，也就任由何婉离开了。

只剩下自己弟兄三个就没什么好顾忌的了。陈立虽然带着伤，但处理过后已没什么大碍，不妨碍他拿起大蹄髈大啃起来。

从中午折腾到这会儿也是真饿了，仨人在外间一通胡吃海塞，闲聊打屁到了九点多。十点是网吧包夜的时间，再往后机器都是按时段买断，一天的账目正好卡在十点，需要归拢一下，赵阳要赶回网吧盘账；周斌赖在这里不走，美其名曰陪护。

其实也没什么好照顾的，陈立都能抢猪蹄啃了，胳膊也没有不方便，他不急着出院，还是怕钱万里没有凑近乎的机会。

病房里的病床够大，会客厅还有沙发，套间睡四五人都没问题。

值班护士见病房有人留宿，也没有多问，送来一床夏凉被。

特护楼夜里值班的这个小护士看着也就二十岁出头，年纪比陈立和周斌还要小一点儿，精致的五官，巴掌大的小脸，洋溢青春靓丽的气息，护士服里藏着一对大兔子，都快要将两粒扣子绷掉了。

周斌说是留下来陪护，但看到这小护士后，人就消失了，直到夜里才搬了一张折叠床过来，苦哈哈地说道："为了借这张折叠床，我在值班室里磨了一个小时的嘴皮子，你也不说过来帮帮我。"

"没要到电话号码？"

周斌什么性子陈立还不清楚？看他的样子就知道勾搭小护士出师不利，但他想着策划案的事情，没心思过去凑热闹。

◎
第 8 章

第9章

整个夜晚，陈立都没有睡熟，他感觉自己一夜都在做梦，具体做的什么梦，却一点儿也想不起来了。

大夫查房的时间还没到，周斌依然在熟睡，陈立靠着床背坐了起来。

过了一夜，双臂有些发胀，痛感却减轻了些许。因为是初秋，天气仍很热，为防止感染，伤口上只缠了薄薄的一层纱布，此时已经被血和药水浸透，胳膊肿了老高，刀口隐隐有蚂蚁爬过似的轻痒，这是伤口开始愈合的征兆。

看看窗外，晨辉已经洒在了磨砂玻璃上，陈立慢慢下了床，轻轻地挥舞了几下手臂，算是晨练。

"何总，昨晚我回去又考虑了一下，我保留意见，也希望您能再斟酌一下……"病房外隐隐传来说话的声音，陈立侧耳听去，是个陌生的男声。

"老刘，你也是公司的老人儿了，眼前公司的状况我想你比谁都清楚……"接着传来的女声陈立是听出来了，那是何婉。没想到何婉也是个急脾气，这么早就送早饭过来了？

陈立用脚踢了一下折叠床上的周斌，这家伙睡得很死，居然没醒。陈立使劲踹了他一下，周斌才迷迷糊糊睁开眼睛，一脸迷茫地看着陈立。

"该起床了。"说完，陈立努努嘴，示意他外面有人。

周斌极不情愿地翻个身，又沉沉地睡了过去。这家伙后来又跑出去跟那个小护士聊了半宿才回来睡觉。

陈立摇着头，踱步到洗手间，简单洗漱了一下。何婉这才敲门进来，手里提着两只保温瓶，想必是准备好的早餐。

一个差不多有四十岁的中年男人跟着何婉走进来。这人戴着大号的黑框眼镜，眼镜片下是明显没休息好的黑眼圈，头发凌乱，想来是一大早急着出门，根本没顾得上收拾，衬衫领子都磨破了边，看上去有些潦倒。

那男人看了陈立一眼，眼睛里藏有冷漠的敌意。

对这人的表现，何婉心里有些不悦，但只是微微皱了皱眉头，转身要过来扶陈立。

何婉今天一身黑色的职业套装，显得很精神，一步裹臀裙将臀部勾勒成浑圆的一片，黑色的衬衣胸前点缀着暗色的亮片。虽说何婉自以为穿着很保守了，但奈何她这个人太吸引人的眼球。她解开的领扣露出一抹雪白，让人难以抑制向下探视的冲动。

何婉有一米六八的身高，加上七八厘米的高跟鞋，个头就与陈立不相上下了。她伸手来扶陈立，顺着撑开的扣间，陈立还是瞥见了一道诱人的沟壑。

年轻人火力壮，一大早刚起床就受了这刺激，搞得陈立颇为尴尬地闪开了何婉的搀扶，赶紧到沙发那儿坐下，架起的二郎腿把该掩的都掩了起来。

那不修边幅的中年男人却将陈立这举动当成了年轻人的傲慢，微微"哼"了一声，也坐了下去，梗着脖子打量起居室里的布置，而将陈立当成了空气。

这状况搞得陈立有些莫名其妙，他问何婉："何婉姐，这么早给我送早饭来了？"

何婉对中年人的态度也是无奈，她走到桌边扭开了两个保温桶，徐徐的热气伴着扑鼻的喷香就冒了出来："是啊，也不知道你的口味，所以五谷

45

粥、排骨汤，甜咸都有，你喜欢哪个我给你盛。"

陈立抽了抽鼻子，扮了个贪吃相："两个都喜欢。"

何婉半弯着腰，敞开的领口正对着陈立的眼睛，陈立怕出丑，只能扭过头看别处。

何婉赶紧将打开的盖子又拧了回去，轻咳了一声，那中年男人才转过了头，却是满脸的不情愿。

"哦，对了，我给你们介绍一下，这位是我们公司的策划部经理刘同江，也是公司里的老人，这两年多亏了老刘兢兢业业，公司才维持下来。"

刘同江对何婉的介绍想必是相当满意，拉长的脸稍稍缓和了些。

"刘经理，这位就是我跟你说的陈立，昨天我们在会议上讨论的思路，就是小陈提出来的。"

陈立能听出何婉对这个刘同江颇为倚仗，只是这个人进门后就一副臭脸针对他，怕是没那么好伺候。

陈立还是站起来微笑着伸出手："刘经理，您好！"

所谓伸手不打笑脸人，虽然刘同江对陈立很是不满，可还是伸手与他握了一下。

昨天下午，何婉突然回到公司召集策划部开会，将自己带领整个策划部辛辛苦苦熬了几个昼夜才改出来、基本定稿的第二份策划案给搁置下来，起因就是眼前这个看起来带着些倨傲的年轻人，老刘心里不可能不恼。

"老刘经验丰富，我想着带他过来一起讨论新方案的可行性。"看两人还算和气，何婉才缓了口气，她真正担心的其实是刘同江。

刘同江是公司的业务骨干，这些年在印象广告也是兢兢业业，多少大风大浪都一起闯了过来。不少员工看着印象广告日落西山陆续跳槽离开，唯有刘同江仍旧一门心思地做好分内的工作。他这个人业务能力没话说，但也有些傲气，不怎么能接受别人对他的质疑。

昨天开会何婉将陈立的想法说出来让大家讨论，刘同江不仅不认同陈立的思路，态度还相当不满。何婉担心她的转述有不确切之处，不如让陈立与刘同江当面交流。再者，陈立毕竟是初识之人，虽然于自己有大恩，昨天说的也确实很有些意思，但何婉也不会凭着三言两语就认定陈立能胜任这事，带刘同江过来也存了些考证的意思。

陈立看看何婉又看看刘同江，何婉说得客气，一起讨论一下，但刘同江的态度怕也没那么简单。

"小陈，你年纪轻轻就能有自己的见解也不容易，只是不知道你在哪儿高就，做了几年广告策划，有过什么成功的案例？"刘同江抱着肩膀看向陈立，摆出一副前辈的架势。

何婉有些担心地看向了陈立，眼前这局面让何婉有些后悔带刘同江过来了。

陈立笑了笑，倒是没什么反应，他已经明白了这个刘同江为什么一见面就对自己有这么深的敌意。

其实陈立无所谓，他又不会去夺刘同江的职位，打翻刘同江的饭碗，他笑道："哦，我还没有参加工作呢。"

刘同江心里一下毛了。他没想到自己一心为公司好，何婉却找个什么经验都没有的毛头小子拆自己的台。他对何婉满腹怨气，怀疑何婉是变着法儿想赶他离开公司，于是怒道："何总，我刘同江做广告策划这行也有年头了，从普通职员一步步做到了策划部经理，你要是找到广告界的大拿质疑我的方案，我没有什么话说。但是，这位小兄弟随便说上几句就要我大改策划案，我无法认同。该说的昨天在会上我都说过了，我今天家里还有事，就先走了。"说着就要往门口走。

何婉赶紧起身把他拦下，对着陈立歉意地笑了笑："老刘，你别急啊，好歹听小陈说说，我也不是说一定要你改，咱们现在不是在商量嘛，都是为公司好。"

刘同江勉强被何婉拉着又坐了下来，但不会认同陈立对方案的质疑。

何婉一时间犯了难。刘同江从专业角度出发的心情，她可以理解，确实也是为公司着想。陈立的意见她也是深思熟虑过的，昨日的交谈让她对陈立十分欣赏，但真正吸引她的那点她却对谁都没有提过，那就是陈立与钱万里的关系！生意场不是卖白菜，看谁家的新鲜就买谁家的，更多的时候起决定性作用的，反而是那些不能拿到桌面上谈的东西。虽然她还搞不清楚陈立的背景以及他与钱万里的关系，但就她所看见的这些，何婉相信这会是相当有分量的筹码。

她一直都在观察着陈立的反应，幸好陈立似乎也没往心里去，这会儿已经自己倒了碗五谷粥，吸溜溜地喝起来，见何婉看他，还举着碗，咂吧了一下嘴巴，示意这粥不错。

若是连陈立也急了，她这会儿连为难的余地都没有了。

"何婉姐……"陈立喝完了一碗粥，擦了擦嘴巴，"刘经理坚持他的策划案也没有什么不对，做这行都恃才傲物，我平时也特看不得别人对我挑三拣四的。要不这样吧，我这边同时也做一份策划案，到时候两份策划案一起给锦苑国际那边交过去，这样咱们的胜算或许能大一些。"

刘同江冷哼道："锦苑国际怎么可能同意一家广告公司送两份方案过去？"

陈立活动了一下有些僵硬的手腕，他不想跟刘同江无谓地争执下去，说道："这个问题我想办法解决。"见刘同江还要说什么，陈立长长地伸了个懒腰，请他走人。

刘同江也气得够呛，说道："方案只能递一份，但我也不能拦着不让你做新的方案，到时候就请何总挑一份好的送到锦苑就是。"说罢这话，刘同江推门走了出去。

"嗯——"周斌揉着惺忪的眼睛从里屋走出来，"大早上的你们在这儿闹腾什么啊！"

陈立又倒了一碗排骨汤，抿了一口，咂吧了下嘴巴，说道："没事儿，你接着睡吧。"但周斌跟黄鼠狼似的，都闻到肉汤味了，哪还能埋头大睡？

第10章

看刘同江负气而去，陈立只是笑笑，心想这份策划案只能他亲手来做了，但搬台电脑到医院不方便，要是让张浩然看到又免不了问东问西，他就盘算着溜回网吧。

大夫敲门进来查房，极耐心地询问陈立的伤情，换药检查等琐事也亲自做了。随后躬立身旁的小护士凑过来给陈立量体温、测血压，一番摆弄令陈立十分无奈。

给陈立测血压的女孩子皮肤稍黑了一些，周斌没有搭讪的兴致，正有一搭没一搭地跟何婉搭着话。

看着周斌与何婉无所事事的样子，陈立也很无奈。周斌这会儿应该回网吧与赵阳换班，此时却流连美色，还赖在这里；而何婉的心思更不难猜，无非是在等钱万里再次出现。

只是现在连印象广告刘同江这样的角色都没有摆平，陈立自然不希望何婉在这时候就与钱万里有直接的接触。

查房的医生、护士一走，陈立便赶周斌回网吧去替赵阳的班儿。周斌走之前挤眉弄眼，意指陈立心怀不轨才想着赶他走，何婉闹了个脸红，也就不便留下来，待陈立吃过早饭，麻利地收拾东西离开了。

总算清静了，陈立要好好琢磨一下眼前的局势，或许今后的路真的就要从银杏花苑开始。

中原省是个传统的农业大省，经济发展不如沿海城市，但经过这些年的积累，制造业发展也有了一定的基础。

陈立研究过城市发展趋势与城市经济之间的关系，如今城市发展方向已由向心集聚为主转向离心扩散为主。其中，前者叫作向心型城市化，指人口向城市中心聚集的状态，这是城市发展初期阶段的表现；后者叫作离心型城市化，指人口和经济重心向外扩展的状态，一般是城市化发展的中后期表现。

商都市目前的各方面条件已经达到了城市转型发展的临界点。

如今，上级把在沿海发达地区任职多年的罗荣民调到商都这个具有代表性的中部省会城市，而且罗荣民一上任就提出要加快商东新区的开发的议题，很可能是因为上级关心中原省的发展，希望商都市及中原省能有更好、更快的经济转型。

离心型城市发展有两种模式，一是国际模式的郊区化，其特点是别墅加小汽车，向远郊区迁移，如北京通州、昌平，甚至怀柔等地即是如此。二是有组织的郊区化，其中既有计划指导的因素，又有价值规律的作用，这种郊区化是普遍的，是具有中国特色的郊区化类型。

商都作为中原省的省会，是国内传统地区经济体系的代表，从经济角度看，其城市发展必然选择有组织的郊区化这条路。处在老城区与商东新区之间的大学城区域迟早会繁荣起来。

钱万里能把项目选在这里，证明他的眼光不差，对商都城市发展方向有着很准确的判断。这种判断，也是基于对未来国内经济发展的展望。

商东新区的规划早已提上了日程，却被不断地搁置，是政府各部门不能步调一致导致的结果。

钱万里的银杏花苑证明了他的眼光，但也暴露了国内房地产开发商普遍具有的浮躁心理与落后思维。

近些年，国内房地产行业的火爆，使这些房地产商产生了房子盖好就是钱的想法，但随着社会的发展，有房住已经不再是消费者的唯一需求，不光要有房，还要有好房，以及好的性价比。

银杏花苑的问题主要还出在钱万里及锦苑的销售理念上。

陈立正想得入迷，一抬头是张浩然推门进来了。

"想什么呢，这么入迷？"张浩然轻拍了一下陈立的脑袋。

陈立不好意思地挠了挠头："浩然哥，医院太无聊了，要不让我出院吧。你看我都好得差不多了。"有了何婉这个筹码，陈立就不想再在医院里跟钱万里玩猫捉老鼠的游戏了。

"胡说。"张浩然打量了下陈立，看他精神不错，不由露出爽朗的笑容，转而说道，"哪有昨天进来今天就出院的道理。胳膊感觉怎么样了，大夫来检查过了没有？"

陈立正琢磨着怎么回张浩然的话，门口传来爽朗的笑声，钱万里带着司机到了。

陈立暗道来得好快啊，想必是一直派人守在外面，就等着张浩然露面。

张浩然看陈立也是会心一笑，随即站了起来。

"张秘书长，真巧啊，我正想着来看看陈老弟，没想到您也在这儿。"钱万里迎着张浩然伸出了手。

张浩然客气地握了下手，说道："钱总费心了。"

钱万里倒也不见外，顺势拉着张浩然一起坐到靠着窗户的长沙发上。

"小王，赶紧把茶泡上。"钱万里招呼了一声。司机麻利地从带来的塑料袋里掏出了个盒子，陈立忍不住笑出了声，盒子写得明白——便携茶具。

钱万里也跟着讪笑了几声。他何尝不知道这样的表现太过急躁，关系这种东西需要慢慢培养，可眼下自己的处境却是没有那么多时间留给他慢慢培养了。

"本来是怕小陈兄弟在这儿住着无聊，带点儿茶来给他打发一下时间，没想到就碰见了张秘书长，正好来尝尝今年新出的毛尖……"钱万里笑容可掬地跟张浩然聊起了茶道。

张浩然虽是无奈，却也不好驳了钱万里的好意，只随意应付着，抽空回了陈立个苦笑。

看着张浩然沉稳地端起茶碗细品香茗的做派，钱万里真恨不得直截了当跟他说："请罗副市长出来，咱们谈谈今后城市规划开发的事儿！"

这么幼稚的事儿钱万里当然不会去做，他能做的就是耐着性子陪张浩然一起嗅着茶香，谈着无谓的茶道见解。

为了这个能与张浩然坐在一起的机会，钱万里昨晚就备好了东西，瞪着眼睛看了一夜的天花板，天一亮便赶到医院的门口，巴巴等着张浩然坐的小车露面。

这其中的苦楚能对谁道呢？

喝过数道茶，张浩然抬手看了看表，已经快到中午了。他赶过来原本是想跟陈立唠唠家常，却被钱万里给插了进来。昨天为了给杨明辉制造机会自己提前离去，但杨明辉两场酒喝下来，已经有些吃不消了，今天早上在市政府里遇见，特地强调要他今天出场顶一下。

眼看着午饭时间将至，张浩然起身与钱万里说道："这两天辛苦钱总了，改天有空，我回请钱总喝茶。"

关系能有这一步的进展，钱万里就觉得这番工夫不白费，说定改日再请张浩然到锦苑国际做客、指点茶道。

大家起身一起出了病房门，陈立还要下楼相送，让张浩然给赶了回去，只有钱万里送了下去。

看着钱万里紧跟在张浩然身边的背影，陈立心中一笑，他要的就是钱万里这分急迫，要的就是张浩然这份淡然，只有这样才能给自己留下可乘之机。夜长梦多，看来这份策划案得抓紧时间做出来。

出院！必须得出院！不然所有的事情都得耽搁在这儿了。时不我待，张浩然在磨钱万里的时间，钱万里又再磨何婉的时间，自己看似牵起了所有的线，但也是所有人里面时间最紧迫的，稍一错过，这桩事就跟他没有关系了。

第11章

　　陈立在病房里将思路理了理，下午又偷偷去了趟银杏花苑。

　　直到暮色渐浓，他才约赵阳、周斌出来吃晚饭，又打电话回网吧，要值班的网管将他靠角落的专座留出来。那个角落清静，还挨着临巷子的窗户，正适合他通宵写文案。

　　陈立想着文案的事情，只想填饱肚皮。也不知道周斌今天受什么气了，跑到饭店里不敢纠缠陈立，却非拉着赵阳陪他喝酒。三人差不多十点才溜达回网吧。

　　还没走进新潮锐网吧的大门呢，就听到里头传来争执声："这台机到这个点都还空着，到底是什么牛掰人物，非要占这台机啊？他要是过来，你们给安排上别的机不行啊？我也是常客，你们总不能这时候赶我到其他网吧找机子吧？"

　　陈立他们探头往里一看，就见陈立常坐的那个角落，有个头发乱蓬蓬的家伙带着酒气，非要挤到那台机子前上网，正跟值班的网管刘美芹纠缠。

　　周斌认得那个家伙，他是附近小区的混混，也是网吧的常客，有时候故意跟陈立找来的美女网管刘美芹胡搅蛮缠。周斌走过去重重地拍了那小子的肩膀："我靠，这是给陈立留的机子，你牛老三怎么就看不顺眼了？"

邋遢年轻人是这里的熟客，对周斌、陈立、赵阳都不陌生，被周斌重重一拍，肩膀都要塌下去了，讪笑着："斌哥、立哥啊，这只能怪你们网吧生意实在太好了，我九点半过来包夜，这边就剩这么一台机子，还以为是小刘美女给她姊头留的呢。我就想呢，小刘美女啥时候背着立哥在外面乱搞了？我这是要替立哥打抱不平啊，没想到小刘美女心里还真是想着立哥……"

"呸！"

网管刘美芹是晓庄师范学院的学生，被陈立找来勤工俭学，也算是新潮锐的金字招牌。听着牛老三满口胡扯，她啐了他一口，但下意识地偷瞅了陈立一眼。陈立这时候也恰好看过来，刘美芹心跳怦地加速，粉嫩的脸莫名烫了起来，她赶紧找了个借口："陈立，你喝什么，我给泡杯茶去……"

"靠，小刘美女对立哥还真体贴。立哥长着一张能勾小女孩心的小白脸，我们都羡慕不来！"牛老三盯着刘美芹牛仔裤绷直的修长大腿嘿嘿笑，从兜里掏出烟来分给周斌他们……

"你们出去抽，别碍着我……"陈立满脑子想着文案的事情，挥手将周斌、赵阳还有牛老三都赶出去，直接坐到机子前……

手臂的伤还有些酸胀，刀口处更是一阵阵刺痛，陈立稍稍活动了一下手腕，点了支烟，静静等着电脑走完开机画面。他环视一圈，网吧里满满当当的全是在玩儿游戏的。这时候都过十点了，坐在机子前的差不多都是包夜的人。陈立当初拉周斌接手这家网吧时，也没有想到生意会这么好。

身边嘈杂，陈立心里倒是清静，他打开了份空白文档，敲出了"银杏花苑"四个字……

赵阳、周斌出去溜达了一圈，将牛老三安抚走后，周斌也就走了。赵阳回来看陈立打开一份文档正在打字就没去打扰他，看别人玩儿了会儿游戏就歪在值班室的小钢丝床上呼呼大睡了。

赵阳性格稳重，虽然夜里有值班的女孩子在，但他只要闲着，基本上都会在网吧过夜。也因为有赵阳在，周斌与陈立才能当甩手掌柜。

坐在陈立边儿上的那家伙，兴许是CS玩儿到了后半夜累了，便退了出来，打开最近很火的聊天软件QQ，与互不相识的网友闲聊了起来。

这家伙只记得他包夜刚玩CS的时候，陈立就已经对着电脑打字了，到了这个时候还没有停下来，看着劲头似乎更足了。他扭了扭笨重的屏幕，避开陈立，对着QQ聊天框也打下了一行字：我旁边有个跑网吧练打字的傻B，已经干五个钟头了！

第二天上午，陈立将赵阳拉起来，自己到钢丝小床上眯了一会儿。下午陈立爬起来接着干活，一口气将策划案整理出了个大框后，才提着最后一丝精神按下了保存键。

这时候他脑袋昏沉沉的，一片空白，便直接趴在了桌子上。

网吧里熙熙攘攘依旧，他一身衣服不知道什么时候被汗浸了个透，皱皱巴巴地粘在身上。缚着伤口的绷带一片血红，陈立却不觉得疼痛；只是一直敲字的指尖隐隐发胀。

趴了半天，陈立感觉嗓子眼儿火烧般的炙热，实在是太难熬了，以往跟周斌他们玩通宵，状态没有这么差，还是因为前天受伤失血较多，身体还虚得很。

刘美芹昨晚眼看着陈立一刻不停地干了一整夜，今天过来换班时，看到陈立竟然还在，瞅那架势一直都没动过。她被他这疯狂劲儿吓了一跳，觉得有些心疼。

刘美芹看到陈立那里有了动静，赶紧沏了一杯茶送了过去。陈立正焦渴得难受，也顾不得凉热，顺手就接过来灌了个底掉，苦涩的茶叶沫子也被顺了进去，看得刘美芹直瞪眼。

赵阳这会儿已经睡熟，陈立也没吵他，胡乱吃了包泡面就出了网吧跑回宿舍睡觉。进来的时候夜色深沉，出来的时候星光满天，不知不觉在网吧坐了一天一夜。

稀里糊涂一觉睡到了天亮，陈立只觉浑身上下就没有一个地方是舒服的，胳膊上的伤口熟睡时无意识地枕在了头下，这会儿也一阵疼过一阵，本就被血浸透了的纱布又加了汗渍，更是污浊得不成样子，松松散散地挂在胳膊上。

陈立昏昏沉沉地拿起手机想看看时间，刚一开机就有好几个未接电话显示出来，看得陈立头疼，何婉、张浩然，还有三个未接来电是老妈打来的。

以陈立对老妈的了解，估计是入秋了提醒他加衣。

看时间刚七点多，陈立本想再睡，可伤口着实疼得厉害，便打电话给周斌，却没人接，他只好找赵阳陪着一起去医院换药。瞅着自己一身的狼狈，陈立也懒得洗漱了，带了身换洗衣服就出了门，反正病房的卫生间里能洗澡，不如到那儿整个彻底。

清晨的空气凉爽宜人，路上人已经不少了，陈立溜达到江秀街口时赵阳已经蹲在路边等着了，俩人打了车就往医院去。

那个周斌看上眼却还没勾搭上的夜班小护士还在，逮到陈立两夜未归，见他一副邋里邋遢的样子知道他回屋要洗澡，特地跑过来叮嘱尽量不要让伤口沾水。

陈立进屋让赵阳帮着拆了纱布，胳膊上被匕首划开的伤口，虽然已经缝合，却跟崩了线的皮鞋似的，微张着口，颇为瘆人。赵阳搜遍了全屋，见卫生间里的浴帽倒是能拿来用一用，又去找那个小护士拿来纱布、剪刀，两人一起帮着陈立给裹紧缠好了。

陈立闻着身上捂出来的汗馊味儿，一刻都等不得了，三两下扒净了衣服就冲进了卫生间。

外头赵阳好像喊了句什么便没了动静，陈立估计他是去买早饭了，只管拧开阀门儿，让温热的水自上而下先浇个通透，积了满身的疲倦到这会儿才算是有了倾泻的出口。

这高干病房就是不一样，陈立感慨，以前在老爸医院玩的时候，那住院处楼里的公共厕所门口也挂了个卫生间的牌子，同样是卫生间，简直是天地之差。

莲蓬头明显是新的，水量很足，不一会儿已经是满屋的蒸气缭绕。陈立冲了好一会儿，才觉得稍稍缓过劲儿来，只是手不方便，搓不到后背，这会儿听见身后卫生间的门吱呀响了，身后一凉，想是赵阳过来了，便随手把沾满了泡沫的毛巾扔了过去："来，给我搓搓背。"

"啊……"

没见赵阳接过毛巾，却听到何婉慌乱地叫起来，陈立睁开眼睛，见他扔过去的毛巾正盖住措手不及的何婉的半张脸……

◎

第11章

第12章

　　湿答答满是泡沫的毛巾不偏不倚，正搭在何婉的头上，露出来的半张脸愣在那里，秋水剪眸瞪得滚圆。

　　陈立下意识地伸手去取何婉脸上的湿毛巾，抬脚才想到自己赤条条的，赶紧缩手去捂着紧要部位，不想脚下一滑，便往何婉身上栽去。慌乱间也不知道抓到何婉身体哪里，两人都滚倒在地。

　　陈立的脑袋在门框上磕了一下，撞得他晕头转向，就觉口鼻间幽馨温香，蹭着腻滑软脂，身下更是一片绵软。他晕乎乎地睁开眼，看到眼前两团被黑色蕾丝半拢着的雪腻丰隆，才知道鼻子顶蹭的不是地方。

　　何婉被陈立拿湿毛巾扔脸上时就吓了一跳，刚想退出去，不想陈立脚下一滑，整个人都朝她栽过来。

　　要不是陈立脑袋磕门框那一下够狠，何婉都怀疑这小子是故意占她的便宜。这会儿，她利落的白衬衣被陈立扯开了扣子，敞开到毫无赘肉的脐腹才被束腰的短裙收住。她近乎半裸地被陈立压在身下，还被他拿鼻子在胸上蹭了好几下。

　　何婉又羞又急，而掉落在地上的莲蓬头没了控制，像条上了岸的活鱼，被激射的水流带着满地乱蹦，没了着落的水花四溅，将她身上浇了个通透，透出雪腻白皙的肌肤与诱人的曲线来。

陈立挣扎着要站起来，他的手撑在地上，见何婉羞急的样子，刚要道歉，就听见外面的门被推开，赵阳与值夜班的小护士探头进来……

"啊，你们这是……我……我没看见，我早饭还没有吃呢，你们先忙着，我出去吃早饭！"

刚买了早饭回来的赵阳在楼道里听到病房里传出一声沉闷的尖叫，不知道发生了什么事情，与值夜班的那个小护士赶紧跑进屋，就撞见这无法描述的一幕。他与夜班小护士慌忙关上门，逃出了病房，免得破坏陈立的好事。

"这狗日的，我们哪点儿像在干不正经的事了？撞死我了，也不说过来帮我一把！"陈立翻身坐起来，捡起一块毛巾盖住羞处，揉着撞高半片的脑袋壳。

何婉这才得以狼狈地扶着房门跑出去，顺手将卫生间的门关上。

过了好一会儿，陈立才缓过劲儿来，撑着胳膊趴在洗手台前。不知是被热水冲的还是血气逼的，从头到脚，身子通红，卫生间内似乎还存在着恍惚的幽香。陈立看了眼地上的一只高跟鞋，刚才慌乱的画面猝然清晰起来，只觉得有一阵热气要冲上脑门，他胡乱拿起莲蓬头将身上冲干净。

外面没有动静，不知道何婉还在不在，他的换洗衣服都还在床上扔着，陈立心想自己总不能一直在卫生间里憋着吧，便硬着头皮喊了一声："何婉姐，你没有走吧？"

"嗯……"何婉在外面回应着。

"那什么，我衣服在外面。"陈立龇着牙说道。

短暂的静默之后响起了轻轻的敲门声："给你衣服……"何婉从外面推开门，躲在门后将衣服递进来。

陈立接过衣服，胡乱穿上，推开门见何婉裹着一张薄毯子坐在沙发上，湿漉漉的头发还在滴着水，脸蛋上的薄妆虽被冲掉，但肌肤却更显红润水嫩。

何婉也知道今天纯粹是自己太莽撞，都没有细听卫生间里有人在洗澡就

◎
第12章

直接推开门，才搞得这么尴尬，但看到陈立走出来，想到自己的身子差点儿给眼前这个大男孩看个通透，还是瞪了他一眼，娇嗔说道："你都把我的衣服搞湿了……"

听着何婉的声音又柔又糯，陈立心跳就紧了三分，他将换洗衣物拿出来，捡了条长裤与一件白衬衫递给何婉："何婉姐，你要么先穿我的吧……"

何婉拿着衣服进卫生间了。陈立不敢想象何婉在卫生间里换衣服的情形，总觉得何婉的脸蛋以及雪腻的身子在眼前晃，他摸着烟跟火机跑出病房，看到赵阳正站在门口等着。

"……我在洗澡呢，何婉没注意到里面有人，推门进来，吓我摔一跤，后脑勺都肿了一片，你这小子竟然就跑了！"陈立嘿嘿一笑，掩饰刚才的尴尬。

赵阳也当什么都没有看见，指着陈立的胳膊道："要不去护士站换药吧，刚才大夫过来查房，我让他先等会儿。"

原本就挺瘆人的伤口，被热水一泡，这会儿咧得像小孩儿嘴巴，白呲呲的豁口没有血色，着实是惨不忍睹。陈立从小就在医院里跑惯了，没少看老爸做这活计，虽然这次是轮到了自己身上，也不觉有什么大不了，就跑到护士站去处理伤口。

值班大夫出手细致慎重，陈立也没觉得过分疼痛。值班大夫虽然明知这年轻人得罪不起，还是忍不住数落了起来，当然这样的数落只会让人心生好感，只是那个值夜班的小护士还没有交班，时不时瞥过的眼神总让陈立浑身不自在。

处理完了伤口又领了些消炎药，陈立回了病房。只见两屋的门都大开着，何婉不知何时已经走了，整理好的床铺上还有水渍，这让陈立心里有些空落落的。

也不能一直玩儿失踪，陈立先拨通了老妈的电话。

不出意料的又是一通数落，陈立心里却是暖乎乎的，只说最近功课以及论文都比较忙。老妈又叮嘱了些生活上的事儿，便挂了电话。

可看着张浩然的电话号码，陈立有些犹豫了，他眼下还不想让张浩然知道自己参与进了银杏花苑的事儿，主要是怕张浩然过于关心，会打乱他与钱万里接触的节奏。何婉那边儿在时机成熟以前，也不能让她跟钱万里对接上，一切要等自己的策划案做出来，先摆平何婉公司内部的关系再说。

想了片刻，陈立还是拨通了张浩然的电话。

原来昨天下午张浩然抽空过来探望陈立，硬是没找到人，询问护士也都不知道陈立去了哪里，打电话没人接，就有点儿担心。这会儿接到陈立的电话也就放心了，他要陈立没事就在医院里休养着。在电话里张浩然告诉陈立，他昨天到病房没找着陈立，走的时候在高干病房楼门口又碰见了钱万里。

看来自己还是小看了锦苑国际的危局，钱万里这次是真的急了，这也意味着留给自己的时间很少了；万一钱万里提前搭上罗荣民这条线，陈立心知就没有他运作的空间了，他的策划案再精彩都不会受到重视……

策划案还需要进一步调整，陈立没有在医院里耽搁，直接赶回网吧。周斌这两天不知道去哪里浪了，网吧也没见着他。网吧里有好几个联机玩《红警》的家伙吆五喝六、激战正酣，不过陈立之前特意交代的靠窗位置都还一直留着。

这一次再坐下，陈立已是轻松了许多。虽然赶时间，不过初稿已经完成，细化整理的工作再急也得慢慢做。陈立一页一页翻看着，一条一条梳理着，调整结构，补充缺失，顺便将错别字也改了。

十几页的策划案边看边改，不知不觉天色渐暗。陈立长长地伸了个懒腰。他毕业不是广告策划专业出身，内容方面能完善到这一步也算是差强人意，可以先拿出来摆平何婉、摆平印象公司的内部关系了。

"嗡嗡……"扔在桌上的手机振响起来，是何婉，真是想谁谁来。

电话里何婉只是问陈立在不在医院，要不要她送饭过去，却耐住性子没有问策划案的事儿，估计认为陈立的效率不会比公司里几名策划部员工合作更高。

　　陈立也想着再梳理一下，只说了在学校这边儿，暂时没有提策划案的事儿。他挂了电话，就拉着赵阳一起去吃晚饭了。

　　周斌还是没有露面，陈立觉得很奇怪，拉着赵阳问周斌这两天到底跑哪里去了。赵阳说他也不清楚……

第13章

　　陈立在小吃店喝了两碗小米粥，心中没有挂碍，便回屋睡了个安稳觉。第二天天亮赶到网吧又将方案梳理过一遍后，就给何婉打了电话，问她公司的地址，想着上午就将方案送过去。

　　何婉听陈立说策划案做了出来，也是惊喜不已，便约好她来网吧接陈立到公司。

　　陈立在乌烟瘴气的网吧里抽了两根烟，就听到何婉站在大门口喊他。何婉跨进门就被呛得直咳嗽，都呛出眼泪来了。

　　陈立挥了挥手，让何婉在门口收银前台那边等着，他拿出一张新的软盘插进电脑，等着将文案拷贝进去。

　　"啊!"

　　收银台那边传来一声尖叫，陈立还没有回头，紧接着又听见"啪"一声清亮的耳光，听得他心头一哆嗦。

　　陈立转回头，就见何婉气得满脸通红，抓起手里包，朝一个满头黄毛的家伙脸上砸去；那家伙脸上已留下五道清晰的手指印，一个趔趄才站稳脚，想必刚才那一记耳光抽得不轻。

　　这时候在值夜的小房间里听到动静的赵阳探出头来，看到这情形也知道黄毛必定是手脚不干净，想占何婉的便宜。

黄毛被抽了一耳光，却没有被吓住，反而目露凶光，抬手挡住何婉的包，另一只手就要去揪何婉的衣领子。

陈立一时间也没看到何婉到底吃了什么亏，但何婉今天上身穿了一件无肩袖衬衫，要是这一把让黄毛揪实了，非走光不可。他推开椅子就冲过去，从侧面一脚将黄毛踹翻，大骂道："日你娘，敢在这里撒野！"

赵阳动作也不慢，绕过收银台，冲上去抓住黄毛的脖子，将他顶在墙上。这时候黄毛才知道捅了马蜂窝，不敢再动弹了。

陈立这才注意到何婉今天穿了一件淡黄色的一字裙，丰腴而浑圆的臀部留下两条腌臜的指印，指定是黄毛经过收银台时故意蹭上去的。何婉腰肢纤盈，一点儿赘肉都没有，或是胯部略宽，或是裙子略小的缘故，从腰部到两胯的曲线，被裙子紧紧收成完美到极致的半弧线；而何婉看似纤细的身材，却偏偏有一种丰腴到微微要溢出来的成熟肉感，任谁看到都忍不住想去摸一把。陈立暗感黄毛这一耳光吃得半点儿都不亏啊。

"呦！大早上的怎么了这是？何婉姐也在啊！"两三天没见人影的周斌不知道什么时候跟牛老三混到一起，两人这个时候一起溜达回网吧。

周斌听赵阳一说情况，脾气就上来了，撸起袖子掐住黄毛的脖子就是两耳光："日你娘，黄杂毛你敢在老子的网吧里惹事也就罢了，陈立刚认的姐你都敢伸手，今天剁不下你的手！"

周斌力气大，这两巴掌抽实下去，黄毛半片脸就肿了起来。

黄毛知道周斌是争强斗狠的主，不敢还手，直往角落里躲，朝牛老三喊道："牛哥牛哥，是我眼瞎，我给陈立认错……"

陈立这才想起来，这小黄毛是跟牛老三混的小混混。

牛老三虽然是混混，但也知道兔子不吃窝边草，恨铁不成钢地一脚将黄毛踹了一个跟跄，这才发烟给周斌、陈立、赵阳，说道："斌哥、立哥，这孙子也真不是玩意儿啊，你们不要跟他置气，等会儿我狠狠收拾他！"

陈立懒得理会这些事，让周斌、赵阳、牛老三将黄毛拉出去解决。

经门口这通闹腾，网吧里包夜的人也都没有心思再上网、打游戏了，贼溜溜的眼珠子都往何婉身上扫过来。江秀街夹在中原大学与商都师范大学之间，网吧里靓丽活泼的女孩子不少见，但眉眼如月、脸容清媚、五官美到勾魂的丰腴少妇，谁有机会见？

刘美芹不用陈立招呼，就乖巧地拿来一条湿毛巾，给何婉将裙子上的痕迹擦掉，但她漂亮的大眼睛却还在陈立与何婉的身上打转，猜测陈立与她的关系。

刘美芹原本对自己的长相很有自信，但站在何婉面前却自惭形秽，心想或许只有这样的女子，才会让陈立心动啊……

陈立心想，何婉长得这么诱人，也应该没少被人占便宜，这种破事也算不上多大的事。他拿起软盘就坐上何婉的车，去她公司谈正事。

何婉的公司位于老城金水区的林园路上。

金水区集中了商都市大的金融机构和较高档次的社区，还有诸多省直机关也在这里，是商都市除了宝塔区之外，商业气氛最浓的区域。

中原省的经济发展还是滞后一些，商都市的纯写字楼市场还谈不上成熟，很多写字楼，实际上都是商住两用的"商住楼"，林园路上有好几栋这样的大厦。

一路上，何婉跟陈立介绍公司的情况。印象广告刚成立的那两年，经营状况很好，就在林园路的荣华大厦，在同一层买了三套房打通了做公司的办公场所。

陈立这两天的心思在策划案上，也没有详细打听何婉公司的情况，但何婉很多地方都显得不够成熟，甚至还有些手忙脚乱，这让陈立猜测到她应该不是印象公司真正的创始人，而是公司出了什么变故，她不得不出面收拾残局。

因而她脸上有一种令人心疼的憔悴跟忧愁。

陈立跟何婉坐着电梯上楼，电梯中贴满了各层公司的宣传帖，印象广告

◎

第13章

的最大最为醒目。

何婉将希望寄托在陈立身上，是希望陈立与钱万里的关系能发挥至关重要的作用，多少有些"居心不良"。

想到陈立救下女儿，自己却想着要利用陈立拿下锦苑国际的单子，何婉心里也有些忐忑，见陈立在看电梯里的公司广告，何婉尴尬地说道："这楼里的公司不少，零零散散能接到不少小单子。"

陈立心里一笑，何婉这话里却是有几分凄凉啊。这倒是正好，要是何婉的公司正蒸蒸日上，他算哪根葱啊！

电梯停在了七楼，门刚开就有人闷着头往里钻，幸亏陈立眼疾手快拉了何婉一把。

何婉心虚地想着别的事情，被陈立拉了一把，一个跟跄，身子就歪到他的怀里。

"哎呀，何总你可算来了，我……"刘同江依旧顶着张睡眠不足的脸，精神却亢奋到难以自持，眼见何婉歪倒在陈立怀里，扶眼镜的手都停在了半空。

何婉扶着陈立的肩膀站稳，面色微红："怎么了老刘，这么急匆匆的？"

刘同江举着手里厚厚的文件，兴奋得像个孩子："新的策划案终于赶在锦苑第二次招标前赶出来，何总你来提提意见……"

刘同江并没有将医院打赌的事当真，他心想是因为何婉刚接手公司接连丢了好几个大客户，公司生存成了问题，这才心急将希望寄托到什么都不懂的毛头小子身上。在医院里，刘同江觉得不受何婉信任了，是很生气，但他心里还是巴望着公司能将锦苑的单子接下来，不仅公司能生存下去，他自己的工资、奖金也就有了着落。

何婉更看重的是陈立与钱万里的关系，没指望还在上学的陈立能做出多好的方案，看到刘同江能以公司大局为重，心里也很宽慰。

陈立见何婉美眸抑不住喜色地将刘同江的方案稿接过来，忍不住要笑起来。他从裤袋里将软盘掏出来，问道："何婉姐，那我这份方案就白做了啊?"

何婉怕陈立年轻，心思敏感，忙跟刘同江说道："陈立的方案也做好了，老刘，召集策划部半个小时后咱们开个会，说不定你们两人的方案能取长补短呢……"

陈立听得出何婉有求于他，但也不想寒了公司老臣的心。

听陈立竟然真做好了一份策划案跑过来打擂台，刘同江脸上一紧，嘴里嘟囔了一句，转身就离开了。

陈立随何婉经过了一片格子间。从员工打量过来的不信任眼神，陈立不难猜到刘同江此前还是放过一些风声，大概都把他当成进公司混事来的了。

何婉注意到陈立眉头微微蹙着，进到办公室说道："不好意思，老刘其实人不坏，公司里的老人儿了，威信也高……"

陈立笑着摆了摆手，把软盘交给了何婉。何婉招呼人给陈立倒了杯水，自己就在电脑前看了起来。

陈立闲着没事儿就端着茶杯站在何婉办公室门口，打量外面办公的情形，也不介意让公司的员工都看到他、猜测他。

对于一家广告公司来说，这里地方不大，陈立一眼能看到头，但也足够用，颇具构思的隔断将区域划分得很明确。前台颇显气派，往里是六张实木办公桌，面对面放置，这会儿只有两个人在，桌上扔着的工牌上写着市场销售，其他人大概是出门联系业务了。另一面是接待区，方头方脑的欧式沙发，围着黑底的玻璃茶台，沙发上面的墙上挂着块写着"印象广告"的亚克力牌子。再往里就是行政办公区了，排列整齐的格子间，只稀稀拉拉地坐了几个人。

而在何婉的总经理办公室隔壁，还有一间独立的办公区，透过玻璃门能看到刘同江在里面跟几个人在说着什么，门口挂着策划部的牌子。对一家广告传媒公司而言，策划部是最核心的部门，办公区独立出来也正常。

第14章

　　这一圈望过去，陈立对印象公司倒还是挺满意的。

　　那天在医院里，何婉说了他们的策划案方向，在陈立听来虽然没有抓到重点，但也是颇为专业的思路。刘同江虽然执拗，却是专业人才，更关键的是，印象广告规模不大，公司架构明确，是合格的合作对象。

　　看着眉头紧锁盯着电脑屏幕露出震惊神色的何婉，清媚美丽的脸蛋上难掩倦容，陈立心里一笑。印象广告眼前的状况是夕阳迟暮，大概离只剩下一副空架子不远了，只要何婉将锦苑国际的这笔单子当成救命梯子，就是他能抓在手里的机遇。

　　何婉看完陈立的文稿长出了一口气，靠在椅子上捏了捏眼睛。她白皙的脖颈不带一丝皱纹，无肩袖衬衣习惯性地开着第一颗扣子，陈立的视线自然滑到了她轮廓分明的纤细锁骨上……

　　陈立走到何婉对面坐下来，何婉疑惑地看向陈立："你这策划案……"

　　"何婉姐是想委婉地说我这策划案思路不错，但还不够专业？"陈立知道何婉在想什么，也猜到了她会有怎样的反应，笑着说道，"我的方案要是比刘同江他们做得更专业，那何婉姐将刘同江他们都开掉，聘用我一个人就可以了。"

"你是中大的大才子，我可不敢把你当骡马使唤。"何婉嫣然笑道，但心里不禁为陈立的淡定与从容所困惑。何婉又从他脸上看不出什么，心想，怎么会是这样的方案？这算是什么策划案？她虽然刚接手公司，但已经很努力地学习了，却从来都没有想过，广告策划案可以这么做！

这时候外面有人敲门，策划部的人都准备好了，请何婉过去开会。

何婉柳眉微皱，想要跟陈立说什么，却终是没有说出口，只让助理小江把策划稿打印出来，一会儿直接送去会议室讨论。

会议室就在策划部的隔壁，一张会议桌，四壁都是文档架，密匝匝地摆满资料，会议桌上也摆满东西。想来会议室平时都被策划部占用去办公，因为即便是开会也是以策划部为主。

陈立随何婉走进来，刘同江正坐在会议桌旁同四个年轻人讨论他的那份文案。

看到何婉走进来，刘同江站起来，四个年轻人却大咧咧地坐在那里抽着烟，手里翻看文案，还有一人甚至趴在桌上打呼噜，被人推醒，抬头看到何婉，才揉了揉发胀的太阳穴，嘟囔说道："昨天帮老刘赶方案睡迟了，我去洗把脸醒醒脑子……"推开椅子就出去了。

何婉也是无奈，只当作没看见。陈立看着却是另有一番感想：这策划部里大概只剩下刘同江一个真正干活的了，其他人要么得过且过，要么就已经在暗中找别的工作了。

何婉拉了张椅子让陈立坐下。陈立却走到何婉的对面，在会议桌的另一头拉开椅子坐下来，直接将身边年轻人手里刘同江的那份文案拿过去，跟何婉说道："老刘的方案，我倒想看看有什么精彩的地方。"

策划部是公司最不讲究的地方，大家都是卖创意为生，难免会有一些恃才傲物。但再不讲究，陈立刻意走到会议桌的另一头坐下的举动，也让刘同江他们看后眼睛猛地一敛：什么意思，这小子真当自己是公司的二号人物了？真要讲究会议桌的次序，也该是刘同江坐到何婉的对面啊！

何婉也很诧异，但陈立这时候已经埋头翻看刘同江的方案，似乎完全没有意识到别人异样的反应。

陈立翻阅速度极快，很快就将刘同江的策划案过了一遍。

单以广告设计投放为基准，刘同江的这稿确实是一份很不错的策划，主要思路正如何婉说过的，一切都以尽量地压缩成本为重点，看得出是下了大功夫的。刘同江也不愧是在广告策划行当里浸淫了十几年的人物，放在其他时候，兴许还真能拿下单子，可放在锦苑国际这儿，却是没什么机会了。

"何婉姐，你说照老刘的方案，有几成把握拿下锦苑的单子？"陈立将厚厚一沓文稿随意丢到桌角，嘴角微微一挑，问何婉。

刘同江性子本来就有些执拗，就算他有再好的脾气，这时候心里也不可能为陈立的语气高兴。

何婉也没有想到陈立一下子就将话说得如此尖锐。刘同江是公司的业务骨干，又兢兢业业，她当然不会说寒刘同江心的话，一时间不知道怎么回陈立的话。

"老刘，你自己说说，你的方案能拿下锦苑的单子吗？"陈立直接将矛头转向刘同江。

他不管何婉诧不诧异，他必须将以往所敛藏的锋芒都暴露出来，要刺得刘同江他们受不了。他必须下猛药，不会再给何婉其他犹豫不决的选择。不然的话，他的计划就无法实施。

策划部几个年轻人诧异地盯着刘同江，他们一时没有摸清楚状况。这小子跟何总到底是什么关系？说话这么尖锐，矛头直指刘同江，是想干什么？难道要直接将刘同江赶走？

刘同江老脸涨得通红。何婉拉一个毛头小子跟他打擂台赛，他已经是气得够呛了，为了公司他能忍下来，但这小子现在这口气是什么意思？

"我的方案也许有不妥的地方，我倒想看看小陈你的方案有什么过人之处。"刘同江退无可退，针锋相对地冷声说道。

何婉暗暗叫苦。她与陈立见过几次面，陈立一直性子温和，哪里想到他坐进会议室，像点了炸药包。

这时候何婉的助理将打印好的文稿拿进来了，陈立招了招手，直接让助理将文稿送到他手里。

陈立将文稿压在手下，没有让刘同江翻看的意思，清亮的眼睛盯住刘同江随时会掀桌子发作的脸，风轻云淡地说道："老刘，你的方案从专业角度来说比我的方案要好，没有什么好挑剔的，但我想说的是，老刘你的方案拿到锦苑老总面前，接下单子的可能性为零。老刘，你能想明白你的方案不足在哪里吗？"

刘同江气都喘粗了。他在这个行业兢兢业业干了十多年，在印象公司领导策划部，哪一次的策划案不是做得漂漂亮亮的，今天坐在这里竟然要被这毛头小子当孙子教训！

"我今天虽然是第一次走进何婉姐的公司，但也能看到公司现在很艰难，这么多员工要养家糊口。老刘是策划部的灵魂，也是公司的绝对骨干，何婉姐开给你的工资不会低，但老刘你穿的短袖衬衫，衣角都磨毛了，不像策划部的其他几名员工穿得光鲜，想必是家里也有我所不知的困难，"陈立似乎完全看不出刘同江已经处在即将发作的边缘，心平气和地说道，"锦苑这笔单子，事关公司的生死存亡，这也意味着，公司必须要拿下锦苑国际的单子，绝不容有一丝的闪失。老刘，我刚才那个问题，你不会误以为是我故意针对你吧？"

◎ 第14章

刘同江都想翻一个白眼给这孙子看，他硬邦邦地说道："我尽自己所能做策划，不敢有一点儿的懈怠，但真要说有几成希望，我不能确定。你觉得我这策划案有什么不足，请你指教。"

何婉也是暗暗震惊。她怕刘同江当场发作，让场面一发不可收拾，没想到刘同江的牛脾气竟被陈立摁住了，甚至都忘了要追看陈立的那份方案了。

陈立说刘同江家里可能是遇到什么事儿了，何婉这才注意到刘同江穿的那件短袖衬衫，看上去熨得整齐，但确实都穿磨边了，心里为陈立的观察力惊讶。她刚接手公司，焦头烂额，不要说其他员工，即便是刘同江家里的状况，她都没有精力去关心。

何婉意识到，自己是何等的失职啊！难道自己真没有办法将公司撑下去了？

"那我就随意说说，有什么不妥当的地方，老刘你不要往心里去。"陈立笑了笑。

"哼！"刘同江哼了一声，他倒想看看眼前这毛头小子能说出什么花来。

"做策划案，最重要的是了解客户的需求。这句话，我想在座每一位都有体会，但你们这份策划案最失败的地方，恰恰是没有搞清楚锦苑国际的需求是什么。"陈立说道，"你说说看，锦苑国际当前最急切的需求是什么？"陈立突然将问题抛给刚才趴会议桌上睡觉的家伙。

那家伙一愣，下意识说道："锦苑国际最急切的需求，就是将银杏花苑的房子卖出去呗，除了这个还有啥？"那家伙觉得陈立的这个问题很白痴。

"看，老刘，策划部的人，还是有比你更清醒的。"陈立这时候站起来，拿起刘同江的那份方案丢到会议桌的中间，敲着桌子说道，"这份方案，每个角落里都透露着帮锦苑国际节约营销成本的气息，但是锦苑国际最迫切的需求，不是省几十万的广告费，而是要将银杏花苑的房子卖出去，回收房款……"

刘同江想为自己辩解，但陈立岂会给他开口的机会？

陈立乘胜追击道："老刘你或许可以辩解说，节约广告费用是客户的要求，但作为广告人，你心里应该清楚，有时候客户未必能知道自己真正的需求是什么，对市场的理解远不够深刻。这就需要我们帮客户更深入地研究市场，更精准地捕捉和把握客户的需求。有时候甚至需要我们去说服客户，让他们明白他们的真正需求。我很不客气地说，如果不能精准捕捉客户的需求和真正意图，我看策划部的牌子可以拆掉了，员工都开除掉，何婉姐只需要聘请我一个人就可以了！"

刘同江老脸涨得通红，但这时候他无法反驳一句，仿佛在陈立面前他彻底变成不合格的广告人了。

何婉虽然为陈立突然爆发出来的锋芒震惊，却又不得不承认，他的每一句话都说到了她的心坎上啊。她以前觉得刘同江是广告行业的精英，突然间发现陈立身上所绽放出来的锋芒完全将刘同江盖掉了。

是啊，如果不明白锦苑国际真正需要什么，只是单纯替他们节约费用，最终不能帮锦苑国际将房子卖出去，做出来的方案哪怕是免费的，又有什么用？

"锦苑国际评估广告方案，明面上的标准是费用，但他们内心隐藏的真正标准，还是能不能帮助他将房子卖出去。"陈立说道，"只要让锦苑国际相信我们的方案能帮他将房子卖出去，那费用就不会是问题。我接下来说这个方案的第二大不足，就是开价太低。三十万？拿这份方案简直是羞辱锦苑国际。老刘，你知道我为什么不让你看我的方案吗？因为我的方案不是帮锦苑做广告，而是要帮锦苑卖房子，而且我对锦苑开价是全部房款的5%，最终的价码应该是五百万以上！"

第 15 章

"五百万……"会议室里，大家都极为震惊地盯着陈立，心想锦苑国际发疯了，才会答应陈立的开价。二〇〇〇年，公司的普通文员才拿七八百元的月薪，五百万相当于银杏花苑四五十套房的房款。

何婉看过方案，但方案里没有写报价，这时候听到陈立打算拿这份方案跟锦苑国际直接以销售房款的5%作为报价，她也觉得锦苑国际要是答应这个条件，是不是真疯了。

她看陈立的表情非常的淡定，心里又迟疑，难不成陈立与钱万里私下里已经达成什么交易，印象广告只是他们过桥的工具？

刘同江虽然被陈立压住气势，但这时候听陈立的话简直是天方夜谭，冷笑着没有吭声。他知道何婉不至于丧失理智，任这个小子胡来，就等着何婉将这尊大神请走，公司便会回到正常的轨道上。

策划部的几个年轻人看到刘同江刚才被当成孙子训，又不知道陈立与何婉到底是什么关系，就没傻乎乎站出来驳斥陈立，但他们低着头互相交换眼神，心里想何总再傻，也不会真任这小子胡来吧？刚才那个趴在会议桌上睡觉的人，都禁不住咧嘴嬉笑起来。

这些人的反应完全不出陈立的意料，他对何婉说道："何婉姐，公司想拿下锦苑的单子，常规思路已经是不行了，相信何婉姐与老刘也都认识到了这一点，如果何婉姐信任我，那公司的策划部交给我接管……"

听陈立如此说，刘同江等人都几乎笑出声来了。

何婉内心挣扎，但她心知要没有锦苑这笔单子，公司就维持不下去，既然刘同江的方案已经没有希望，她就只能将最后的希望寄托在陈立的身上。陈立的方案看上去不着边际，但真要是陈立与钱万里背后有什么不为人知的秘密协议，所谓的方案就不再是什么重要的事情了。

想到这里，何婉下定决心说道："那就拜托你了。"又跟刘同江说道，"刘经理，以后还要你来协助陈立，管好策划部……"

刘同江傻在那里，他怎么都想不到，何婉竟然真就丧失理智，要把策划部交给这么一个不知所谓、连大学都没有毕业的小子去负责。他抓住会议桌角，忍不住站起来质问何婉："何总！这算是什么事儿嘛?!"

其他几个年轻人都傻在那里，他们笃定会被何婉赶走的狂妄小子，竟然就真成了他们的头儿。不屑与嬉笑还在脸上，不知道这时候要变换怎样的表情才合适。

何婉没有理会刘同江，她知道自己应该有决断，站起来说道："那接下来就是你们策划部的会议，我就不再参加了，希望你们尽快拿出最后的方案来，参加锦苑国际的招标。锦苑的单子一定要拿下来……"

看到何婉竟然如此决断地走出去，从外面关上会议室的门，刘同江如被一盆凉水满头浇来。

"从现在起，策划部下面再设一个执行小组，本部有我一个人就足够了，老刘与其他员工都作为新员工，转入执行小组，两个月试用期。如果试用期不合格，我希望你们自己将辞职书交到我的办公桌上。另外老刘你领着大家将里面那间办公室的资料都清出来，那里就是我的办公室，办公室的卫生，大家轮流负责一下。从会议室与策划部办公室的脏乱里我没有看出你们的个性，只看出你们的邋遢……"陈立敲着会议桌，宣布他的决定。

刘同江的震惊直接写在了脸上，扭头看其他人表情与自己一般无二。

"凭什么！你一句话我们就都成了试用期，你算老几啊你？"这时候，终于有人忍不住气，拍着桌子站出来质问陈立。

陈立看向刘同江，说道："我没有什么好解释的，将你们都划入执行小组，就是执行我的决定。如果有什么接受不了的，现在就可以离开公司。老刘，你今天就给他办离职手续……"

见刘同江坐在那里半天没有反应，陈立又问道："怎么老刘，你也想离开公司？"

那个年轻人将手里的书摔桌子上，骂道："此处不留爷，自有留爷处。刘经理你也不用为难，老子今天自己辞职不干了，看这小子能折腾到什么时候……""啪"的一声摔门而出。

外面行政办公区的员工听到摔门声都吓了一跳，扭过头来看向会议室，都不知发生了什么。

陈立留刘同江他们收拾策划部的办公室，他跑到何婉办公室。

"何婉姐，你是不是觉得我今天太过分了？"陈立在何婉办公桌对面拉开椅子坐下来，见何婉脸绷得有些紧，眼睛里忐忑得很，笑着将胳膊撑在办公桌上问道。

何婉只是勉强笑笑，说道："我接手公司的时间不长，却接连丢了好几个老客户，公司经营都困难了。我昨天已经将车拿出去抵押，但也只够公司再维持几个月。不管能不能成，这时候也该是做些改变了。"

"何婉姐，你要相信我，如果没有把握，我不会拿你的公司乱搞，"陈立咧嘴笑道，"真要是接不下锦苑的单子，我给你白打两年的工，弥补你的损失。你只要管饭，保我饿不死就行。你也放心，我饭量不大，吃不穷你。"

何婉听了陈立的话觉得好笑，但心里还是忐忑，忍不住追问道："你真的有把握？这笔单子接不下来，公司维持不下去，不是你给我白打工，我都要出去打工了。"

"何婉姐，你可能也觉得锦苑如果接受我们的条件真是疯了，但你要知道，钱万里的情况实际比印象广告还要窘迫，还要糟糕。印象广告要是维持不下去，何婉姐你可以另外找一份工作，但钱万里要是资金链断了，不能及时回笼房款，钱万里会被人啃得连骨头渣子都不剩，这辈子都翻不了身。你说说看，我们要是能帮钱万里将房子卖掉，跟他开价5%，算高吗？不要说5%了，就是让他跪在何婉姐你的石榴裙下叫姑奶奶，我看他都会心甘情愿。"陈立笑道。

"噗！"何婉听陈立说得不正经，忍不住笑出声，听陈立这么解释一番，知道陈立不是发什么疯劲，而是在认真地谋算钱万里，她心里就踏实下来，问道，"锦苑国际真有这么窘迫？"

"钱万里现在的日子比谁都难过。咱们在医院的时候讨论过，银杏花苑的房子销售情况一直不佳，已经引起了资金方面的连锁反应，这点你已经意识到了，可是你还是小看了问题的严重程度。"陈立淡淡地笑着，看何婉瞪大了一双妙目。

何婉忍不住催促道："有多严重，你倒是说啊？"

"锦苑国际断裂的不只是银杏花苑方面的资金链，而是整个锦苑国际的资金链，到时候投进银杏花苑的资金收不回来，他就没法偿还银行的贷款。以锦苑国际在地产界的地位，窥视他钱万里的人可比你印象广告想象的多得多，而且还要凶狠得多。一旦有什么风吹草动，钱万里根本就不用担心他能不能熬过来，那些想把他一踩到底的人会争先出手。你猜最后的结果会怎样？"

"会怎么样？"何婉已经被陈立完全绕进去了，下意识地问了一句。

陈立笑道："他钱万里到时候将会一无所有，进去蹲上几年也不是不可能的事儿。"

何婉不自觉地打了个冷战。这段日子她苦力支撑印象广告已是心力交瘁，确实没想到钱万里的身家，那么大的一间公司怎么可能落得这样的下场？

"爬得越高，摔得越疼。钱万里现在有苦自知，除了硬挺着没别的办法了。何婉姐，你说说看，我们要不要趁着这机会在锦苑身上咬一口肉下来？"说着陈立故意扮了狮子大开口的样子。

"我没你那么野蛮。"何婉见陈立盯着自己的脸看，想到自己刚才还怀疑陈立是胡搞，有些不好意思地转过脸去……

陈立嘿嘿一笑，说道："接下来几天，我可能会对刘同江他们很野蛮，何婉姐你可要支持我啊！"

"刘同江是公司的业务骨干，可能自尊心强了一些，你也不能乱来！"何婉娇嗔道。

"放心吧，我心里有数。老刘这人做专业还是很有些水平的，这点我自有分寸，你不用担心。现在这种情况，咱们必须得保持内部一致，我也是迫不得已，何婉姐你能理解是再好不过了。"陈立隔着窗户看向了策划部，那边已经有了动静。他随手拿起何婉办公桌上的电话，拨到策划部那边，接电话的人语气明显恭敬了几分，再听到是陈立声音，话语间还多了些紧张。

陈立冲何婉狡黠一笑道："让刘组长听电话。"

电话那头明显一愣，沉默片刻才听到刘同江有些无力的应音。

"刘组长，明天我和何总要去锦苑国际投标，你们打扫完策划部，再把策划案完善一下……怎么完善？我的策划案就在桌子上，把你的策划案也都加进去不就行了！今晚要弄好啊，可别耽误了明天的大事儿。"陈立干脆地挂了电话，隔着窗子看着刘同江在那边跳脚。

"喂！你怎么搞的，刚说过不要太过分的！"何婉有些担心地埋怨着陈立。

陈立摆了摆手道："没事儿，老刘掂得清分量，再说了，你难道不想策划案更完善一些吗？"

何婉被陈立问得张口结舌。

"一切就看明天的了。"陈立往椅子上一摊，仰头看向了天花板，眼神中也有些压抑不住的兴奋，钱万里不咬钩，他总得先将这边的牌摊出去再说其他的。

第16章

因为要到锦苑国际去谈业务，何婉一大早就特意收拾了一番。她穿了一件白底、浅灰色条纹的五分袖衬衫，黑色的一步裙收紧了纤盈的腰肢，即便是坐着，腰间也不见一丝赘肉，腰线平滑地过渡到绷紧的圆臀，修长双腿并拢着，脚下虚踩着油门和刹车，专注地开着车。

陈立昨天夜里没有睡好，这时候打着哈欠歪在副驾驶位上，眯着眼睛饶有兴趣地打量着略有些紧张的何婉。

"你能不能精神点儿啊，起床那么早，你怎么就不能收拾一下再出门呢?"何婉瞥了陈立一眼，看到陈立依旧是T恤加纯棉的休闲长裤，完全没有正儿八经去谈业务的样子。她心里对今天的会面很没底，这时候随便找个话题，以消减心里的紧张。

昨天夜里，陈立留在印象广告盯着刘同江修改策划案到凌晨，早上就睡得有些沉。而何婉六点多就一个电话接一个的电话地催着出门，结果她自己反倒将手提包忘在了家里，又折回家去取包，害陈立在江秀街口多等了小半个小时。陈立陪何婉一起到公司，将刘同江他们熬夜修订过的策划方案重新打印、装订完都已经到十点钟了。

"嘀嘀……"何婉焦急地按着喇叭，已经能看到锦苑国际所在的友谊大厦顶部的"锦苑国际"四字标牌了,却堵了有十多分钟都没能过去。

陈立无聊地打量着车窗外的街景。

这里是宝塔区,是商都市最老牌的商业区,火车站就在这个区里。几十年的城区现在都显得陈旧了——城市的发展始终就是一个新旧更替的过程。刚步入新千年,老城区的街道显得太狭窄了,动不动就会发生拥堵,今天又恰好让陈立与何婉遇上了。

半个小时后,何婉才将车停到友谊大厦楼前。

锦苑国际整租下了友谊大厦最高的五层楼作为公司总部,并在大厦底楼的大堂里专设了前台。

何婉进门就往前台去,却被陈立拉着直接上了电梯。

友谊大厦总共有十五层,但对外的客梯却只能到达十一层,十一层往上的电梯按钮都没有。陈立知道,十一层往上就算有电梯,也应该设在锦苑集团的内部,客人不是能随随便便闯进去的。

何婉还是担心地说:"之前我来过几次,明明知道钱万里就在这栋楼,但一直没有机会见到。"

陈立笑着按下了十一层的按钮,说道:"你去找前台通报,一样见不到钱万里。"

事情已经到了这一步,一切都只能看陈立的了,何婉也没有其他办法可想。

"锦苑国际"金字标牌直接挂在了电梯门对面,耀人眼目。标牌下两米多宽的玻璃大门一尘不染,气派十足。门里边还设有一个前台,但比楼下大厅的稍小一些。前台小姐一身干练的职业装,巴掌小脸,年轻漂亮。她看到电梯门打开,习惯性地站起身来鞠躬致礼。

陈立顺着前台小姐敞开的领口瞄了一眼,又很没自觉地瞅了何婉一眼。何婉今天穿的条纹衬衫有些显瘦,也显得胸前的规模不那么突出,但跟前台小姐一比较,还是何婉更有料一些。

何婉侧了侧身子，躲过了陈立有些烫人的眼神。

"您好，请问你们有什么事儿吗？"前台迎上来问何婉，直接选择无视陈立。

"我是印象广告的，过来送银杏花苑的广告策划方案，请问你们张洪庆副总在吗？"何婉提到张洪庆这个名字时，不自觉地蹙了一下眉头，似想到什么不愉快的往事。

原本热情的前台小姐听何婉说他们是过来送招标书的，热情立刻降了许多。

最近为银杏花苑投标的广告公司着实不少，今天上午就已经来了四家，但市场销售部那边没有多少心思招待；再说，最近公司里人都说银杏花苑的项目资金出了问题，已经牵累到总公司这边，公司上下人心惶惶，前台小姐都不知道公司还有没有资金再继续给银杏花苑的项目投广告。

陈立此前没有来过锦苑国际，这会儿就想看看锦苑国际人心惶惶成什么样子，他直接就往大厅里走去。前台小姐赶忙追了过来，说道："你好，我们负责广告招标的张总正在会议室里开会呢，我领你们到会客室稍等一下，等张总空下来，我再过去通知你们。"

陈立指着何婉，跟前台小姐笑着说道："我不找张总，我找你们钱总——她是负责送策划案的，我今天是过来会朋友的。"

"先生，找钱总是需要预约的。"见陈立没有退回来，前台小姐有些气恼，心想都什么人就想见大老板，口气也硬了些许，伸手过来拽陈立，说道，"你这人怎么搞的，广告公司来的多了，就没见过你这样的，我都说张总散会了就通知你们，你怎么还往里闯？"情急之下，前台小姐嗓门高了许多。

陈立停下来，手插在裤兜里摸着电话，犹豫着要不要直接打给钱万里。

"小杨，你怎么回事儿，不知道张总在里面开会吗？"陈立身后会议室的门开了，一个三十岁左右的青年探出半个身子，很不满前台小姐在大门口吵吵嚷嚷。

陈立顺着会议室的门隙看进去，里面的光线有些昏暗，坐着七八人，面目却看不真切。对面墙上幕布画面闪烁，看得出正在播的是银杏花苑的广告效果图，右上角写着"思路创意"。

前台小姐白了陈立一眼，心虚地跟从会议室探出头的那人解释说道："张经理，他们是印象广告来投标的，来了就乱闯，还直接说要找钱总，我拦也拦不住。"

"先让他们出去等着。"那人气恼陈立他们的无礼，很不客气地吩咐前台小姐将陈立、何婉直接请出去，接着"咣"的一声关上门，看都没有看陈立一眼。

何婉还以为陈立与钱万里通过气，但现在的情况跟她预想的有些不一样，人家明显是厌烦他们了，她与陈立总不能赖在锦苑国际的会议室门前不走。

会议室的门突然又从里面打开了，那个青年又从里面探出头来，打量了何婉两眼，说道："你就是印象广告的何总？张总让你们进来。"

会议室很大，窗帘紧闭灯光昏暗，借着幕布有限的光源，陈立一时间看不清楚会议桌旁七八个人的面孔。刚才那青年这时候调亮了灯光，光线又骤然晃得陈立眼睛发涩。

过了好一会儿，陈立才看清楚会议桌正对着大幕布的位置坐着一个四十多岁、抹着鲜亮油头的国字脸男人，心想他应该就是锦苑国际负责市场销售的副总张洪庆了。

张洪庆的右边坐了一个脸瘦尖瘦尖的男子，左手边坐着个妆容艳丽的女人，正亲热地凑在张洪庆耳边说话，长得也十分扎眼，穿着吊带露肩的上衣，妆容有些浓，让人看不出她的实际年纪来。幕布下方坐着两名年轻男子，打扮都很干练，想必是助理之类的角色，此时在进行广告方案的讲解。

会议室里的人何婉都认识，简单寒暄过，与陈立坐下，向陈立低声介绍："那男的是思路创意的策划部总监王祥，女的是碧沙广告的总经理李梦。他们以前都跟锦苑国际有过合作。"

"何总啊，你们印象广告的员工都是这样的素质？跑到别家公司动不动就往里闯？"

思路创意的王祥也就三十四五岁的样子，发际线有些高，显老相。他自然不愿意其他广告公司插进来分走一杯羹，想必是听到前台小姐的话，就将矛头指到无礼乱闯的陈立头上，实际上也是向何婉发难，看何婉的反应。

陈立瞥了一眼王祥，心知他们都是锦苑的老关系户，这趟自然是要得罪干净，说话也没有那么客气，笑道："思路创意的王总监是吧？你们倒是素质挺高，可惜不能帮银杏花苑把房子卖出去还是白搭。"

王祥不会被陈立的只言片语激怒，侧过脸看向坐在张洪庆左手边的李梦，见她笑得暧昧，也跟着笑了起来，心里想：张洪庆是跟了钱万里多年的副总，深受钱万里信赖，广告公司巴结他还来不及，印象广告什么时候来了这么个二百五的家伙，敢在张洪庆面前放肆？

锦苑副总张洪庆却毫不介意陈立的无礼，眼睛在何婉身上打转，开腔说道："何总，没想到咱们这么快又见面了，不知道这位是……"

"这是我们公司策划部的经理陈立。"何婉眉头微蹙说道。

张洪庆表现得很大度，一点儿都不嫌弃陈立的无礼乱闯，何婉眼里却是厌嫌与警惕，而且刚才踏入锦苑国际的大门时，何婉似乎迫切想绕过锦苑负责市场销售的张洪庆，与钱万里直接接触。陈立心里一笑：看来印象广告之前跟张洪庆的交流很令何婉心里不痛快啊！

◎
第16章

第17章

"张总你好,我是印象广告的策划部经理陈立,很高兴能与锦苑国际合作。"何婉不想与张洪庆打交道,陈立只能硬着头皮顶上来。

张洪庆轻点着头,面容随和,笑容不减,特地站起身,隔着会议桌很客气地朝陈立伸出了手:"陈经理好像对你们的策划案信心十足嘛,很好,年轻人就应该有这份自信。"

陈立跟张洪庆握了握手,却把策划案递给何婉,要何婉给张洪庆拿过去。

这样的举动,陈立做得随意,可有心人看了却难免生出些遐想。

张洪庆这一刻眼睛都笑眯起来了,王祥心里却暗感晦气。他自然知道张洪庆对何婉有些心思,心想既然何婉主动将自己送到张洪庆的嘴里,那锦苑国际的这块肥肉就只能让印象广告插进来分走一大口。

何婉诧异地接过策划案,还以为陈立没有看出张洪庆对她有觊觎之心,但这种事也不便解释。她硬着头皮走到张洪庆身后,将策划案递了过去。

张洪庆伸手去接,手看似无意地伸过了一些,将何婉的纤嫩小手连同策划案一起抓在手里。

没想到张洪庆在会议室公然对她动手动脚,何婉哪里还会有好脸色,用力抽回手来，直接将策划案丢到张洪庆面前，说道："张总看看我们公司的策划案，不妥当的地方还请指教。"

张洪庆还以为何婉已经咬钩了才再次登门，没想到他小小的试探，何婉竟是这样的反应。他很是意外，脸色也是骤然一凝，不明白这女人到底跟他唱什么戏。

陈立看到这一幕，眼睛一敛，没想到张洪庆还真是色胆包天，还真以为何婉今天是主动送上门的小绵羊。

王祥幸灾乐祸地看向已经藏不住羞恼的张洪庆，又诡笑着看向脸色难看的李梦，笑得很有些深意。

张洪庆也不便当场发作，不耐烦地翻了几页，将策划案推到一边儿，说道："既然思路创意的王总监和碧沙广告的李经理都在，你们看看印象广告的方案有什么独到之处，印象广告是要跟你们打擂台竞标啊！"

李梦看了何婉一眼，漂亮的脸蛋没有什么特别的表情，不以为意地拿过策划案随意翻看了几眼。她也怕何婉插一脚进来，但既然何婉断了张洪庆的非分之想，现在锦苑国际的这块肥肉，还是她与思路创意分食，就没有什么好恼恨何婉的了。她把策划案递给王祥——如果一定要有人做恶人，那还是让王祥来做这个恶人吧。

会议室里悄无声息，只有王祥翻看文案的"沙沙"声。

李梦凑在张洪庆耳边不知在说些什么，举止间更显亲密，张洪庆的脸色也渐渐缓了下来，只是看向陈立的眼神也更加的尖锐。

"哈哈……"王祥看完策划案，随手往桌上一扔，便大笑了起来。张洪庆也抱起了膀子，一副作壁上观的姿态。

"我还以为来了什么厉害角色，哈哈……"王祥又捡起策划案摆在了张洪庆面前，指着其中的一页说道，"张总，我都不好意思请您再细看，印象广告压根儿就没有诚意做这个单子。您看看这条，他们有什么资源，手里有几名员工，竟然要将银杏花苑的广告推广都承揽过去，将其他广告公司一脚踢开；而且他们还狮子大开口，开价就要银杏花苑全部售楼款的5%的提成。锦苑国际疯了才会答应他们的条件吧？"

"5%？"张洪庆都觉得好笑，顺着王祥手指的部分看过去。

刚才他翻几页只是做做样子罢了，根本就没有细看，不敢想象印象广告的策划案上竟然会有这么离谱的内容！

"5%啊！何总知道银杏花苑多大的规模吗？5%的房款是多少钱吗？你们印象广告的胃口真不小啊，就是不知道你们哪来那么大的胃口吃下这5%。"

李梦没有把策划案的事儿放在心上，这时候也觉得极意外，心想这个数字根本就是天方夜谭，除非锦苑国际上下全都是疯子，才会同意将三五十万的单子提十几倍的价！

与陈立同坐在一边的两个年轻人更是瞪大眼睛，不可思议地望着此刻跷着二郎腿的家伙，陈立此时在他们眼里就是一神经病。

陈立只是微笑不语。策划案是他自己做的，自然清楚锦苑下面的人没有那个眼界，接受不了他的方案。他今天是来找钱万里的，此时看张洪庆与王祥、李梦的亲热劲儿，心想要没有印象广告插一脚，张洪庆应该会将这单子交给思路创意与碧沙广告两家公司分食吧。

这也正常，两家公司都跟锦苑国际有过合作，思路创意的优势在电视媒体，碧沙广告的优势在户外广告，两家联合起来做推广，应是不错的模式。

但今天，陈立要将锦苑国际这块肉独吞下去！

何婉则将更多的希望寄托在陈立与钱万里的关系上，不想再与张洪庆他们纠缠，便使眼色希望陈立能直接联系钱万里。成不成，还是要看钱万里的态度。

"你们印象广告太异想天开了，当我们锦苑国际冤大头了？"张洪庆越往后翻看，越觉得印象广告的方案太离谱，就算何婉脱光了躺他床上，他也不敢答应啊。现在公司困难，超过十万的开销都要钱万里亲笔审签，他将这份方案拿到钱万里跟前，钱万里还不得将他骂得狗血淋头？

张洪庆将策划案合起来，丢到何婉的面前，不容置疑地说道："你们出局了！"

何婉看向陈立，陈立却抱胸坐着没动。

王祥笑得暧昧，李梦还是想将印象广告的策划方案拿过来看两眼："到底是什么方案，把张总给气成这样？"她刚才也没有细看里面的内容，不知道何婉凭什么狮子大开口，敢跟锦苑国际开这种价。

"没必要看了，"张洪庆拦住李梦，看陈立、何婉稳稳坐着没动，拿过桌上的电话拨了号码，"小杨，来会议室一趟，请印象广告的人出去，我这边还要继续开会。"

陈立笑着扭头看向何婉道："看来张总已经有决定了，人家都已经下逐客令，我看咱们就不要在张总这里自讨没趣儿……"他将策划案拿过来，站起身就要走。

"前台小杨说有人找我，是在洪庆你这边吗？"这时候会议室的门被从外面推开，钱万里那颗肥硕的脑袋伸进来。

看到锦苑国际的大老板过来，王祥、李梦都站起来招呼："钱总！"

他们知道钱万里最近的日子不好过，但瘦死的骆驼比马大，何况钱万里才是真正决定他们两家小广告公司能不能活得滋润的人。

"没有啊！"张洪庆站起来，讶然说道。

"钱总，是我找你。"陈立坐在椅子上，昂过头来朝钱万里扬了扬手，笑问道，"钱总不会不欢迎我来你们公司参观吧？"

钱万里这时候才看到陈立背对着他而坐，走进来笑道："我说是谁呢，你怎么跑过来了？我昨天还专程到医院去看你呢，却扑了个空。你的伤不碍事了？"看到陈立要站起来，钱万里熟稔地按住他的肩膀，关切地看着他还裹着绷带、有些血迹透出来的手臂。

张洪庆、王祥、李梦三个人都傻在那里，不知道眼前这个年轻人跟钱万里到底是什么关系。

钱万里身材肥硕，手上力气很大，陈立被他按住肩膀站不起来，抬起头笑道："我这不是专程来拜访钱总了嘛！我刚才去前台找不到您，就被张总请到这边儿来了！"

张洪庆震惊地看着陈立，他都没有见过钱万里跟谁这么热乎过。

"哦，陈立你跟洪庆也认识啊？"钱万里拉了一把椅子坐下来，这时候才注意到坐在陈立旁边的何婉。何婉漂亮得扎眼，他不清楚这个女人跟陈立是什么关系，问道："这位是？"

他看到何婉手里厚厚一沓的策划案，上面印有"印象广告"的标识。他也是心思灵巧的人，心想，陈立莫非是给印象广告来当说客的？

第18章

　　看到期许已久的钱万里终于露面了，何婉赶紧站起来，掏出名片双手递过去，自我介绍道："我是印象广告的何婉，还没有机会跟钱总您见过呢，以后请多多关照。"

　　钱万里迟疑地接过名片，客套地笑道："陈立介绍的公司，那肯定是一流的。"

　　"我不是要介绍何婉姐的公司给钱总，是我现在就在何婉姐的公司打工，"陈立笑道，"刚好知道何婉姐竞标锦苑的广告，我觉得他们之前的方案太保守了，就重新制作了一份，刚拿过来给张总过眼呢。"

　　"是吗？"钱万里看到策划稿在何婉的手里，不知道刚才发生了什么事情，但能感觉到气氛有些异样，就没有急着去看策划稿，而是问张洪庆，"洪庆，你看过印象广告的策划稿，感觉怎么样？"

　　钱万里先让张洪庆谈看法，也是给自己留更多的余地。

　　"这个，这个……"

　　张洪庆完全摸不清状况，不明白钱万里为何要特别巴结陈立这么个毛头小子，怀疑是何婉抱了个大粗腿，才拿出这样不可思议的方案来，那方案的好差就绝不是他能评价的了。

"何总的这份方案啊，思路很开阔，我的境界就有些跟不上了。老王、李小姐都是广告大拿，要不你们来说说？"

王祥、李梦完全猜不透陈立与钱万里是什么关系，这时候就更不敢乱说话了，尴尬地笑了笑，心想眼前这小子背后真要有什么大靠山，钱万里白送人家五百万，他们能有什么好说的？

钱万里看这情形就知道他过来之前还真出了状况，何婉、陈立自然不会将自家的方案拿出来给竞争对手看。他看了张洪庆一眼，也没有多说什么。

谁手里都有老关系户，张洪庆在公司里分管市场销售部门，与碧沙、思路两家广告公司关系更密切，只要事情不做砸，他多少得些额外的好处，钱万里平时也都是睁一只眼闭一只眼，但要因为这个得罪了陈立，断了张浩然那条线，就有些不值当了。

钱万里微蹙眉，却也不会当面数落张洪庆什么，从何婉那里接过策划稿，笑着说道："洪庆都不敢说话了，那想必何总的这份方案相当了不得，我就先拜读一下。"

陈立安静地坐在那里等钱万里看方案；何婉却一颗心提到嗓子眼，下一刻就能决定印象广告的生死，叫她怎么不紧张？

张洪庆看到钱万里蹙眉头，就意识到刚才说漏了嘴，心里有些慌，不知道要怎么补救。

王祥、李梦却是坦然，现在一切就看钱万里的态度了。钱万里真要拍板将银杏花苑的案子都交给印象广告，他们再努力都没用。他们都是老江湖，钱万里刚刚走进来，对那个年轻人亲昵的神态间流露的讨好的意味，让他们好奇年轻人到底是什么来头。

"呼……"钱万里看完厚厚的一沓策划案文稿，长吁了口气，都没有感觉大半个小时过去了。

策划案的内容确实诱人，有些思路是他想都不敢想的，此刻却让他怦然心动，觉得很值得尝试一下，只是最后的开价部分令他迟疑。

钱万里在房产行业混迹这么多年了，开价是所有售房款的5%，就商都市来说肯定是史无前例的，刚才张洪庆将这份方案拿给王祥、李梦看，可能还真是拿不定主意，并不是故意为难陈立、何婉。

看到何婉期待地瞅过来，钱万里拍了拍脑门，笑道："广告策划这东西我也是外行，王经理和李小姐是广告界的精英，既然都看过印象广告的方案，那你们来评价评价……"

见钱万里都要听王祥、李梦的建议，张洪庆松了口气，看来钱总跟印象广告的关系还没到主动送钱的那一步。

"钱总，说实话，倒不是说印象广告要将锦苑的单子都接过去我跟李经理心里不服气，实在是我做广告这么多年，从来都没有见过这样的方案。具体是好是坏，我也说不好，不能随便胡说。"王祥能看出钱万里眼睛里的迟疑，心想他对这样的方案肯定是不满的，但耍了个滑头，也不会当面将不知来历的陈立得罪死。

钱万里沉吟着，没有作声。

张洪庆底气更足了一些，凑过来吞吞吐吐地说道："钱总，我眼界低，这份方案也是看不大明白，但有些话不知道该不该说……"

"陈立也不是外人，你有什么话说出来就是。"

这份方案的思路很新颖，很值得尝试，要不是陈立在这里面，钱万里肯定不会接受这样的报价，但这时候有些话就该让张洪庆站出来说，他不便直接拒绝。

◎
第18章

张洪庆跟钱万里混了这么多年，通过钱万里一个眼神就知道他心里在想什么，而且他分管营销工作，还是有一定业务基础的，便直截了当地跟陈立、何婉说道："总房款5%的报价，是不是虚高我不好评价，总之在商都市地产界我没听说过这样的先例。另外，广告公司应该是配合我们锦苑的市场销售部门工作，印象广告公司却要我们锦苑的市场销售部门配合他们工作，这个我也是闻所未闻。印象广告的方案，有些思路是很不错，但如果能改得更切实际一些，再谈接下来的合作我觉得或许更好一些。"

陈立见钱万里沉吟不语，心想他的意见应该跟张洪庆一样，就直接问钱万里道："钱总也是觉得我们的报价太高？"

钱万里讪笑了一下有些说不出口。

陈立站起了身，脸上的笑意都敛了起来："锦苑的核心诉求是尽快将房子卖出去。当然，我们印象广告也可以拿一份与思路、碧沙同样层次，或许要稍稍精良一些的方案过来，但我不觉得能帮助锦苑摆脱当前的困境。我可能会将话说得尖锐一些，钱总、张总要明白我也是一番苦心。银杏花苑在过去三个月才卖出去八套房子，问题应该不是出在广告商的身上，钱总、张总你们明白我这个意思？"

张洪庆脸僵硬，市场营销乃至房屋销售都是他直接分管，陈立这话不单单是有些尖锐了，是直接拿东西在抽他的脸。银杏花苑建在那个鬼地方，三个月卖八套能怨到他头上？

但是，当着钱万里的面，他不敢斥责陈立。

钱万里脸色也不好看，肥阔的脸布满阴云，他也觉得销售部门是有问题……

陈立继续说道："钱总也能看出，我们这份方案的核心不是要帮锦苑打广告，是要替锦苑卖房子。如果我们替锦苑将房子卖出去，5%的提成，钱总你觉得过分吗？而且我们可以签一份对赌协议，签订协议后，锦苑与我们积极配合，三个月内银杏花苑新增房屋销售量达不到一百套，锦苑可以单方面撤销协议，印象广告前期投入的资源不收取一分钱回报；如果在合作的第二阶段，也就是在一年间，银杏花苑售出率达不到七成，印象广告只收取房款2%的提成，这仅仅刚够我们印象广告前期投入的成本。如果我们帮锦苑的两个目标都达成了，银杏花苑售出率在一年内超过七成，对不起，我们要求的是销售房款5%的提成。如果说，碧沙、思路两家公司有这个自信，觉得都能跟锦苑签这样的协议，我这份方案可以白送给他们！"

王祥、李梦皆是哑然。张洪庆却觉好笑，公司还能有三个月的时间？钱万里再愚蠢，也不可能将公司交给眼前这个毛头小子乱搞。

何婉也是愕然，她之前可没有听陈立说过什么对赌协议，要是在限定时间内完不成销售任务，印象广告可就真搭进去了，但看出钱万里有些意动了，心想钱万里要是愿意赌一把，她又有什么退缩的？

钱万里也清楚银杏花苑三个月才销售八套房的事情，事实上陈立真要能在接下来的三个月帮银杏花苑卖出一百套房，销售就直接提高了十二倍，锦苑国际就能有一千两百万到一千五百万的回款，那勒在脖子上的绳子就没有那么紧了。

◎

第18章

第19章

　　钱万里不得不承认陈立的方案很诱人。

　　银杏花苑的销售一团糟，交给陈立折腾，情况也不可能更糟了。三个月后，印象广告如果不能完成对赌协议，他们这边也不用支付什么费用；要是折腾成了，锦苑就能缓一口气。

　　事实上，2%也好，5%也好，钱万里都不怎么关心，只要真能将房子都卖出去，摆脱当前的危局，他甚至愿意给出更高的代价。

　　只是银杏花苑的房屋销售能否得到改善关系到锦苑国际的生死存亡，由不得他不慎重考虑，要是三个月内房屋销售不见起色，印象广告那边收不收费都不重要，关键他还能浪费得起这三个月的时间吗？

　　"丁零零零……"清脆的手机铃声骤然响起，打乱了钱万里的思绪。钱万里从兜里掏出手机，是张浩然。

　　这些日子钱万里使尽了浑身解数，总算是把与张浩然的关系拉近了许多，这会儿张浩然打来电话，不管什么事儿，对他来说都是只好不坏。

　　钱万里接通电话后直接走了出去，倒不是想避开陈立，只是这会议室里人多嘴杂，都不知道张浩然打电话过来要说什么事，传出去未必是好事！

　　陈立坐在钱万里身边，早已看到是张浩然打来的电话。

钱万里出去没多久就回来了，面带喜色地对陈立说道："这样吧，陈立，策划案先放在我这里，你容我考虑一下。刚才是张秘书长的电话，听到你在这里，说请我们到市政府那边一块吃顿饭！"

听钱万里这么说，张洪庆心脏猛地一紧，再看向陈立时，他就有些惶恐了，没想到这小子来头真大，难怪能让钱万里笑脸相迎。

王祥与李梦对望一眼，心里都知道，不管印象广告最后改不改方案，锦苑这块肥肉跟他们没有关系了。

何婉才知道陈立连市政府都有关系，心中又是一紧，自己还是小视了陈立，只是陈立一直没说，她也不好多问，只希望他能顺利拿下锦苑国际的单子就成。

陈立想着到市政府跟张浩然见面，何婉跟过去也不合适，便让她先回公司等消息，他坐进了钱万里的奔驰。一路上，钱万里对策划案的事儿只字未提，陈立心里也琢磨着不能逼钱万里太紧，有什么事等见过张浩然之后再说，或许是一个好的契机。

距离市政府还有一个街口，钱万里让司机小王靠边停下车，他们下了车。此时正是中午下班的时候，市政府门前人流很密。陈立远远看见个穿着T恤的男人正向自己这边走过来，有些眼熟，仔细一想是那天在大学门口跟张浩然在一起的司机小刘，这家伙身手很不错，当时一脚就把那抢车贼给踹翻地。

◎
第19章

大家都打过照面，此时也不显生疏，刘胜强还没走到近前就招呼道："张秘书长临时有份文件要签，要我先领你们到食堂去。钱总可不要嫌弃我们的食堂寒酸啊。"

"哪敢，哪敢！"钱万里笑着迎上去。刘胜强是副市长罗荣民身边的专职司机，领导身边的人，不管什么级别他都不敢怠慢，掏出烟来敬过去。

"罗副市长不喜欢工作人员满嘴烟味。"刘盛强笑着推回烟，领着陈立、钱万里往里走。

市政府的食堂分前后两部分，前面是普通公务人员用餐的大食堂，他们去的是后面小院领导用餐的小食堂。因为时常有接待任务，楼里装修成雅致的包厢。

能带客人到这里用餐的，至少是处局级以上的官员，窗明几净自不必说，布置也是异常别致。

刘胜强带着钱万里与陈立进了小楼，进门一扇两米宽的大屏风，绘着《万里河山图》，恢宏大气，陈立忍不住多看了几眼。

"刘科长，牡丹阁已经准备好了。"一个穿着旗袍的服务员从屏风后绕出来，引着众人上了后面的楼梯。

这种地方自带威严，财大气粗的钱万里也不免有些拘谨，陈立倒是毫无知觉地左顾右盼。

刚拐过一楼楼梯转角，就听上面有人说话："哎，这不是钱总吗？你不去大酒店，跑到我们这旮旯儿的小食堂来做什么？"

陈立抬头看见一个四十多岁的男人留着齐整板寸头，穿着衬衫西裤，手搭着楼梯扶手，正居高临下地看过来。

陈立侧身看见钱万里的脸僵在那里，心想眼前这人说话带着刺，想必跟钱万里关系不睦啊。

"蒋秘书长啊，这里要是小旮旯儿，那商都市除了省委、省政府、市委，还有比这更富丽堂皇的地方啊？"钱万里强撑着笑脸，也没有要迎上去的意思。

那人没再搭理钱万里，看到站在钱万里身后的刘胜强眉头微微一皱，有些搞不明白钱万里跟刘胜强到底是什么关系，心想刘胜强毕竟是罗荣民的司机，不能将话说得太难听。

"钱总、陈立你们过来了，我有些事耽搁了一下，没有出去接你们……"这时候张浩然跨步走进大厅，看到这一幕，跟中年人笑道，"蒋秘书长跟钱总也是老相识啊？"

"哪有！"中年人眼睛里的疑色更重，却哈哈一笑说道，"钱总是我们商都市的大地产商，我哪有资格认识他啊？"语气刻意在"大地产商"几个字上加重了，又笑道，"张秘书长，刘副市长那边儿今天有客人，我先过去招呼了，改天请你跟钱总一起喝酒。"

"蒋秘书长客气，你先忙，改天有时间再聊。"张浩然笑道，目送蒋良生上楼。

陈立心知张浩然应该知道钱万里与这个姓蒋的秘书长有什么恩怨，这时候也不便细问，就一起往楼上的包厢走过去。

张浩然招呼钱万里、陈立、刘胜强坐下，服务员很快将精致的六菜一汤端上来。

钱万里心里清楚现在的局面，只有尽快通过张浩然搭上罗荣民的船，才能从根本上解决锦苑国际的危局。纵横商海多年，钱万里也不是局狭之人，刚才蒋良生施压若不是有张浩然维护，恐怕少不了要多受些怨气，这会儿又是感激又是期许，只恐自己不够热情。

陈立不会在张浩然面前提起银杏花苑的事儿，装回乖乖学生的样子，安静地听着张浩然与钱万里闲聊。

"浩然，你们这边气氛不错嘛！"

正聊着天，包厢门被人从外面拉开，一五十多岁的中年人笑着跟张浩然打招呼。

这人茂密的头发整齐地吹蓬背去，修剪利落的鬓角隐隐现着几抹白发，高挺的鼻梁延伸出两道深刻的法令纹，不是新上任的商都市常务副市长罗荣民是谁？

"罗叔叔……"钱万里一时都还没有反应过来，陈立先站起来招呼道。

陈立还是十一二岁的时候见过罗荣民，此时见他脸形轮廓未变，但眼角多了些皱纹，两眼透着岁月的成熟，又带着遮挡不住的锐气，宽厚的面颊闪着红光。

"哈哈，我就说浩然带来的小伙子看着脸熟，果然是陈立啊。听浩然说你

97

在中大读书，还说让浩然带你到我家来做客呢……"罗荣民笑呵呵地说道。

"罗叔叔，您还记得我啊！"陈立微微躬身打了个招呼，心里有些小激动。他刚才还担心钱万里没那么快拿定主意，没想到罗荣民到底还是承姥爷当年的情，在市政府里遇到并没有将他当路人看待。

"记得，记得，怎么会不记得呢！侧脸跟你姥爷长得一个样。"罗荣民走进来，拍了拍陈立的肩膀道，"当年见你的时候，你才这么大点儿啊！几年不见小家伙都长这么大了。"说着探手虚比到了腰间，看到了陈立胳膊上还绑着的绷带问道，"这是什么情况？"

张浩然说道："前两天中原大学发生一起劫车案，陈立刚好路过，冲过去将歹徒截住，与歹徒搏斗时胳膊被歹徒拿刀割伤。当时也巧，我与锦苑国际的老总正好前后脚经过中原大学的门口，将陈立送到医院。陈立这两天还住着院，就到处乱逛——这位就是锦苑国际的总经理钱万里……"

张浩然顺带介绍起钱万里，说道："陈立住院，钱总跑前跑后帮了不少忙，今天正好遇到，便一起到小食堂来吃顿饭，算是感谢。"

罗荣民拉起陈立的胳膊仔细看了看问道："见义勇为是应该的，但也要小心，先保证自身安全啊。"又伸出宽厚的手，跟钱万里握手，说道，"锦苑国际，我听说过，商都市建设还要靠你们多做贡献！"

握住罗荣民的手，钱万里激动得都傻了眼。他知道陈立与张浩然关系亲近，却没想到他与罗荣民也认识，再看罗荣民对陈立的关心还带着了些长辈对晚辈的宠溺，这着实让钱万里有些大跌眼镜。难怪陈立敢信誓旦旦地提出那样的协议，说起话来还底气十足。

"罗副市长，您说的是，都是老商都人了，建设家乡的事儿自己不出力还指望谁呢。您放心，我们锦苑国际……"钱万里拍着胸脯在罗荣民面前做起了保证，看着倒颇有些气势。

罗荣民还有事，就是看到陈立才过来聊几句，这会儿客套了几句便出门离去，临走前还特意交代，让张浩然没事儿带陈立多去他那儿坐坐。

第20章

散了饭局，陈立坐上钱万里的车。

车刚出了市政府大院，钱万里就已经是坐不住了，侧过身子对正看窗外风景的陈立说道："陈立啊，关于策划案的事儿……"

"哦，钱总有什么指教，您说?"陈立扭过头来也是笑得随意。

钱万里却是有些不好意思道："印象广告的策划案我看过之后思路很开阔，虽然张洪庆他们的见识还有些跟不上，我还是能看到其中分量的。锦苑目前的问题，确实很大一部分都出在我们公司内部。销售是张洪庆分管的，我也是老国企出身，眼界也就能稍好一些，但真正让我去管，也是抓瞎，你们的思路确实可以尝试一下。"

陈立等钱万里继续说下去。

"想必你对锦苑做过调查，有些情况你也了解，三个月我等不了。不如这样，我先给你一个月的时间，这一个月我会让市场销售部门配合你开展工作，我也不要求太高，第一个月你给我卖出去三十套。若是第一个月销售情况能见好，以后都按照你们的方案执行，报价5%，我也不压你的价。要是第一个月印象广告不能完成任务，那我就给印象广告支付三十万的费用了结这事，就算卖不出也不能让印象广告白忙一场。你看怎么样?"

陈立心想钱万里还真是个精于算计的人啊，要是今天他能直接搭上罗荣民的线，或许不介意直接将五百万捧出来，毕竟罗荣民有能力解决他此时的一切烦恼，但罗荣民并没有明确表态，他还是拿不准自己与罗荣民之间的关系，就只想着先拿三十万以及一个月的时间出来探路。

陈立在腿上弹着手指，笑道："钱总想得真是周到，可能也是对我们缺了那么一点儿信心，但一个月时间，我相信会让钱总改变想法的。那我们就这么办吧，明天我让何婉姐到你们公司签正式的协议。"

大夫交代一天要换一次药，这两天陈立也是忙得够呛，眼下总算大事初定，就让钱万里先送自己回医院去。他有一个月的时间去重建锦苑国际的售楼队伍，周斌、赵阳以及刘同江他们都能用起来的话，足以让钱万里跳不下他的贼船。

高干病房总共就三层的小楼，陈立爬着楼梯直接上三楼。

三楼寂静得很，护士站那边有人在说话，陈立听着像周斌没有勾搭上的夜班小护士，不知道今天是不是她给自己换药。

"你手脚能不能干净点儿？"

"我手脚怎么不干净了？"

陈立听着护士台那边的声音像是争吵，探头看过去，就见有个穿着大裤衩的年轻人挤在护士台前，跟那个值夜班的小护士正拉拉扯扯，手要往人家的肩上搂过去。小护士这时候胳膊肘往外拐了一下，推着一只托盘就朝年轻人那边滑下去。就见剪刀、纱布、针筒什么的，与托盘一起，都滚到年轻人的大腿上。

年轻人杀猪般惨叫，从护士站里跳出来。陈立见他的大腿上扎了两支针管，针筒颤巍，几乎要掉下来，针头还深深扎在那人的大腿里。

"对不起，我真不是故意的，我真不是故意的！"小护士一边忙不迭跟年轻人道歉，一边蹲下去捡滚得满地的东西。

够狠，也够会演戏！陈立忍不住给那小护士竖了个大拇指。

"你知道我叔叔是谁，给你脸不要脸是不是？"年轻人忍住痛，推开小护士，暴跳如雷地指着她骂，他哪里会信小护士不是故意的。

这时候值班室里的几个医生护士都跑出来，看到眼前情形都以为小护士无意碰翻了托盘，但错误是他们这边犯下来的，都跑过去给年轻人道歉，帮着处理被针头扎出血的伤口。

楼道里的病房门也都打了开来，探出几个脑袋往这边张望。

陈立饶有兴致地站在那里看热闹。

医生护士好一阵安慰。大概是年轻人也知道住在这楼里的都有相当背景，闹腾大了对他没有什么好处，被两名护士劝回病房，但离开时眼睛里怒气没消，显然不甘愿这事就这么罢休了。

当事人都撤了，陈立也没什么好看的了，转身回屋，只等人来帮自己换药，心想这事儿恐怕没那么简单就了结，这小护士倒是挺机灵，就是脾气忒大了些，后头少不得要吃点儿亏了。

正想着就听有人敲门，扭头看见刚才那小护士推着医务车进来，嘟着小嘴，显然还正生着闷气。

陈立坐了下来。小护士拆开绷带，准备清洗伤口。瞅见小护士手边的大号针筒，陈立笑道："你不会拿针筒扎我吧？"

"啊……"小护士手上一滞，愣了下，"你……你都看见了？"

陈立冲小护士比画了个推托盘的动作，笑道："也没全看见，就是看见了最热闹那部分。"

"你要是敢对我动手动脚，也少不了那一下！"小护士瞪了陈立一眼。

看小护士真的拿起了针管拧开针头上的套筒，陈立指着胳膊上的伤道："你看我这可还受着伤呢，就是有那心思也没那力气啊……"

小护士"扑哧"一下被陈立给逗乐了，两个浅浅的酒窝隐在嘴角，看着很是甜美。手脚麻利地帮陈立处理了伤口，重新包扎起来，小护士有些为难地对陈立说道："刚才那事儿，你能不能不要说出去啊……"

陈立笑道："告诉我你叫什么名字，我就不说。"

小护士皱了皱鼻子，给陈立甩了个白眼，推着医务车就往门外走。

"冯歆。"走到门口，小护士扭头说完，转身出了门，进门时的抑郁也一扫而光。

换完了药，陈立已是哈欠连天，懒得再上床，就在连座儿沙发上躺下，准备眯一会儿。

一觉醒来，陈立伸了个懒腰，看看表，连三点都不到；睡了还没一个钟头，精神倒是好了许多，心想着以后有机会也得养成睡午觉的习惯，这觉真解乏。

想起前几天赵阳和周斌好像说是有什么事儿，一直也没顾上，陈立收拾了下就出了门，准备打车回网吧。

刚走出特护楼，陈立就见冯歆低着头迎面走过来，水灵灵的一双眼睛微微泛红，似受了什么委屈。

陈立撇了撇嘴，就知道刚才的事情没那么容易过去，拦住冯歆问情况。果然是那个小青年一状告了上去，冯歆这是刚被医院行政处喊过去，挨了一通臭骂，还让她过去道歉。

"那你去道个歉不就完了，这种事儿别太放在心上。"陈立安慰冯歆道。

听陈立这么一说，冯歆立刻把脑袋摇得像拨浪鼓似的："我不去，坚决不去，这事儿又不怪我，是他先跟我动手动脚的！"

陈立皱了皱眉说道："可你要是不去，估计你们领导那儿还得批评你！"

冯歆也是有脾气的人，说道："哼！挨批就挨批，大不了我不干了。"

"真不干了？"陈立眉头扬了起来，打量起冯歆：青春、漂亮，性格干脆利落，又泼辣干练，绝对要比在何婉公司做文员的那两个女孩子管用得多，留在医院里当护士，真是浪费了。

冯歆低下了头，再要说不干了，却又没了刚才的气势，可怜巴巴地踢着脚下的小石子儿，一双明眸又泛起委屈来了。

"反正你这会儿也不想去道歉，何必去受这份气，跟我出去散散心吧……"陈立跟冯歆说道，感觉自己就像是拐卖妇女儿童的抢车贼。

　　"对，出去玩儿，你等着我！"冯歆毫无戒心，一步三跳地跑进了楼里，似乎要将眼前的烦恼先甩掉。

　　再出来时冯歆已经脱了护士装，一身浅绿色运动服虽然洗得稍稍去了颜色，可也干净利落。水嫩的鹅蛋脸儿洗去了泪痕，在粉红色发箍映衬下不禁让人联想起剥了皮儿的鸡蛋，脚下那双运动鞋明显带了内增高，但也只到了陈立肩膀。无意间瞅见领口露出的文胸肩带，陈立的眼睛下意识地又瞄了进去。

◎
第20章

第21章

说是陈立领冯歆出来散心，冯歆却领着陈立直奔游乐场来。

几个项目陪玩下来，陈立趴在公共卫生间门口，就着水龙头狠狠地搓了把脸，双腿发软，胃里也有些翻腾，对主动提出陪冯歆出来玩儿这件事，已经是后悔莫及。

去看场电影什么的多好，可冯歆却非要来游乐场；来游乐场就算了，小姑娘家家的却拉着陈立净找些刺激项目玩。什么跳楼机、海盗船、摩天环车、透明桥，反正是什么吓人玩儿什么，有点儿恐高症的陈立都怀疑自己的心脏能不能扛到最后。

"陈立！你好了没？快点儿，咱们还要去坐过山车呢！"外面传来冯歆的催促声。

陈立苦着张脸，磨磨蹭蹭地走出来，说道："你真要去坐那个？你自己去玩吧，我看着就很美好了。"

"说好要陪我散心，再说你拐骗漂亮的女孩子，也不能这么快就半途而废吧！"冯歆好似完全没有发现陈立的不适，一手拉着陈立，一手拿着冰激凌就往过山车那儿跑。

一路上陈立只盼着排队的人多，冯歆懒得等就把这个项目给过滤掉，可惜天不遂人愿，远远地就见过山车的售票口真没几个人。

"快……快……赶紧去买票，别一会儿人多了排不到前面。"冯歆只管推着陈立往前赶，陈立是有苦说不出。刚才从海盗船上下来，踩着地的那一刻，陈立差点儿吐出来。看着那要人命的过山车轨道，陈立只觉得两腿发软，硬着头皮排队买票，等到冯歆绑上安全带，陈立大叫着"我不玩了！"，直接要赖从车上跳了下来。

冯歆被陈立逗得哈哈大笑，也就不再勉强他了——陈立仰头看着过山车呼啸而过，庆幸自己还是理智的……

终于等到冯歆下了过山车，陈立已做好了被这丫头嘲笑的准备。

不知为何，冯歆却是比上去之前更安静了，身上的兴奋劲儿也都退了个干净。陈立凑过脸去，说道："我实在是玩儿不来那个，你要是生气，你打我两拳出出气。"

冯歆眼泪却直接从脸颊滑落。

陈立递过张纸巾道："唉唉，好好的怎么又哭起来了！你这样，会害我被别人打的。"

"谁哭啦，我是眼睛里飞进了小虫……"冯歆转过身，晶莹的眸子却已是红彤一片，脸上强展着笑颜对陈立说道，"今天真是谢谢你，我心情好多了。"

陈立笑道："心情好了都会笑，你这怎么分不出到底是在笑还是在哭啊！"

冯歆随手拍了陈立一下，却是又被陈立逗乐了。

"那你还想玩儿什么？我陪你去！"陈立说道。

冯歆摇了摇头道："我该回医院了，得去给那个猪头道歉，工作还不能丢呢，不然下个月交房租都成问题了。我可不想让家里再说自己是吃白饭的……"

"我还想请你吃饭呢，要不明天再回医院吧，反正今天这么高兴，先把那些破事儿扔在一边，过了今天再说好了！"陈立说道。

"啊……"冯歆显得有些为难。

"啊什么啊？走吧，我带你去个好地方。"陈立拿出手机拨通了赵阳的电话，知道他就在网吧里，说着话拉着冯歆往游乐场外面走。

出游乐场坐上出租车，陈立又回头看了眼游乐场的招牌，下定决心以后坚决不再进游乐场，特别是绝不跟冯歆来。

"这就是你说的好地方？"冯歆跟陈立走进新潮锐网吧，待了一会儿就受不了里面的乌烟瘴气跑了出来。

陈立冲赵阳耸了耸肩膀也跟了出来。

"有吃，有喝，有的玩儿。"陈立又回头看了看从晓庄师范挖来的美女网管笑道，"还有美人儿相陪，怎么不是好地方？附近学校的男生都抢着往里钻呢。"

冯歆长出了几口气才对陈立说道："算了吧你……整天待在这地方，人得少活十年！"

赵阳拿了两瓶饮料送了出来，递给陈立和冯歆，笑道："里面是呛了点儿，不过多到门口转转就好了。"

陈立忙不迭点头。

冯歆却是看着正朝门口张望的网管似乎想到了什么，喝了口水，拉着赵阳问道："你们网吧还招不招人？要不我来你们这儿当网管吧！"

赵阳默不作声，却是笑着看向了陈立。

"喂喂喂！我才是老板，你怎么不问我啊！"陈立笑道。

"我不问你，你这人不老实。"冯歆说着退开了几步，装作要躲陈立远远的样子，"上次在病房里，我都看见了……"

"浴室……"陈立脸上也是一红，知道她说的是何婉那档子事儿，干咳了两声道，"那是误会，误会……"

冯歆显然不信，还要再说什么。

陈立岔开话题，笑着问："网吧一个月八百块，包吃包住，你也干？"

"八百？"冯欹瞪大了眼睛说道，"我一个月辛辛苦苦三班倒，还要随时防备着那些动手动脚的猪头，才只拿六七百块的工资。在这里包吃住，省掉租房子的钱不说，还能免费上网，条件可比医院好多了。"

冯欹现在的工作说好听点儿是市第一人民医院的护士，其实也就是个没有编制的临时工而已，连五险一金都没有，要不是因为这个，陈立也没想过能将冯欹勾搭过来。

"哎，你这儿到底招不招人，你要是招人的话，我就过来给你打工！"冯欹这会儿却是认真了起来。

"我觉得你不适合在这儿干！"陈立也一脸严肃地说道。

冯欹撇着嘴却是有些委屈。

"这儿工资太低了，以你的能力，要干也得干一个月五千起的工作！"陈立眯着眼睛笑道。

"我可不干那事儿！"冯欹瞪了陈立一眼。

"喂喂喂！你想哪儿去了？我认真跟你说呢。"陈立说道。

冯欹歪着脑袋对陈立问道："你说真的假的？有这么好的事儿？"

"当然是真的。"陈立看看时间已是不早，就让赵阳给周斌打电话约他一起吃饭。

钱万里那边已经咬钩了，但还没有咬实，他得在一个月内先卖出三十套房子去，很多事情得立即行动起来。

赵阳打电话过去，周斌那边却没有接听。

陈立觉得奇怪，便自己打了过去。电话响了几声，终于接通了，只是电话那头声音嘈杂。陈立只听到周斌说他在南苑宿舍那边就匆匆挂了电话，也不知道到底发生了什么事情。

陈立问赵阳："周斌这两天怎么神出鬼没的？"

赵阳道："你最近挺忙我知道，周斌我就不知道了，整天见不着人影，不知道在干吗——我们一起去南苑宿舍找他呗。"

中原大学占地一千六百多亩，这几年还在持续建设中。宿舍区共分四个，东苑还在施工，目前投入使用的就是南苑、北苑，还有就是江秀街对面的新苑。

南苑目前是中原大学规模最大的住宿区，有二十栋学生公寓，重要的是，其中有十九栋是女生宿舍，而那仅有的一栋男生宿舍楼就被称为王子楼——没住进去的男生说起这个，多少带了些酸味儿。

陈立与冯歆、赵阳，直接往南苑宿舍区那边杀过去。

冯歆是今年刚从商江护理职业学院毕业，进入市第一人民医院特护病房工作的，这会儿跟陈立他们走进中原大学感慨良多。

走到南苑宿舍区，老远就听到小广场那边儿音乐劲爆，陈立远远看见学校的创业者协会正在那里帮合作的商家搞宣传活动。小广场上摆出一溜遮阳伞，两边竖了很多的广告牌，有十几名创协的成员走到路中间发传单，也有人坐在遮阳伞下面的长桌子后给感兴趣的师生做咨询。

一九九八年开始，国内各大高校兴起学生创业风潮，学校鼓励学生在校期间参加各种社会活动。中原大学团委也组织成立了学生创业者协会。

周斌喜欢过创协的一个女孩子，硬拉着陈立一起加入创协，在里面厮混过一段时间，后来周斌跟那女孩子闹分手，陈立他们自然也没脸再去参加创协的活动了。

"在那儿呢。"赵阳眼尖，已经看到周斌的身影。

陈立这才看到周斌。也不知道他从哪里把创协的社团T恤给找了出来，皱皱巴巴地穿在身上，跟其他人却不那么合群，手里还拿着传单，孤零零地站在一边。

陈立心想，周斌与苗静分手有一段时间了啊，这两天不见踪影，跑来凑这个热闹干吗？

陈立很快又看到苗静——就是周斌大一追上、后来又因为周斌花心而跟他分手的那个女孩子，正坐在长桌后面，跟一个高高大大、长相白净的男孩子聊得开心。大概是看到苗静与那男孩子亲昵交谈忍无可忍，火冒三丈的周斌将捏得不像样子的那沓传单摔到地上，就往苗静那边走过去。

陈立太熟悉周斌了。这小子自己花心，被苗静发现脚踏两只船后分了手，这会儿竟然跑过来吃苗静的酸醋，这是哪儿跟哪儿啊？

陈立来不及喊周斌，就见周斌一把揪住苗静身边男孩子的脖领子，把他从苗静身边推开。那男生没有提防，身子往后一退，绊着什么东西，一屁股摔坐在地上。

看到周斌要动手，赵阳赶紧跑过去将周斌拖住。

那男生这会儿意识到发生了什么，脸色憋得通红，爬起来就要往周斌身上扑，创协的两个男生跑上来将他牢牢抱住，避免火气冒了一天的两人当众撕打。

"小子，你也白费这个劲了，苗静眼睛再瞎，也不会看上你这个中看不中用的小白脸。"周斌骂骂咧咧，要将赵阳推开，冲上去给那小子一个教训。

本来这边儿大喇叭放着音乐就挺热闹，这会儿莫名其妙地就有人动起了手，立刻围上来一群看热闹的。

"周斌，你到底想干吗？"苗静大概也没有想到周斌会失去理智直接动手，她都快给气糊涂了，走到周斌面前，狠狠一脚就踢在了他小腿上。

周斌捂着腿就蹲了下去。差点儿被周斌揍了的男生，被这高挑女生狠狠瞪了一眼，也没了声。

陈立这会儿才松了一口气，看着周斌歪着脑袋翻眼偷瞧的样子也是无奈。

苗静冷着脸，眼睛在周围看热闹的人身上扫了一圈说道："都看什么看，散了……该干吗干吗去！一有热闹就往跟前儿凑，这素质还好意思说自己是大学生！"

几个穿着创协T恤的学生也凑过来，把看热闹的人群驱散开。

陈立知道苗静能治住周斌，这时候才与冯歆走过去，故作糊涂地问道："苗静，这是什么情况啊？"

苗静是典型的北方大妞，泼辣果断，是管理学院数得着的美女，大三就能接替老人儿，负责学校的"创业者协会"，也是极其干练，此时横眉怒蹙，恨不得上前抽周斌两耳刮子。

虽然陈立与周斌都早被创协除名了，但苗静对陈立的印象很好，这会儿也生气地说道："谁知道他发什么病，多少天没见他有脸跑我跟前晃悠了，这两天却抽了风似的跑来找不痛快！"

"你这两天到底是抽哪门子风，整天都看不到你人影？"陈立侧过头问周斌。

"那家伙贼不是玩意儿，刚上大二就谈了好几次恋爱，看到漂亮女孩子就想下手。我这不是怕苗静被人骗吗？"周斌在苗静面前还是心虚，支支吾吾地指着那个长相白净的男生说道。

"那你算什么玩意儿？"苗静瞪过来，毫不领情地质问道，"我的事要你管！你算什么玩意儿？有什么资格管我？我跟谁谈恋爱，还要跟你请示?!"

"我也不是什么玩意儿。"周斌这两天要做的事就是搅局，蹲在那里被苗静劈头大骂也不气恼，只是不时凶横地瞪那男生一眼。

那男生很快被其他人劝走，周斌也拍拍屁股直接走掉，不敢留下来再惹苗静生气。

第22章

　　陈立找周斌去吃饭，除了想要将周斌、赵阳拉上外，还想过找苗静，从校创协骗些人手过来。现在闹了这么一出事儿来，他也不好说什么，只好先请苗静一起去吃饭，算是替周斌道歉了。

　　苗静是恩怨分明的爽朗性子，气恼周斌无理闹事，但也不会迁怒于陈立、赵阳。

　　苗静也知道陈立的能力，创协最初搞成的几个项目，都是陈立出点子、牵头搞起来的。大学生洗衣社等现在还是创协下面收入最稳定的勤工俭学基地。

　　周斌与苗静分手之后，陈立就没有再在创协露过面。团委选拔创业协会新一届的会长时，苗静还特意去找陈立，觉得陈立最有资格领导新一届的"中大创业者协会"，只是陈立根本不感兴趣，苗静才自己站出来参加团委内部新一届创协会长竞选。

　　几个人聊着天往学校外面走。苗静起初还以为陈立与唐晓的那件事过去了，终于找了冯歆这么漂亮的女朋友，聊起来才知道冯歆是陈立从医院里拐出来玩的。

　　冯歆年纪比苗静还要小一岁，前两天刚被周斌骚扰、搭讪，烦不胜烦，跟苗静同仇敌忾，就聊得特别欢。

他们刚走出中大的南大门，何婉的电话就打进来了。

中午的时候，陈立与钱万里去市政府见张浩然，何婉直接回了公司。策划案能不能成，终究没个谱，陈立也一直没有打电话回来，何婉思来想去过了一下午，这会儿终于熬不住，给陈立打来了电话。

电话聊事情不方便，陈立约何婉一起到中大南门外的小汤鱼馆来。

中大南门外的小汤鱼馆做酸菜鱼、老鹅味道纯正不说，还量大实惠，是陈立与周斌、赵阳的据点，点一盆酸菜鱼、一盆老鹅，能将五六个人的肚子撑得溜圆。陈立他们跟店老板已经很熟悉了，进了小汤鱼馆，时间还早，靠前窗的小包厢还留着。陈立直接要了一盆酸菜鱼、一盆老鹅加几样配菜，没多一会儿，何婉也赶过来了。

看到陈立与苗静、冯歆两个漂亮的女孩子在一起，何婉一时间也没有认出冯歆就是特护楼的值班小护士，以为都是陈立的同学，她心里还想着方案能不能通过的事情，仍是忧心忡忡。

虽说何婉脸上郁郁的神色平添几分楚楚可怜的风情，陈立也不忍再看她强颜欢笑，拉她到包厢门外的楼梯口，将钱万里中午跟他提的条件告诉何婉。

"这事成了？"何婉满心期待陈立能发挥作用，但也没有想到会这么顺利，还以为要反复修改方案才能通过。上午在锦苑国际时，钱万里及张洪庆透露的都是这个意思，但没想到吃过一顿饭，钱万里竟然完全答应陈立提出的条件。

那个张秘书长是谁？何婉相信那个张秘书长发挥了至关重要的作用，却不知道陈立跟他到底是什么关系。这几天来，何婉心力交瘁，甘愿被陈立牵着鼻子走，就像陈立是她能抓到的最后一根稻草，不过也没有想过这根稻草真能将她拉上岸。

"能不能成还要看我们能不能在一个月内卖出三十套房。"陈立笑道，提醒何婉注意钱万里答应他们的协议是有前提条件的。

何婉却是宽心一笑，她心里也觉得一个月卖出三十套房很困难，但钱万里给的条件并不苛刻，对赌协议失败，钱万里犹愿意支付三十万的广告款，印象广告至少能熬一年。有这一年的缓冲期，她也能熟悉公司的业务，相信生存下来不成问题。

见何婉想简单了，陈立也不说破，只是交代她明天去锦苑国际签合同。这会儿从楼梯上来个人，是周斌冒充服务员端着滚烫的一盆酸菜鱼跑上来。

陈立看乐了，这会儿才想起赵阳刚才进门就拿着手机摆弄，原来是还有目的的。

苗静看见周斌进来也不搭理他，只当没看见似的，拉着冯歆说话；周斌也脸皮厚，挨着赵阳直接坐了下来，还擅自做主让服务员整了一箱啤酒，打开一瓶要给陈立倒上，问道："你这两天跟着何婉姐鼓捣那个策划案，到底搞出什么眉目来没有？还有这个冯歆，我在特护楼勾搭两天也没看到好脸色，怎么让你拐骗出来的？你到底比我帅在哪里？"

周斌这两天虽然想着搅苗静的局，却也没有忘记陈立那边的事情。

"什么拐啊骗的，陈立说要给我找工作，我才跟着出来的。"冯歆横了周斌一眼，又伸手拦住不让周斌给陈立倒酒，"他胳膊伤还没好，不能喝酒。"

"工作？什么工作？你不怕陈立把你拐到哪个山区卖了？"周斌这时候不敢去惹苗静，调戏冯歆却神态自若。

陈立想说自己就长着一副让人心安的脸，没想到冯歆却先应和周斌的话，一副深以为意的样子盯过来："我也怀疑他干得出这种事！"

陈立笑着伸手将冯歆贼亮的漂亮眼珠子挡住，指着何婉说道："何婉姐就是我要给你介绍的老板，我最近也到何婉姐的公司打工——工资肯定不会低于五千。"

"你说真的假的，可别骗我，我可是有准备的。"冯歆水嫩的小脸红扑扑的，还以为陈立在开玩笑，直接从身后包里拿了几张纸出来，在陈立面前晃了晃道："你要是骗我，可知道这是什么？"

"这是什么？"陈立探过头，看到冯歆竟然拿着他的病历，奇怪地问道，"你拿这个干吗？"

"我跟你又不熟，怎么会随随便便就跟你跑出来玩儿啊？病历上有你的档案，你要是敢做什么坏事……嗯哼……"说到坏事这词，冯歆还特暧昧地瞥了何婉一眼，说道，"我好去派出所报案！"

何婉这才想起冯歆这女孩是特护楼的护士，不知道怎么就被陈立骗出来了。看到冯歆瞥过来的眼神，顿时想到当时她与陈立在浴室被赵阳和冯歆撞见的一幕，白皙的脸顿时飞上一抹轻红，跟小女孩似的，都不敢看陈立一眼。

何婉心智成熟，原本不会如此羞赧，今天也是情绪大起大落波动得厉害，才有这副小女孩态，却让她更是娇媚到极致，苗静、冯歆两个女孩子看了都是一呆。

"何婉姐可真漂亮啊！"冯歆咂咂嘴夸赞，又趁热打铁地凑过来问何婉，"何婉姐，我到你公司打工，真能给我开这么高的工资？"

何婉看陈立与冯歆聊得热乎，还以为是陈立对这女孩有些意思，介绍到公司工作也没有什么，但听陈立给冯歆许诺的工资，她就有些咋舌了。

中大大多数的毕业生出学校起薪也就一千刚出头，只有计算机、电子信息等热门专业的毕业生才能拿到四五千以上的超高工资，比商都市的普通职工，不知道要高出多少倍。

不过陈立将公司从生死边缘拉回来，何婉心想他这么决定，或许有其他的深意。

见何婉有些心不在焉，陈立心想别是五千元的月薪把她给吓着了，他还要接着骗苗静上钩呢，就直接跟何婉说道："何婉姐，让冯歆去公司上班吧，我那儿缺手，让她直接给我当助理，不愁从她身上赚不回五千来。"

"嗯，你决定就行……"何婉应道。

"那就说定了，基本工资五千，奖金没上限，你明天直接到公司上班去！"陈立对冯歆说道。

"你那儿还缺助理不，我也过去给你当助理，也能一个月拿五千的底薪不？"苗静懒得搭理周斌，但跟陈立的关系不错，听到陈立与冯歆的对话很好奇，也凑过来开玩笑问道。

　　"行啊！"陈立就愁不能勾起苗静的好奇心呢，这时候见她主动咬钩，自然是满口答应下来。

第 22 章

第23章

锦苑国际的合同何婉负责去签就可以了。第二天陈立难得在宿舍睡了一个懒觉，过了九点钟才晃悠悠出宿舍，到江秀街前的早餐摊买了豆浆、油条，就往银杏花苑走去。

中原大学新校区所在的大学城区域已经陆续有中原大学、农业大学、财经大学、商都理工大学等六所高校建了新校区；而按照省市两级政府对大学城区域的规划，未来还会有更多的高校在这里建新校区。中原大学的新校区后期还会扩建，最后会将本科部全部从主城区搬迁过来。

银杏花苑位于中原大学的西门外，与江秀街只隔一片民房区与一家棉纺织厂。

银杏花苑再往西，就是商都市境内最主要的湖泊之一——雁鸣湖，水系与横贯中原省腹地的商江相通。

雁鸣湖西岸作为主城区的一部分得到治理，但东岸属于郊县，这些年沿湖建了不少小工厂，在为地方贡献不少产值的同时，环境却被搞得相当糟糕。

银杏花苑的区域优势十分明显，坐落在主干道钟秀路的南侧，西接主城区金水区，东接规划中的商东新区，北面是已经发展好些年的商都市高新产业园区，未来的升值潜力极大，但此时的银杏花苑四周要么是环境较差的工厂，要么是破败的民房，销售能好才叫见鬼了。

陈立走到银杏花苑时已经过了十点。银杏花苑的售楼处建得气派，玻璃门懒洋洋地开了半扇，他探头进去，大厅里一个人都没有。

售楼大厅显得有些空旷，居中一副五乘六米左右的小区沙盘颇为显眼，沙盘边沿随意摆着几个喝剩下的饮料瓶子，也不见有人收拾。沙盘临东墙的落地玻璃窗前散乱地摆放着几张茶几，椅子东拉西扯的都配不成套。地板和桌椅倒擦得干净，还带着些水痕。陈立冲着沙盘边儿吹了口气，扬起的灰尘往他手里的半根油条裹过来。

陈立暗道一声"晦气"，将油条和桌上的饮料瓶子一起拢进了地上的垃圾桶里。

隐约听见西侧的几间办公室里传来说话声，他就走到门边，喝着剩下的半杯豆浆准备敲门。

"大家今天都精神着点儿，公司那边是出了些状况，但大家只要坚持一个月，相信一切就会恢复正常……"办公室门留着一条缝，里面的说话声音让陈立听了个清楚。

陈立心里一笑，心想张洪庆他们并不相信自己能在一个月内卖掉三十套房，认定到时候他会拿着锦苑的三十万广告费滚蛋，这才提前通知售楼处的员工忍受他一个月。

"当当……"陈立刚敲了两下，门就从里面拉开了，不大的房间里硬是挤了十几个人。

一个穿着西装、梳着分头的三十多岁中年男人正坐在办公桌后，看到陈立探头进来，问道："请问您有什么事儿?"

"看房子啊，来售楼处不是看房子还干吗?"陈立笑道。

中年男人示意站在门边的一个女孩子出来招呼陈立。

那女孩子满脸的不情愿，还是陪陈立走出办公室。这会儿办公室的门还是没有关严，那个男人的声音清晰地传了出来："你们都要搞清楚状况，要想明白你的工资是谁给发的……"

"先生，您之前来过吗？对咱们银杏花苑的房子有了解吗？"女孩子没想到陈立对办公室里的对话更感兴趣，没精打采地带着陈立走到了沙盘前问道。

陈立笑道："了解谈不上，就是知道个大概，要不你再给我介绍一下吧。"

销售小姐拿过一份楼盘简介放在陈立面前道："先生，这份简介上写得很清楚，要不您带回去看看，再决定要不要买。"说着又拿出了一张名片递给了陈立，"这是我的名片，如果您决定要买的话，可亲自过来咨询详细情况，也可以打上面的电话咨询。"

陈立接过楼盘简介，也不多说什么，翻看了两眼。那女孩子心思也不在卖房子上，随意打发过陈立，就有些急不可耐地扭头走回办公室，显然不想错过关键信息。

这时候，接待台的电话"丁零零"响了起来，响了半天，办公室里都没人跑出来接电话，陈立就走过去将话筒拿起来。

陈立都没有吭声，张洪庆的声音就迫不及待地传过来："喂，我是张洪庆，告诉李钧锋，我一会儿就跟印象广告的人一起过去……对了，李钧锋给你们开通气会了没？"

"嗯……正开着呢。"陈立闷声答道。

"好……"电话直接就断了音。

陈立心想张洪庆还真是念念不忘要给他上眼药啊，随意拉了把椅子靠窗坐下来，喝着豆浆等张洪庆跟何婉过来。

售楼处这边也实在冷清，陈立坐了小半天都不见有客户走进来咨询房子的事儿，而销售处的员工还继续在办公室里开会，不见有人出来。

这时，外面传来汽车的喇叭声，陈立探头看到一辆黑色的别克商务停在了门口，后面跟着何婉的红色宝马。

张洪庆下车一眼就看到陈立坐在销售大厅里，他愣了一下，便满脸堆笑地迎上来："陈……陈经理，你这么早就到了啊！我还说你今天怎么没有跟何总一道呢！"

张洪庆扫了一圈，售楼处里竟然一个人都没有，脸色一沉，不禁难看了许多。

陈立笑着指了指办公室紧闭的大门，告诉他人都还在里面开会呢。

张洪庆尴尬地笑了笑，便走过去敲门；陈立把刚进门还没搞清楚状况的何婉拉了出去。

"干吗啊？"何婉问道。

陈立点了支烟道："没事儿，我们过来搞战备接收，你也得让人家准备不是？"

一支烟没抽完，张洪庆就带着之前坐在办公桌后的男子来到了门口。那男子再次看到陈立倒也不吃惊，只是脸上带着深深的怨念。

陈立也不在意，想是张洪庆进去之后也没给这人好脸色。

张洪庆今天倒是很自觉地与何婉拉开了距离，甚至直接让过何婉，向陈立介绍起来："陈经理，这位就是负责银杏花苑售楼处的李钧锋经理。我已经跟他交代过了，让他全力配合你的工作，以后这里就交给陈经理你了。"

陈立将烟头掐灭，笑道："放心吧，我相信锦苑国际和印象广告两方面的合作一定会非常顺利，银杏花苑的销售必然会是双赢的结局。"

张洪庆干笑着也不多说什么，做过两边的交接工作，就匆匆上了别克商务离开了。

陈立对李钧锋也不客气，直接吩咐道："李经理，你先安排大家把这里卫生搞一下，半个小时之后咱们再开个会。"

李钧锋应了一声便进了售楼处，里面传出他招呼人打扫卫生的喊声，听起来倒是很积极。

陈立拉着何婉说道："走，何婉姐，我们先到银杏花苑里面绕一圈，以后这就是咱们的主战场！"

何婉问道："你真要把银杏花苑的销售处拿过来做？只怕没那么容易吧……"

陈立知道何婉不仅仅是担忧张洪庆会在背后使绊子，毕竟这个人在锦苑国际主持了这么多年的市场销售工作，对下面售楼处的人有着极大的影响力，合同这东西管得住事，却管不住人；更主要的，何婉还是担忧他没有能力在一个月内将三十套房子卖出去。现在搞这么高调，要是一个月后拿了三十万广告款灰溜溜跑路，就有些太狼狈了。

"何婉姐，你得帮我个忙……"陈立扭头对何婉说道。

何婉停下脚步看着陈立略有些瘦削的脸，心想陈立拿得下锦苑国际这个单子，个人能力以及背后关系她都远远赶不上，只是卖房子这件事，她到底能帮他什么呢？

"你是说冯歆、苗静的事儿吗？"何婉想起了昨天吃饭的时候，陈立与冯歆、苗静说的那些没头没尾的话。

"算是也不算是吧。对了，冯歆去了公司没？"陈立问道。苗静那边可能还没有当一回事，需要额外再催一催，他现在关心冯歆有没有直接到公司报到。

"早上我从公司出来去锦苑国际的时候她就到了，已经安排人帮她办了入职手续，划归策划部……行政上按助理执行。"何婉说道。

陈立点了点头，看向窗外空荡荡的水泥路，没有再说别的事情。

第 24 章

银杏花苑目前一期建成十八栋楼，范围不算大，半个小时够陈立与何婉逛好几圈了。回到售楼处，销售大厅已经是被打扫了一遍。

玻璃大门明显比之前亮堂了许多；浅黄色的地砖上湿迹未干，但也没有成潭的水渍；玻璃茶几正反两面都擦拭一新。陈立到休息区找了张椅子坐下去，探手抹了一把，不锈钢椅子腿上还附着潮气，明显也是擦过的。

李钧锋领着银杏花苑售楼处的员工来到休息区。一共两排人，第一排三男三女，衬衫的胸口都别着销售顾问的小名牌，身高、相貌都是经过挑选的；后排七个人穿着蓝裤白衫，男女都有，相貌要更普通一些，是财务、行政等工作人员。十三个人站得整整齐齐。

看到这场景，何婉都情不自禁地要站起来。

李钧锋小步过来，朝陈立、何婉"啪"地敬了个礼，说道："锦苑国际销售处，银杏花苑售楼中心实有员工十三人，实到员工十三人，全体……立正，请检阅！"

陈立看了看被这场面震住的何婉，站起来笑着说道："钱万里不愧是老国企出身，军事化管理都做到售楼处来了。"

陈立自然不会轻易进入李钧锋刻意安排的节奏，看了李钧锋和十二名员工半晌，直到他们心里发毛，才沉声说道："李钧锋，今天要恭喜你与五个销售顾问了，现在你们都被开除了！"

六名销售顾问难以置信地看着陈立，想从他脸上看到一些玩笑的意味，毕竟他们中有三名是称得上美女的女孩子，就算是老总钱万里过来也经常会开些无伤大雅的玩笑。

可惜陈立那张甚至比他们还年轻的脸上却没有半点儿开玩笑的意思，他们都措手不及地看着李钧锋。

早上在闭门的会议上李钧锋传达了张洪庆的意思，印象广告在将来一段时间里会主持银杏花苑的销售工作，但不会超过一个月，要他们这边坚持一个月，配合一下。

大家相信陈立刚才听了闭门会议的内容，心里多少会窝着些火，但也没有想到陈立第一个决定就是要将他们都开除。

李钧锋也接受不了，震惊地盯住陈立问："陈经理，你说这话是什么意思？"

张洪庆交代过这个年轻人不好应付，可李钧锋也没想到陈立一来就做得这么彻底。到底是哗众取宠的震慑，还是另有所图的预谋？

见陈立看过来的目光已有些凌厉，李钧锋便后悔刚才脱口而出的质问，心想一个月内卖不出三十套房，眼前这小子就要滚蛋——他们就算暂时被开除，也就是离开售楼处回集团熬一个月，又何苦这时候针锋相对？

张洪庆可是说过，眼前这年轻人是钱总都不愿得罪的人物，不然集团公司那边怎么会将售楼处轻易交给他人接手胡闹一个月？

"李经理对我的决定有什么异议吗？"陈立瞥了一眼李钧锋问道。

李钧锋轻轻摇了摇头，没有再说什么。

售楼处大厅一时之间静寂无声，在陈立面前，李钧锋都不敢露出锋芒，其他人能有什么表示？

何婉不禁有些担心地看着陈立，陈立的脸上仍是一贯的淡漠，或许这就是他信心十足的表现吧。

"你们或许都觉得很委屈。"陈立径直走到沙盘前，待大家都围过来，弯下腰猛地一吹。

李钧锋不知道怎么回事，还以为陈立想要指出模型哪里有什么不对，刚弯下腰凑过去，就被一阵突然扬起的灰尘扑了一脸。

陈立先闪到了一边。李钧锋揉着眼睛，心里恼火却不敢发作，想着他这边尽力配合，回到集团公司也有说辞，便硬着头皮说道："陈经理，这边是我们疏忽了，我立刻安排人收拾。"

陈立皱起了眉头，指着沙盘模型道："你们以为仅仅是打扫卫生不到位让我不满意吗？我问问你们，谁能告诉我，这些楼里有哪些房是已经卖出去的，有哪些房是还没有卖出去的？"

陈立看了一圈却是无人作答，正要说话，有个短头发的女孩儿抢先说道："一期有九百多套房，我们哪里记得那么清楚？不过销售台账里都有记录的。"

陈立点了点头说道："银杏花苑一期十八栋楼，四分之三是中小户型，四分之一是大户型。一期开盘到现在有六个多月了，所售的五十七套都是中小户型，三室以上的大户型一套都没有卖出去，谁能告诉我为什么？"

看没人回应，李钧锋犹豫着站出来说道："陈经理，市场不是我们能控制的……"

陈立摆了摆手，阻止李钧锋说下去。

李钧锋老实地低下了头，不管什么样的理由，他现在不应该直接跟陈立对抗。

陈立走回到休息区坐下，手指有节奏地敲击在玻璃茶几上，似是在考虑什么。大厅里只闻得压抑的呼吸声，物业处的保安本来想进来喝口水，隔着玻璃门看这景象胆怯了，规规矩矩地回到了门岗上。

"你们是锦苑国际的员工，现在想回集团公司去，我管不到你们——集团公司接不接收，也跟我没关系；但想留下来，包括李钧锋你在内，就都得听从我的安排！"陈立看着李钧锋说道。

李钧锋低着头，眼角微微抽搐，心想陈立要仅仅是立威，那集团公司还真不大可能将他们都接收过去，他们就是忍也要在这里忍一个月。

"新的销售团队，将由印象广告与银杏花苑售楼中心共同组建，我会给你们一个加入新销售团队的机会。"陈立顿了一下，扫了一眼人群，看过来的目光迎着他的眼神都又收了回去，"你们现在都是试用员工，除了日常工作外，我再给你们一个星期，利用工作之余，对已售客户做销售回访，做一份关于银杏花苑前期销售不利原因的总结报告给我，合格了，就可以正式加入新的销售团队。"

何婉无所事事，也不能光站在那里看陈立立威，沏了杯茶递过来。

陈立朝何婉笑笑，压着声音说道："我现在很有当老总的感觉，要不你来训两句？"

何婉背着众人，见陈立在李钧锋一群老销售面前收放自如，还将玩笑开到她头上来，忍不住娇嗔地横了陈立一眼，眼眸里波光流转，美得勾人心魂。

陈立又跟李钧锋他们说道："还是那句话，你们要是回集团去，我管不着，但谁明天还站在这里，就得照我的来。虽然你们之前开闭门会，通气说要忍我一个月，但你们的时间就只有一个星期！"

抛下满屋还没有反应过来的人，陈立与何婉离开售楼处上了车。

"闭门会是怎么回事？"坐上车，何婉才开口问道。

陈立将他提前到售楼处听到的话说给何婉听，笑道："锦苑国际对一个月内卖出三十套房是完全没有信心啊，就等着一个月后我滚蛋呢。何婉姐刚才在售楼处也完全没有气场，是不是也做好一个月后跟我一起滚蛋的准备了？"

何婉是没有信心，却也没想到会这么明显，尴尬地笑笑，凝视车窗外，将一缕发丝捋到耳朵后，露出线条极美的侧脸。她深吸一口气，坦然说道："我是没有太多的信心，就像我刚接手印象公司时，也完全是手足无措，但既然做了，不管有没有信心，总要全力以赴才能知道行不行。而且啊，公司现在到底是缓了一口气，真要不行，一个月后调整方案都还来得及。"

陈立点点头。要是何婉性格里没有韧劲儿，在遇到他之前，印象广告可能就已经撑不下去了。何婉有没有信心不重要，只要有这个韧劲儿，在未来一段时间坚定地支持自己就好。他笑着跟何婉说道："何婉姐，相信我，一定行的。我现在还要将赵阳、周斌都拖上贼船来。"

◎
第24章

第25章

何婉开车陪陈立到江秀街口，将赵阳和周斌拉上，再赶到印象广告时已经是中午了。

策划部里刘同江与四个年轻人正拿着策划案在黑板上写写画画，连陈立进来都没有注意到。

陈立看到冯歆也在，跟她说道："你看着人头买几份盒饭上来，咱们搞个午餐会议！"

周斌、赵阳知道陈立在帮何婉做策划案，可谁知道陈立硬生生把帮忙做策划案的事儿搞成了卖楼！

赵阳家境贫寒，为了弟弟妹妹能不辍学，两年前在拿到商都理工大学的录取通知书后，找陈立喝了一通酒，大醉一场后将通知书撕掉，一个人到商都来打工，直到一年前被陈立拉进新潮锐网吧，才与陈立又聚到一起。他的立场一贯是陈立说什么他就做什么。

周斌家境富裕，是个惰性子人，跟陈立相处都两年多了，自然知道陈立看着性子比他还疏淡，但就没有做过吃亏的事情。现在他们两人守着个网吧虽说不愁吃喝，但在老爷子面前也只能勉强扬眉吐气，也要思思进取。

昨天夜里，何婉就专程打电话给刘同江，告诉他已经与锦苑国际谈妥合作的事宜。刘同江虽然在专业上不认同陈立，不喜欢陈立的强势，但锦苑国际的单子拿到手就意味着印象广告有救了，他也不是不顾大局的人。上午何婉到锦苑国际签协议，他将策划部那几个对陈立满腹怨气的员工都拉回来，研究策划案后续的具体实施。

冯歆今天是第一天上班，要是前两天过来，看到印象广告人心涣散的样子，不管陈立给她开多少工资兴许都会打退堂鼓，回医院当她的小护士了，但今天正赶上公司上下都处在拿下大单的兴头上，也被环境感染出了十足干劲儿。

何婉坐在会议室里，一时间也是生出些感慨。虽然有一个月就要卖出三十套房子的重担压在肩上——她怕刘同江他们畏难，并没有将这事说给他们知道，只说陈立从公司抽调人手，为锦苑国际组建新的销售团队——但至少是见到了希望，而会议室里也好久都没有这么热闹过了。

冯歆跟行政的两个女孩子很快将盒饭买上来。各人都拿了饭菜围着桌子坐下。陈立紧赶着扒了几口饭说道："锦苑的单子是拿下来了，本来应该让何婉姐请大家到哪家大酒店庆祝一下的，不过眼下事儿还赶着，盒饭就当开胃菜，等初步目标达成了再正儿八经地犒劳大家！眼下咱们人手不足，所以除了冯歆，还有赵阳、周斌，都会过来搭把手，希望大家能配合好工作……"

陈立几口扒完了饭菜，被噎得够呛，冯歆及时递了杯水，他咕咚咕咚灌下去。陈立缓口气，跟刘同江说道："事情刚启动，千头万绪，我就先从简单的说。刘经理，你这边今天就需要重新设计一套银杏花苑的楼盘宣传简页，我有两个要求必须在这份简页里体现出来。"

"你说什么要求？"刘同江问道。

"新的楼盘简页要体现两个要素，一个是银杏花苑的地理位置，二是这片区域未来的发展前景。"

见刘同江满口答应，陈立心想他脾气梗了一些，工作能积极配合就好，又跟赵阳说道："楼盘宣传简页做出来要大范围往外铺。这些工作不能用新

◎
第 25 章

销售团队的人。赵阳，牛老三手底下有几个小混混，无所事事，上网都没有钱。你去找牛老三说，他们发一天传单，可以到新潮锐免费上一个通宵，最后公司这边以每人每天三十元跟网吧结算，但这事你要给我盯着，别让他们跑火车站、长途客运站那些地方混事儿，那里没有我们的潜在客户——要将传单铺到老旧社区去！"

这是个辛苦活，而且前期出不了效果，只有稳重踏实的赵阳能坚持下来。

陈立看到周斌在缩脖子，笑着说道："我给你安排的好差事，不要躲！你一会儿就直接去找苗静，跟她商量一下，请她帮我在创协多找些美女过来。要记住，我这边只要年轻漂亮、身材又好的学生妹，加上冯歆，都交给你带队。这差事不赖吧？"

"不去不去，坚决不去，你这是让我去送死呢。再说中大创协那几个歪瓜裂枣，长成那副模样都还心比天大，你又不是不清楚？除了苗静还顺眼一些，哪有什么漂亮的学生妹给你勾搭？"周斌摇着头往后直躲。

中原大学是中原省唯一一所985高校，全国排名前十，到中大找智商超过160的学生妹周斌能拉出一群来，但是脸蛋漂亮身材又好的中大女学生可能整所学校就只能挑出三五十人，还一个个心高气傲，哪可能跑这里给陈立当牛马使唤？

"你想不到办法，苗静未必没有办法，你只要负责联系苗静就行。"陈立说道，"你跟苗静说，我明天就要用人，九点钟在银杏花苑售楼处会合，你到时候负责把人接过来。"

中大创协自然找不到那么多漂亮的学生妹，但陈立所说的创协，指的是省高校创业者联合会。中大创协是省高校创协的牵头组织者，陈立是希望苗静从师大等校的创协拉符合条件的漂亮女孩子过来。

陈立相信苗静能明白他的意思，这时候不跟周斌说明，就是要周斌在苗静面前碰碰壁，满足一下苗静内心小小的优势感，应该会更认真看待这事。

"我做什么？"冯歆不想跟周斌去找苗静，问陈立。

"你拉行政的两个女孩子去银杏花苑，将他们手头所有的销售资料都复印两份回来，刘经理那边也用得上！"陈立说道。

"我带冯歆她们过去。"何婉见陈立都安排完了，担心冯歆没有工作经验，到银杏花苑会被李钧锋那些老油条刁难，就决定走一趟。

陈立将事情简单吩咐下去，就拍了几下巴掌，催促着大家都动了起来，他钻到办公室里。

何婉给陈立整理出来的办公室就是原来被当作储物间的策划部，收拾出来后布置了办公桌椅、电脑、档案柜，角落里还有一张小床可供熬夜工作时休息一下。

陈立关了办公室的门，一头栽倒在小床上补这几天缺的觉，当中冯歆敲门进来一次，送复印好的楼盘销售资料，刘同江进来几次，送楼盘宣传简页。

刘同江速度是快，但设计出的楼盘宣传简页，陈立每次都是瞄两眼就直接否了。

何婉先陪冯歆她们去复印资料，之后担心周斌找苗静谈不够正式，又特地赶到中大以公司的名义去跟苗静谈。

等何婉五点钟到公司时，刘同江这边已经开始着手设计第六版的楼盘宣传简页了。刘同江满脸憔悴又无奈，而策划部的那几个年轻人已经牢骚满腹，准备骂娘不干了。

何婉想进陈立的办公室问问到底怎么回事，冯歆凑过来小声说道："一张宣传页已经来来回回搞了五六版，刘经理都恼了，刚才跑到陈立的办公室要发飙，也不知道陈立说了什么，刘经理出来就蔫了——我看刘经理他们做的几版宣传页挺好的，何婉姐，你要么劝劝陈立别折腾了……而且明天就要用，还要连夜下印厂。"

何婉见刘同江露出苦笑，心想只要刘同江被陈立摁服了，她倒没有必要指手画脚的。

　　七点钟，宣传简页终于确定下来。正面直接是两张大图，一张是以银杏花苑为中心的公交线路图，醒目的红色线条标出了银杏花苑通往老城区、高新区以及邻近商东新区规划区域的道路交通图；另一张是雁鸣湖东岸大学城的远景规划图，直接添加了许多臆想的大型商场、超市、文体中心、休闲公园之类的图示，却连"仅供参考"的提示都没有，这多少有些算虚假宣传了。除了两张醒目的大图外，"你觉得你买的是房子？其实你买的是未来！"这样的宣传语也极具蛊惑性。宣传简页的背面是银杏花苑的户型图，宣传语则是"坚信，你的眼光不会错，未来就从这里开始！"

　　宣传简页设计出来，还需要刘同江连夜去印厂印出来……

第 26 章

第二天，陈立很早就赶到赵阳、周斌合住的出租屋。

赵阳已经起床，准备去找牛老三，主要还是怕牛老三不靠谱，赵阳觉得他有必要盯着；周斌则是被陈立从被窝里硬拖出来，不情不愿地去接苗静。待陈立从出租屋赶到银杏花苑的售楼中心，李钧锋与售楼处的其他员工都已经到了。

或许是陈立昨天那把火烧得太狠，八点钟还没有到，保洁员已经打扫完了卫生，就连被灰尘掩盖已久的沙盘也焕然一新。

李钧锋将陈立领进靠南侧窗户的办公室，这也是昨天下午赶着收拾出来的。李钧锋当着陈立的面，特意抹了一把窗户滑道的夹缝，示意这边都特别打扫过了。这间办公室的视野很好，透过窗户能将售楼大厅尽收眼底。

银杏花苑派去印象广告的车拉着连夜印出来的楼盘简页回来了。按照陈立的吩咐，刘同江也领着人跟过来，正将楼盘宣传简页往大厅里搬。

李钧锋看陈立这架势，心想不过又是散发传单的老套路。

昨天陈立毫不犹豫地将售楼中心的人全部敲打了一遍，李钧锋已经做好被收拾的准备。晚上他给张洪庆打去电话，将陈立在售楼中心发飙的事儿原原本本汇报了一遍，张洪庆的回复只有八个字："全力配合，静观其变。"

张洪庆的意思大概就代表了公司的意思，这样的回复多少能让李钧锋安心一些。所谓的全力配合意味着自己这边这些人，暂时不用担心因为陈立的不起用而被公司辞退，或许总公司那边也只是观望的态度，或许要不了多久一切就又回到了之前的状态。

"看你能折腾出什么花样来。"李钧锋低声自语了一声，又搬起一摞宣传单。

赵阳招呼的牛老三那拨人来得最早。十几号人看起来都歪瓜裂枣，没个正经样。他们远远地溜达过来，李钧锋还以为是小混混跑上门来找麻烦，门岗值勤的保安也都不放心地跟了上来。

牛老三这些人看似最不靠谱，却是最省心的，陈立直接让他们扛了两袋宣传单页就上路了。陈立给他们的任务很简单，就是将那些宣传单页大范围地塞进商都市千家万户的门缝去。

银杏花苑开盘半年，按照广告投放的阶段来看，现在已经过了预热期和强销期，早已进入持销期。长期不温不火的销售局面，会让人对银杏花苑产生习惯性印象。陈立要牛老三他们现在做的就是，通过大范围地铺散宣传单页，加强银杏花苑在市民中的曝光率，将气势造出来，打破惯性印象，为下一个阶段的销售宣传预热。

赵阳刚将牛老三这拨人拉走，冯歆、苗静她们后脚就跟周斌赶了过来，还没进门就已经大呼小叫起来："陈立！陈立！你人呢？你要的美女，我们都给你找齐了，还不赶紧出来迎接……"

"你喊什么喊，就不能文静点儿……"周斌站在一旁低声抱怨着。

李钧锋听见外面有动静，跟陈立走出来，看到苗静、冯歆几个女孩子，都有些看傻了。

李钧锋昨天见过冯歆，就觉得售楼处那三个自以为漂亮的女孩子跟她一比实在平常得很；苗静她们还是第一次见，七八个女孩子，都在二十岁左右，身材高挑，脸蛋漂亮、娇嫩，掐一把都出水似的，挤在售楼大厅的门口，售楼处的三个女孩子都不敢往前凑了。

李钧锋不清楚这些人都是陈立从哪里拐过来的，他心里认定陈立凭借家世就如此轻狂，肯定会栽大跟头，但这时候也得承认陈立很会搞场面，不说这些女孩子能不能卖出去房子，把这群美女领上街头就已经是道靓丽的风景线了。

在大学生创业浪潮的背景下，中原大学成立的"创业者协会"更多的是联合商家做推广活动，还极少有学生真正创办企业。陈立与周斌接手新潮锐网吧，已经可以说是先驱了。不过，在苗静看来也只是陈立与唐晓分手后的小打小闹而已，甚至都不如陈立刚进创协时搞的洗衣社项目呢。前天夜里在小汤鱼馆，苗静说要与冯歆一起到何婉公司也是开玩笑，没想到昨天周斌就真跑过来，说陈立要找大量的漂亮妹子撑场面。对于陈立的能力，苗静是从不怀疑的，她更想看看陈立这次到底想干什么，但时间实在是有些紧，就联系附近其他两所学校的"创业者协会"，选了最养眼、干练的女生赶过来支援。

赵阳、牛老三带着一群人，是散到商都市各个角落去发传单；陈立指派给冯歆、苗静她们的任务也是发楼盘宣传简页，但指定要李钧锋、刘同江将她们拉到高新区的国贸广场去发。

银杏花苑就剩下一辆面包车，刘同江领着印象广告的五名员工去挤公交车。李钧锋亲自开车，从后视镜中看着苗静、冯歆她们满满当当挤上来，心里想，之前他也没少带人上街发传单，如果陈立只能做到这样的程度，那他也只需要耐心地忍上一个月吧……

"咳咳。"从早上进国贸大厦，冯歆已经记不清自己敲了多少家公司的门、跟多少人说过话了，脸都有些笑僵了。这会儿已经是下午四点多钟了，她都觉得喉咙里能喷出火来，看整栋大楼都快下班了，就下了楼，想找口水润润嗓子。

刚出电梯，冯歆就看见陈立优哉游哉地坐在大厅外的台阶上，眼睛正瞄着大门口经过的女孩子。这时候有一阵风吹过，将一个女孩子的长裙吹起来，陈立这家伙竟然歪下头去……

"你这个可恶的家伙……"看到这一幕，冯歆咬牙切齿地小跑出去，直接把手里装着宣传页的小包砸在了陈立脑袋上。

陈立猛地回头，见是冯歆就笑了起来，也不觉得尴尬。

"你这人也太不地道了，把我们都派出去发传单，你却躲在这里偷看女孩子的裙底！"冯歆气哼哼地埋怨着，坐到陈立身边，一把夺过他手里的半瓶水咕咚咕咚灌下去。

"有效果没？"陈立问道。

冯歆怨气正浓，说道："有什么效果？敲开这么多家公司的门，问是有人问起，但一听地址就没了兴趣，就算是有兴趣，也不过是想搭讪苗静她们！"

冯歆越说越气，挥舞着小拳头，在陈立面前晃来晃去，赖在陈立身边，再也不肯进楼发传单去了。

苗静与几个女孩子，还有刘同江以及银杏花苑的那几销售顾问都陆续跑出来。

看到陈立、冯歆大咧咧地坐在那里，也都顾不上仪态，找台阶坐下来。

刘同江安排人去买水，听冯歆与苗静在那里小声抱怨，知道她们跑了一天也都没有什么效果，忍不住问陈立这个办法到底成不成。

这时候，大半天没有露面的李钧锋不知道从哪里冒出来，凑过来说道："不是我倚老卖老，发传单这种事我们没有少做，要是管用，销售状况也不可能像现在这样。"他也摸不清陈立到底什么来头，掩饰住幸灾乐祸的心思，说道，"要不我们晚上开会再研究一下？"

"还要研究什么？研究就能行了？"银杏花苑有个销售怨气十足地低声嘀咕起来。

陈立当没听见，眯起眼睛看着李钧锋，心想他看了一天的好戏，这时候终于忍不住过来添把柴火了，再看刘同江，虽然他低着头不吭声，但看脸色想必也是认为自己不行。

陈立看所有人的士气都很低落，心里一笑，矛头还是要直指李钧锋。心知也只有将李钧锋驯服了，接下来的工作才容易展开，陈立不客气地说道："苗静、冯歆她们是第一天被我拉过来做销售，没有经验，不能理解我为什么选择国贸大厦扫楼，但是李经理你是锦苑高薪聘的高级销售经理，你到现在都没有能明白我的意图？"

李钧锋脸上有些挂不住，僵硬地说道："我是有些迟钝，没能明白陈经理你的意图，也没有看出陈经理你这么安排会有什么效果。"

冯歆、苗静都闻出陈立与李钧锋之间的火药味了，吐了吐舌头，躲到一旁不吭声，但她们也完全看不出陈立让她们漫无目的地发了一天传单有什么效果，难道明天还要继续做这样的无用功？一个月销售三十套房的任务怎么可能完成？

银杏花苑的原销售人员以及印象广告不情不愿被强迫的几名策划，都幸灾乐祸地等着看好戏。刘同江不希望陈立与李钧锋第一天就搞这么僵，但也不知道要劝什么，他也不认为陈立这一套能行。

陈立抽出屁股下坐着的文件袋，递给李钧锋问道："打开看看这是什么？"

李钧锋随手翻了两下，说道："这是银杏花苑售楼部的咨询客户信息记录表，不过这能说明什么？"

陈立看向刘同江，说道："刘经理，这份资料你昨天应该也看过。既然李经理没有看出门道来，你有没有看出什么东西？"

刘同江哑口无言，他是没有看出什么门道来，想接过去翻看，但陈立直接将文件袋收了回去，说道："银杏花苑开盘销售一百八十天，共有三百名客户实地问询过银杏花苑的楼盘情况，并留下联系方式。而其中有十一人，就在这栋国贸大厦里工作，李经理、刘经理，你们现在告诉我，我今天为什么让你们来国贸大厦发？"

"有这么高的比例？"冯歆都忍不住想要去看陈立的文件袋。

苗静等人都看向李钧锋，她们都是商都各大学的高才生，知道这么高的比例意味着国贸大厦确实是她们应该重点开发的潜在市场，没想到有十年销售经验的高级销售经理李钧锋竟然没有意识到这点。

李钧锋脸得涨得通红。他今天光顾着幸灾乐祸等看好戏了，没往这茬儿上想，再说他以前也确实没有好好分析过咨询客户的资料。刘同江昨天拿到一份复印件，但忙得焦头烂额，也没有认真看；就算看过，也未必能看出门道来，但听陈立直截了当点出来，也清楚眼前的国贸大厦对他们意味着什么。

陈立从文件袋里抽出一沓资料，说道："这是在国贸大厦工作的十一人的名单，是我们重点要攻克的潜在客户。我没有跟苗静、冯歆她们明说，是希望她们能受点儿挫，知道这碗饭不好吃，但我以为李经理、刘经理，你们两人能明白我的用意……"

刘同江脸上也挂不住了，却无话可说，想着时间不早了，再返回大厦做工作已经来不及了，说道："要不我们明天再过来，国贸大厦真有十一人问询过银杏花苑的楼盘情况，的确值得我们好好做工作……"

"不用等明天。其他人都先回售楼处，李经理，你给钱总打电话，我要用他的车，十五分钟以后楼下见。冯歆，你陪我去拜访908室的张国钊，他是我们最有可能拿下来的第一客户；你们跑了一天，竟然都没有发现，看来还需要锻炼！"

陈立抽出张国钊的资料，让冯歆跟他上楼时看一下，而将其他的资料都丢给刘同江，让他们带回去。

冯韵接过陈立递过来的资料，看到上面除销售部此前记录的联系方式外，还密密麻麻地用钢笔写满了字，这才知道陈立今天看似清闲，却做了这么多的功课，甚至记录下张国钊今天穿的是红色内裤，她扑哧笑着问："你记他内裤什么颜色有什么意义？"

"穿红色内裤，说明今年是张国钊本命年，他满二十四周岁了啊，说明他购房很可能是结婚用，需求极为迫切——销售能力不是凭空说说的，最重要的是观察能力与分析能力……"

"有这么多的门道啊?"冯歆愣了半天,她跟陈立接触的时间不长,只觉得他好相处,哪里想到他做工作会如此的细致,再往下看资料才发现,陈立在一天时间内,竟将张国钊女朋友甚至准岳母的联系方式、工作单位以及什么性格都写了下来,"你就一天时间,怎么搞到这些的?"

"多打几个电话而已!"陈立轻描淡写地笑道。

第 26 章

第27章

"张国钊先生您好，我们是锦苑国际的地产销售专员，您曾经咨询过我们楼盘的情况，今天我与冯专员特意过来做一下回访，希望不会太冒昧……"陈立推门走进张国钊所在的办公室，掏出名片，开门见山地说明来意。

用一天时间，陈立详细调查了张国钊的情况，他还是一名普通职员，老家在南扬社旗县农村，在商都农业大学读书，毕业后进入鼎阳机械公司，已工作了三年。

女朋友是大学同学，在一家老牌的国有企业白鸽制造做质检，家住商都市管城区德隆街小西门南拐胡同，已经到了谈婚论嫁的时候，到银杏花苑看房就是为结婚做准备。

张国钊出身农村，家境贫寒，依靠勤工俭学及助学贷款读完大学。工作三年来没有太多的积蓄，故而银杏花苑是他们最好的选择。

但是张国钊的女朋友何燕，或者说何燕的母亲，却是做成这笔业务的最大障碍。作为老城区的住户，她有一些相当顽固的观念，认为主城区之外就是农村。没有超前意识的老商都人，是抗拒搬到二环以外的区域居住的。

今天攻克的难点，不是张国钊，而是张国钊的女朋友何燕，更准确地说，是张国钊女朋友何燕的母亲。

张国钊有些发蒙，搞明白他们的来意之后，脸上露出难色，说道："买房这个事，我还是要跟我女朋友商议。"

陈立并不给张国钊拒绝的机会，单刀直入，说道："我们了解到张国钊先生您的情况，公司今天特别调了一辆专车，准备接您与何燕女士以及何燕女士的母亲，再实地到我们楼盘看一看，我们希望何燕女士跟她母亲能了解到我们楼盘以及所在社区未来发展的优势。我们相信您之前也有过了解……"

小西门南拐胡同是一条掩在商都市管城区中心平房区里的普通巷子，里面有经历了百年沧桑的老宅，有鸟语花香的院子，老猫可以悠闲地从胡同南边的李家偷出半条烧鱼，拖到胡同西边的张家房顶上去吃。

院口现门楼，院内筑花树，头顶灰泥瓦，脚踩水泥坪，虽然难掩岁月的破落，但也别有一番让人难舍的意趣。

这样的老宅子连在一起成了巷子，铺开一片，就成了藏在商都市内一片片平房区。这景象比之当年已经少了许多，今后还会越来越少，一座座老宅子静默无奈地注视着几步之外的繁华与变迁。

何燕下班推着自行车还没进胡同口，熟识的招呼声就已经接连不断，从小在这样的胡同长大，街坊邻里熟得不能再熟，虽说远亲不如近邻，可谁家有个大事小情，不用一晚上就能传得人尽皆知，也让人苦恼。特别是整天聚在胡同口小卖部门前说长道短的老大妈们，更让人连应付起来都缺乏勇气，偏偏自己老妈也热衷此道。

何燕远远就见小卖部门口一如既往热闹的人堆儿，自己老妈剥着蒜头正跟邻居李婶小声嘀咕着什么，心里也无奈到了极点。

昨晚老妈还在家里抱怨李婶嘴快，把张国钊准备把婚房买在城东仝寨那边儿的事儿传得沸沸扬扬。

见何燕过来李婶又热情地招呼她："何燕，婚事准备怎么样了？婚房装修了吧？什么时候请我们喝喜酒啊？"

何燕心烦意乱，不想回答，很勉强地笑了笑："正在准备着呢，到时候一定请李阿姨喝喜酒……"

"喝什么喜酒！房子都买不起，挑的尽是乡下地方，你们要不能将房子买在附近，跑那么远的地方，这桩婚事我是打死都不同意的……"何燕妈把蒜头往盆里一丢，大嗓门嚷嚷起来，生怕别人不知道她反对这桩婚事。

"也没有多远，国钊上班还近……"何燕小声辩解道。

"什么叫没有多远，全寨还不是乡下，那哪里是乡下？张国钊本来就是农村孩子，我们也没有嫌弃他，还不是希望你们以后能生活在城市里，不要因为结了婚，结果都变成乡下人了。张家阿姨，你们说说看……"何燕妈梗着脖子站了起来，摆出了骂街的架势。

"是有点儿远了，全寨那都到村儿里了……"一群无事的妇人一下又得了新鲜话题，七嘴八舌议论起来……

何燕气得要哭，但她妈就是这个脾气，她也不知道要怎么办。今天本来说好让国钊来家里吃饭，但真怕她妈在饭桌上说难听的话……

"嘀嘀嘀……"一阵喇叭声。一群人转身见一辆黑色的轿车缓缓开了进来。这条巷子是老街道，平时进出个小奥拓都费劲，这车明显比奥拓大了好几圈，锃明瓦亮的车漆都能映出人脸来。

"哟，是大奔啊！怎么开到这地方来了？赶紧都给让让……"平日小巷里最难缠的李婶惊叹一声，忙不迭地端着小板凳站到了墙边儿。

何燕推着自行车也往墙边让了让，隐晦地瞥了李婶一眼。前面巷子里那辆小奥拓从这儿过连喇叭都不敢按，见李婶比见交警都怯，只因这个老女人动不动就堵路骂街。

奔驰又往前挪了几米，开到这群人跟前儿停了下来，一个长相俊秀、看起来文质彬彬的年轻人推开车门走下来，看得门口这群七姑八婆都瞪大了眼睛，不知道发生了什么事儿。

"何燕女士您好，我是锦苑国际的销售专员陈立，受张国钊先生委托特地过来接您和您的母亲到我们的楼盘实地观验。"陈立说着打开后座车门，张国钊从车里下来立在门边。

何燕听得一愣，有些疑惑地看着张国钊，不知他又在哪里寻了房子。

围在一起的大妈们见这场面也似突然被禁住了口舌，嘴里的话都硬生生含了起来，低语声再起时已是转了话锋。

何燕母亲悄悄地把提着的几个蒜头扔在了墙角，顺便在衣服后襟上搓了搓手，虽是强忍着笑意，可脸上的光彩谁都看得出来。"国钊啊，我这正做饭呢，现在就去吗？"

"阿姨，咱们先去看房吧。"张国钊推了推眼镜，把何燕妈妈让到车上。

"哎，刚才他说是锦苑什么的？何家女婿到底买的什么房？竟然坐着大奔去看房……"车子还没走远李婶又吧啦吧啦地闲话起来，略带些酸意的话音顺着车窗传进了车里。街坊这么多年，何燕妈还是头一次听李婶说话这么顺耳。

黑色的大奔再次启动，慢慢地开出了小巷，响亮的喇叭声把街市里的七姑八婆都哄了出来。

陈立刚一进销售中心，就见大厅里的人三五成群地聚在一起，乱糟糟的一片，他直接把张国钊、何燕和她妈妈让进了自己的办公室，心里盘算着该怎么去说动这个难缠的大妈。刚才一路上陈立都在从后视镜里观察何燕妈的反应，自从车子开出了金水区，何燕妈就再没有了初登奔驰的欢喜，尤其是进了银杏花苑之后，更是一张脸拉得老长，还时不时地瞪何燕几眼。

何燕与张国钊一路都只顾低头，不敢言声。

看样子还是要从何燕妈这里入手了。陈立笑着安排几人坐下。

冯歆赶紧用小托盘将茶水送了过来，然后站在陈立身边静静看着。

"阿姨，我想您还不太了解我们公司的楼盘，那我就先给您介绍一下。"陈立抿了口茶水向直咂吧嘴的何燕妈说道。

"嗨，当妈的不容易，我也就是给孩子们参考一下，你说吧。"何燕妈看着陈立正往桌子上铺的城市规划图讪笑着，心里却是没底。虽然那什么图她看不懂，可这地方她知道，几十年前这是荒地一片，别说住人了，野猫都不过夜。

陈立拿着红笔在地图上随手圈出了几个圈子说道："这里是宝塔区，因为火车站的便利，发展成为商都市乃至整个中原地区最繁华的金融中心，而临近的金水区是随着城市发展衍生而来的新行政商贸中心，商都市以这两个区为重心构成了现在的主城区。近两年来，工资涨了两倍，但是同样的价格您的住房面积没有增加两倍，因为现在的主城区的容纳度已经达到了极限。这是城市发展扩张的必经过程。对比两个地方的小区环境就会发现，金水区明显比宝塔区好了许多，连市里的政府机构都搬到了金水区内。实际上城市扩张从未停止过，银杏花苑所在区域是城市规划的大学城，中原大学、财经大学，还有您女儿读书的农业大学都已经搬到了这边儿，我敢说用不了五年，这里将成为商都市的教育文化中心，这里的地产房价每年涨幅不会低于10%……"

何燕妈抱着膀子一味地点头，也不知听懂了多少，听到陈立说涨幅不低于10%后显得很是动容，张口便问道："你说这地方能涨价？"

陈立笑道："必须能涨，不瞒您说，我们下个月就准备涨到每平米一千六了。

"啊？一千六？真的假的？别我这儿刚买了房子，你们价钱没涨上去还降下来了，我可听说你们这儿的房子不怎么好卖。"何燕妈问得有些犹豫。

"不相信的话我们可以在合同里注明，以当前每平方米一千四百元为基准价，今后五年内，每年涨幅达不到10%，差多少，我们公司补给你们多少！"陈立站在办公桌前，语气斩钉截铁，不容他人置疑。

陈立见老太太已经心动了，没有太过急切地催着他们签约，又跟张国钊、何燕他们三人，聊了些大学城、商都新城的发展趋势，就安排钱万里的司机小王送走了客户。

第28章

客户刚走，苗静她们就拥进了陈立的办公室。

刚才陈立没有将办公室的门关上，她们都听清楚了。在她们的印象里，房屋销售主要是给客户介绍社区、房屋套型及价格方面的内容，哪里想到陈立会跟客户忽悠到政府规划、发展上去，而且客户还特别吃这一套。

大家都挤进来，就是想听陈立再聊聊，她们以后跟客户接触时，话题也能更丰富、更有鼓动性些。

"陈立！陈立！"

这时候售楼处外面传来周斌兴奋不已的喊声。

周斌早上跟着一起去了国贸广场，可到地方就没了人影，这一天也不知道跑去了哪里，到这会儿才冒出来。苗静一听见周斌的声音火就不打一处来，看到他进来，就拿起笔记本作势要扔过去，问道："你一天跑哪里去了？"

"陈立让我给大家买工作服去了。"周斌眼神幽怨地瞅了苗静一眼，就要把手里裹着塑料的几套衣服递给陈立。

听到是工作服，冯歆她们就抢过来看是什么样子的，打开来就傻了眼，问周斌："这是什么东西？"

"空姐服啊！我跑了一整天才找到卖这衣服的地方。哎呀妈呀，可累死我了。"周斌拉个椅子坐了下来，装模作样地揉起了小腿肚子。

"你到底是什么审美，陈立让你做这点儿事情都做不好？这衣服穿我们身上，你不觉得很怪异？赶紧拿去退了！"苗静抽了套出来在身上比画了两下，就嫌弃地扔在了桌上。

冯歆也是一脸嫌弃地跟陈立抱怨道："这个怎么穿……"

陈立拿了套空姐服出来，往冯歆身上左瞅右看地研究了一阵儿，也是不满意地摇头说道："嗯，是不太合适。这样吧，衣服先放这儿。今天晚了，大家先下班，明天接着到国贸扫楼去……"

"喂！你们换好了没有，这都半个小时了！"周斌第二天一早就站在国贸大厦的女厕所门口，懒洋洋地催促冯歆、苗静她们换好工作服赶紧出来干活。

陈立在一边倚墙站着不住地打哈欠，昨晚他和周斌扛着那袋空姐制服在裁缝店里蹲了大半宿，都没有睡好。

"呼……"陈立眼前一花，一个大塑料袋从卫生间里当头砸了出来。他赶紧伸手抱住，差点儿被砸个跟跄，抬头就见冯歆缩着身子从卫生间里小步挪了出来。

冯歆一只手掩住了胸口，一只手在尽可能地将贴身的裙摆往下拽，想盖住更多暴露出来的雪白大腿，只是裙摆往下扯，低胸的领口就会露出更多的白嫩雪腻。

陈立没想到，不怎么显身材的冯歆，这会儿腰是腰臀是臀，胸部也很有规模，要从领口挤出来，看了都忍不住要吞唾沫。

"陈立，你确定要我们穿这个？"冯歆咬牙切齿地问道。还以为周斌昨天拿回的空姐制服已经够暴露，没想到这一夜过去，衣服就被陈立改得更变态，裙摆短得一不小心就会露出内裤来。

"丁零零……"陈立还未回话，手机就响了起来。

"喂，陈经理，张国钊已经过来交了定金，这单子拿下了！"电话那头销售处的杨慧声音响亮，难掩兴奋，站在一边的冯歆也是听了个清楚。

陈立应了一声便挂断了电话，冲冯歆得意地耸了耸肩膀，挥手让她赶紧将其他女孩子都拉出来。

刘同江、李钧锋这时候走过来，想必也是刚刚知道签下了第一单，脸上都很兴奋。陈立已经将下一步的工作思路点透，国贸大厦有这么多的潜在客源，他们也相信能干出一些成绩来，也都指望着冯歆、苗静这些漂亮的女孩子能吸引更多人的眼球。

没想到陈立的诡计真能成，冯歆瞪了他一眼，扯着裙子又钻回了卫生间。

片刻之后才见苗静缩得比冯歆还紧，一只手上面捂着胸口，另一手下面扯着裙边，躲在冯歆身后，也是小步轻挪着走了出来。

苗静本来个头就高，不穿高跟鞋都不比周斌逊色，这会儿躲在冯歆身后也藏不下身子，两条本就挺秀丰腴的腿裹着肉色丝袜更是勾人。

"哎……你怎么那么想不开啊，跟苗静分手？"陈立捅了捅周斌，笑着问他。

当初周斌和苗静刚好上的时候，可没少把陈立往出租屋外头赶。苗静平时衣着朴素，显不出身材，但有没有料，周斌应该知根知底啊。

"去你的，哥们儿那是被踹了好吧。"周斌咽着唾沫，也觉得十分的遗憾。

听见俩人低声胡扯，苗静猛地抬起头，狠狠地瞪着周斌道："这就是你买的衣服？周斌……你这个……"苗静咬着后槽牙，却不知道说什么好。

"这……这是陈立弄得，跟我没关系……"周斌毫不犹豫地将陈立给出卖了。

衬衣领口往低裁了三厘米，腰身缩进五厘米，本就是在膝盖以上的短裙更是被截短了十厘米，再加上重新锁边，这会儿步子迈得大些都免不了要泄些春光——这就是昨晚陈立喊周斌忙了一晚上的成果。

冯歆、苗静自不必说，是天生的衣服架子，苗静带来的那几个女生也是从创协精挑细选的美女，再加上售楼处三个女孩子，十几个人陆续走出来，顿时将从大厦大堂经过的人的眼球都吸引过去；好几个男的，都恨不得将眼珠子摘下子，砸冯歆、苗静她们身上。

陈立要的就是这效果。

冯歆夹着腿小步挪到陈立身边，脸色一片红晕，也不知是羞出来的，还是被气出来的，咬着后槽牙对陈立说道："陈立，我怎么觉得这事儿越来越不靠谱了，要不我还是回医院吧，你这差事我干不来。"

陈立故意退了几步，装模作样地抬着下巴上下打量了冯歆一通笑道："哪里不靠谱了，这不挺漂亮的吗？"他招呼所有人都围过来，"具体跟客户怎么接触、交谈，我就不再多说，可以找李经理和刘经理多请教。你们需要注意的就是两点，一、目标明确，重点攻坚有购买意向的客户，同时随时注意抓住时机，以求扩大影响，不放过任何一个潜在客户。二、现在你们就代表着公司的形象……"

说着话，陈立看冯歆还缩肩耸背的，顺手在她腰背上戳了一下，冯歆立刻像被电击了的兔子，舒展开了身躯。

周斌死活都要留在国贸大厦，说辅助冯歆、苗静她们工作，让陈立回去补觉。

昨天又熬了半夜，凌晨才眯了一会儿，陈立就打了辆出租车回宿舍睡觉，下午还有两节课要上。他从钟秀路北大门进中原大学，经过北门口的教职工宿舍区时，陈立远远就看见一个熟识的身影上楼前发传单。

"您好，请看一下，这是我们公司新推出的楼盘，从中大西门出去，就是我们的楼盘银杏花苑……"

何婉平日里见惯职业女性的装扮，今天或许是专为到学校来发传单，特意换了着装，磨白的牛仔裤配了修身的T恤，显得格外清丽，一贯盘起的头发也披散了开，高高地束着马尾，走动间更显得欢脱娇俏，高跟鞋虽然能把人衬托得气质挺拔，可现在脚上的那双白色板鞋更衬得人轻松愉悦。

想起第一次见面时，何婉一副防范谨慎、拒人千里之外的高冷美女状，这会儿才真正是个让人想要亲近的——陈立有些拿不准该用什么样的词去形容，但看见几个嬉笑着从何婉身边走过的女生，陈立觉得女孩儿这词用在何婉身上也很恰当。

真正的美人不会受到妆容、年龄的束缚，这点在何婉身上表现得尤其突出，那身段容颜出现在这里，唯一显得突兀的也只是比其他女生更俏丽而已。

"先生，您应该是大学的老师吧，那我们的楼盘就更加适合您了……"

何婉追着一对刚出了公寓楼门的中年夫妇身后一直说着，像何婉这样一个漂亮女人，是任何男人都没法当面拒绝的。

若不是妻子跟在身边，中年男人绝对愿意停下来与何婉多聊几句，此时也只能微笑着摆手，女人却早已显得有些不耐烦。何婉仍是不甘心地追出了几步，终是毫无收获。

何婉又回头将手中的传单递给了一个正出公寓楼的中年女人，女人似是有什么急事，接了传单连话都没容得何婉讲，便匆匆小跑着离开，何婉又追出了几步后只得放弃。

何婉正要寻找下一个目标，看见陈立正站在梧桐树下笑眯眯地看着自己。何婉下意识地背过手去，将传单掩在身后，但看陈立手中香烟只剩个烟头，知道他已经站在一旁看了很久，便不好意思地走了过去。

陈立笑着摇了摇头。何婉毕竟是公司老总，他没好意思把她拉去跟冯歆、苗静一起做推销，没想到何婉不哼不哈地竟一个人跑到这里发传单。

"你怎么回来了？"何婉问道。

"我又不用发传单，回来上课喽……"陈立回身摁灭了烟头，随手扔进了垃圾桶里，笑着问，"何婉姐，你怎么在这儿？"

"刘经理他们都出去……公司里也没什么事儿，我就想着这边新建的校舍，应该有不少教师有购房的需求，就过来发传单，说不定能有收获。"何婉有些拘束，她不太愿意让陈立看到自己窘迫的样子。

陈立看在眼里，心头生出了些怜惜。他笑着将早上签单的事情说给她听："情况很快就会好转，不要太担心了。"

听说今早已经卖出去了一套房子，何婉开心得像个孩子。

她其实早就想给陈立打电话询问一下那边的情况，但怕被陈立误解成不信任，所以忍着没问。

接过何婉捧在怀里的传单，陈立笑道："走吧。"

"去哪儿?"何婉还没有从迈出第一步的欣喜中脱离出来，有些迷茫地问道。

"你一个总经理都出来发传单了，好歹也得配个策划部经理陪着吧，不然倒像是我们在欺负老板了!"陈立说着话就往教职工宿舍区里面走。

何婉愣了一下，心头升起一股暖意，追上来说道："哎，你等等我啊，中大的教职工宿舍区我都转遍了，我们接下来可以去财大、工大……"

陈立跟何婉出了校门才知道，何婉今天专程到附近的几所高校发传单，车没开来，两个人这会儿只能挤公交车到其他学校发传单。

第 29 章

这一天时间，两人转遍了雁鸣湖周围的五所大学，连中午饭都是在师大的食堂里吃的，直到暮色四合，快六点钟了，才赶到财大外的公交车站，坐公交车回印象广告取车。

傍晚时刘同江又打电话过来汇报进展。今天在国贸大厦又有新的收获，那里就像是一座未开发的宝库，在陈立的指点下骤然展示在众人面前。何婉感受到那边高昂的士气，也一扫多日来的愁苦，脸上洋溢着不输女大学生的青春灵动。

何婉高高兴兴地挤上车，才发现陈立被后面的人流挤到了一边，她兴奋地朝他挥手："陈立，快点儿，快点儿……"在别人的眼里，何婉就像是兴高采烈的女大学生，等着英俊的恋人挤到她身边去。

也许是受何婉活力的感染，有些人主动给陈立挪开缝隙。

"不好意思，谢谢……"正赶上晚高峰，公交车挤成人肉罐头，亏得好些人善意的相让，陈立好不容易挤到何婉身边。

何婉后背贴着后门的扶手，刚要跟陈立说刘同江那边的情况，公交车猛地刹了一下，陈立身子瞬间失重，往何婉身上压过去，双手撑到何婉的腰上才站稳脚。

何婉刚才像个俏皮的小女孩子，双手反抓着扶手，T恤吊起来，露出一截白皙的腰肉，正好被陈立抓了个结实。何婉吓得娇呼一声，却像是情人间的埋怨。

司机突然刹车，车厢里抱怨声四起，陈立这一瞬却完全没有听见，只觉怀里、手里柔滑丰润，好一会儿才回过神松开手。他想与何婉拉开些距离，后面的空间却被人堵死。

何婉就这样被拥挤的人群死死挤到陈立的怀里，动弹不得，她连转身的空隙都没有，一张俏脸涨得绯红，不好意思看陈立的眼睛，更不要说谈银杏花苑的销售了，只得低着头，被迫依偎在陈立怀里。

秋日的倒暑天气，傍晚还有些暑热，将车厢活生生变成人肉罐头，各种奇异的味道混杂在一起，难以形容。

陈立没有办法往后挪些空间，两个人的身子就隔着薄薄的几层布紧贴在一起。虽然陈立这时候强迫自己不去多想，但鼻翼间有何婉那如瀑黑发散发出来的幽香，而活人罐头似的车厢行驶过坑坑洼洼的路面，时不时摇晃一下，硬生生要将他们两人揉在一起。

除了何婉被迫将胸挤贴着他的胸口，更要命的是两人的腿都被迫紧贴在一起。何婉今天没有穿高跟鞋，要比陈立矮十一二厘米，但腰线只比他稍低一些，可见何婉的腿有多修长。陈立能清晰地感受到何婉柔软的小腹，就贴在他的小腹上，腹下一团团火热像岩浆一样涌起，他已无法控制。

"你……"

何婉咬着娇润欲滴的檀唇，杏眸薄怒要瞪陈立，但看到陈立的眼睛，又莫名惊慌地闪开，但这时候她没有办法往两边挪开。再往两边挤，身子却要贴到别的男人身上去，与其那样，她宁愿贴在陈立这个比她小四五岁的年轻男人的怀里。

虽然才相识一周时间，但一周前陈立飞扑出去死死抓住车窗、胳膊上血流如注也不松手的那一幕，她一辈子都不能忘掉。在此之前，她觉得公司的事情她再也撑不下去了，没想到竟然这么快就有了转机。

人在遇到困境甚至绝境时，不得不相信命运，何婉再坚强也有软弱的一面，她觉得或许陈立才是她人生及命运里注定要出现的人。

何婉胡思乱想着，小腹感受到陈立那火热的东西。她经历过人事，思绪情不自禁地模糊起来，身子阵阵发软，随着公车晃动，她像是挂在陈立这条大鱼身上的寄居蟹，一起被带进了蒸笼里，直到稀里糊涂地被陈立带下了车，才稍稍缓过神来。

秋幕下夜色早至，阵阵凉风吹过，何婉才恍然发觉，衣服不知什么时候已是被浸湿得透彻，两腿间也凉凉的，压制许久的情念在刚才那一刻竟得到小小的释放。何婉的脸又红又烫，都不敢看陈立一眼，小步跑到公司楼前的广场上取车，独自坐上车，才算慢慢稳了心神。

何婉觉得有些不自在，才发现内衣扣子都被挤开了。她正伸手去整理内衣，这时候陈立将副驾驶的车门拉开，坐了进来："何婉姐，你是准备扔下我自己撤吗？好歹陪你跑了一天，也把我捎回中大吧。"

何婉匆忙将伸在衣服里的手拿了出来，不知道是沾的身上的汗，还是紧张出的手汗，手心里腻滑一片，幸好车里昏暗，才隐去了尴尬。她声音软软地道："时间不早了，我先送你回学校吧。"

夜幕下的车厢被含着些暧昧亲昵的沉默包围着，何婉觉得这样的气氛很古怪，她不知道该说些什么，也不敢与陈立一起吃晚饭，只能沉默着将车往中原大学开过去，直到陈立招呼了一声下了车，何婉才长出了一口气，看着陈立走进校门。他的背影在梧桐树下显得有些瘦削，却让人留恋。

"何婉，你到底在想什么？"何婉拍着自己的脑袋，将不切实际的幻想从脑子里拍走，再看陈立的背影，眼眸里已多了许多柔情。想着在医院里的第一天，陈立就亲热喊她何婉姐，心想做姐弟也挺好。

何婉拉开车顶棚上的化妆镜，看着镜子里明媚的脸蛋，在给自己一个明媚的笑容后，将车开上钟秀路主干道，往雁鸣湖西岸的家驶去……

"怎么搞的？李钧锋人呢？人都到哪里去了？好好的售楼处给我弄成了

个空壳子，这像什么话？"张洪庆走进售楼处大厅，看到偌大的大厅竟然只有一个值班人员，忍不住脾气，拍起桌子训斥起来。

印象广告接手这边的售楼处已经七天了，这边毫无动静，李钧锋那边也没有什么消息反馈过去，张洪庆有些按捺不住。他看到钱万里也有些坐立不宁，就找了一个借口，拉钱万里一起过来视察工作。

锦苑国际是将售楼处交给印象广告接手，但不意味着锦苑那边就不管不问了。

这时候财务部会计与行政处两名助理闻声跑出来，看到张洪庆在发脾气，钱万里也沉着脸，他们都噤若寒蝉，不敢凑过去解释什么。

"给李钧锋打电话，让他赶紧给我回来！这事儿要是解释不清楚，他的经理也别做了！"张洪庆认得财务部的杨慧，黑着脸要她赶紧打电话。

李钧锋是他一手提拔上来的销售经理，一个星期都没有给他打电话汇报这边的事情，这样的情况绝对不正常。张洪庆跑过来想看看到底发生了什么，没想到这里就留了个空壳子。

钱万里进门后，看到售楼处的情况也是很意外，但自恃身份，就等着张洪庆将李钧锋、陈立他们喊回来，看他们有什么解释。

"给陈经理也打电话，看看他在干什么。哼……他要是不忙的话，劳他大驾回来一趟，就跟他说钱总已经到了……"张洪庆注意到钱万里的脸色没那么好看，心想今天说不定就是将印象广告提前清出场的时机。

不知所措的杨慧刚要拨电话，陈立就走了进来，笑着问："张总，今天怎么有空过来视察工作？"

猛然间见到陈立，刚刚还气势汹汹的张洪庆愣了一下，但很快稳住阵脚，不冷不热地问道："陈经理，你这边到底是什么情况？售楼处的人都干什么去了？"

这些天张洪庆旁敲侧击，也从钱万里那里听到些消息，似乎陈立与市政府的秘书长甚至是市长都有些瓜葛。不过以现在锦苑国际的形势来看，钱万里相当于把身家性命都赌在了陈立身上，陈立这个月要是卖不出三十套房子，就算天王老子过来，也会请他滚蛋。

"钱总跟张总过来，也没有提前招呼一声，先到我办公室里坐一会儿。"陈立请钱万里、张洪庆到他办公室里坐着说话。

钱万里见陈立神色轻松，想要说些话缓一缓情绪，但想到都一个星期过去了，陈立真要是在胡搞，还没有跟张浩然、罗荣民求援，他也应该施加一些压力。他只勉强扯了下嘴角，没有笑出来。

"钱总也担心你这边会不会有什么需要帮助的地方，亲自赶过来，没想到你这边竟然是这个情形……"张洪庆看到钱万里冷淡的态度，不冷不热地挑着火头说道。

事关钱万里的身家性命，钱万里心急，陈立也能理解，想着将销售报表找出来宽钱万里的心。

"陈经理……"这时候李钧锋拿着一份文件来找陈立，推开办公室的门，看到钱万里、张洪庆也在陈立的办公室里，吓了一跳，高兴地招呼道，"钱总、张总也在啊！"

"李钧锋，你身为银杏花苑售楼处主管，不好好坐镇售楼处，跑哪里去了？其他人呢？"张洪庆不敢去硬啃陈立这块硬骨头，看到李钧锋露脸，又想到他竟然一个星期都没有跟自己汇报情报，再没有好脾气，黑着脸质问。

◎
第29章

153

第30章

李钧锋被张洪庆质问，有些搞不清楚状况，扬了扬手里的文件，解释道："有位客户过来交定金，我过来找陈经理签一下字！"他搞不清楚张洪庆为何如此怒气冲冲，但这时候不能将客户丢大厅里不理会，吩咐杨慧，"杨会计，这位王先生是来交定金的，你先接待一下。"

"哼！"张洪庆没打算放过李钧锋，甚至认为李钧锋故意提客户是跟他示威，厉色问道，"都七天时间过去了，不要以为拉到一两个客户就能糊弄过去。李钧锋，你清楚你们现在的目标是什么，你现在跟我和钱总解释一下，售楼处的人到底都跑去哪里了？"

李钧锋看到钱万里的神色也有些不虞，才意识到张洪庆今天是拉着钱万里过来发难了——说是给陈立一个月的时间，实际上公司的状况已经窘迫到七天都坐不住了。

锦苑现在的情况很困难，钱万里、张洪庆他们坐不住也没有什么奇怪的，但张洪庆什么情况都不问，又对陈立有所顾忌，就拿他开刀，李钧锋心头光火不已。

李钧锋这几天是没有跟张洪庆汇报，一是实在太忙了，二来他知道张洪庆抱着看好戏的心态，希望他这边报忧不报喜，而更深层次，他内心对张洪庆只知斗人、不知做事的做法是抵触的。

李钧锋声音也有些僵硬起来，说道："张总，你可能有些不了解情况。我们过去一周并没有无所事事，也没有因为拉到一两个客户就沾沾自喜。事实上，在陈经理的带领下，新的销售团队采取重点市场重点攻克的策略，已经成功卖出了十二套房子！而且还有八套是付过全款的！这个不能说是运气，而是全体员工的努力。现在售楼处的销售人员都在国贸大厦那边做推销，如果张总觉得有必要的话，我立刻就打电话把人都叫回来。"

"卖出去十二套房了？"一直都没有出声的钱万里讶然道。

"对，钱总，我们这个星期一共卖出了十二套！"李钧锋应承着钱万里，把手里的销售记录表递了过去，扭头又对张洪庆追问道："张总，你看要不要马上把铺出去的销售人员都叫回来？"

钱万里直接站了起来，随手把资料递给了尴尬不已的张洪庆，拍着李钧锋肩膀笑道："李经理做得不错，看来陈立加入进来之后组建的新销售团队对银杏花苑的销售工作是大有促进啊！哈哈……"

张洪庆有些傻眼，一张脸憋成了猪肝色，此时一句话也说不出口，后悔刚才不该把李钧锋逼得那么紧。拿在手里的那份资料像个火盆，看也不是，丢也不是。

这半年来银杏花苑的销售在他手里每况愈下，开盘半年只卖出了四五十套房子，陈立才来了一个星期就卖出了十二套，这哪里是有了起色，这是十几倍的增长率……

第 30 章

钱万里心里的阴霾一扫而空，此时乐得合不拢嘴，一张肥脸更是泛着油光，他都想不起来有多久没有这么畅快过了。

所谓远水解不了近渴，钱万里真正的危机来自资金方面的压力，哪怕是抱住了罗荣民的大腿，初来乍到还没在商都市站稳脚的罗荣民未必会直接替他解决，真正能彻底解决问题的，还是将房子卖出去。

现在陈立并没有动用背后的资源，用一个星期就实实在在卖出去十二套房，钱万里真切地看到了挽救锦苑国际的希望。以现在的形势，再有两个月，公司的资金池就活了，银行贷款问题也就解决了，之后他就可以很从容地培养与罗荣民的关系，不至于显得太功利，令人厌恶和警惕……

"不对！……钱总您看看这个。"张洪庆脸臊得通红，只能装模作样地翻看起了手里的资料，待他看到资料夹后面的购房合同时，蓦然被附加的条款吓了一跳。

钱万里这会儿却是没什么心情去看资料，摆了摆手道："行了，了解这边的情况我就安心了，这趟本来也就是过来看看，顺便请陈立去吃个饭，最近也真是辛苦他们了！"

"钱总，他们擅自更改了售房合同，在里面添加了附加条款。你看这里，若是五年内房子涨幅达不到50%，锦苑国际将要赔付其中差额！这算是什么条款？"张洪庆说着，把资料夹硬塞给钱万里，瞥了陈立一眼。五年50%的增长率，金水区的楼盘或许有可能，但在银杏花苑想都别想，这条附加条款，相当于要把银杏花苑大半的收益拱手送人，他就不信钱万里不急眼。

张洪庆的气势顿时又涨了起来，对陈立说话也没有那么客气了："陈经理，你们现在为了促进销售，没有通过我随便在售房合同里添加条款，最后印象广告拿了钱拍拍屁股跑了，可你们有没有想过，这会给锦苑国际留下多致命的隐患？"

乍听张洪庆提及这点，钱万里也是一愣，迟疑地将购房合同接过去看。

陈立见钱万里脸上的笑容也有些僵硬，笑着问道："钱总对这个条款有意见？"

钱万里一时间也没有反应过来，迟疑地说道："意见谈不上，要是附加这样的条款，后期确实是个隐患……"

看张洪庆的气势都快要蹦到办公桌上了，陈立耸了耸肩膀对钱万里笑道："钱总，我所料不错的话，锦苑目前头痛的就是资金。如果说银行愿意以房抵押再贷给锦苑几千万，每年收10%的利息，钱总你会觉得苛刻吗？我想啊，锦苑现在就算是将房子拿到银行抵押，也未必能办成贷款了，那这时候把房子抵押给业主，是不是比跟银行贷款更有利？五年之内，锦苑每年顶多补贴10%的利息，实际上并不需要这么多，五年之后，可不需要归还本金。再说了，钱总之前跟我说过，对银杏花苑的升值潜力还是有信心的啊！"

"哦？"

钱万里这会儿才想明白陈立话中的意思。

陈立是把这些买房的客户都当成了帮他钱万里渡过难关的金主了，五年之后的50%的增值承诺看上去很吓人，但实际上还是要比银行的贷款划算多了，而且将来即便要补贴一部分利息，但不用还本金啊。

钱万里还是坚信银杏花苑的区域发展潜力，相信银杏花苑五年后就算房价没有五成的涨幅，也不会差太多。这一条附加条款，实际可以视为银杏花苑促销的一条最有力手段，只是张洪庆这猪脑子，此前什么好办法都没有想到。

钱万里也不会这时候责怨张洪庆丢人现眼，他搓着巴掌站起来，像什么事儿都没发生过似的，拉过陈立笑道："陈立啊，本来就是过来找你一起吃饭的，这一聊就聊了这么半天，有啥事儿能比吃饭重要？走走走！咱们先填饱了肚子再说……"

"今天就算了吧，那边还有个客户在看房！钱总如果想请吃饭的话，等我这边完成了这一期的销售任务之后，再吃不迟。"陈立笑着说道，看也不看老脸涨得通红的张洪庆。

◎
第30章

第31章

刘同江没想到一个月这么快就过去了。

清晨的阳光还没来得及投进窗台，灰蒙蒙的天空刚刚起了一层淡淡的红晕，刘同江已站在了街边探着头不断往路口张望。

这些天来，刘同江被陈立从印象广告抽调去银杏花苑售楼处，虽然忙得不可开交，但眼看房子一套套卖出去，销售三十套的任务早就提前完成，他心里踏实了许多。锦苑国际的这笔单子算是彻底拿下来了，也意味着印象广告的饭碗总算又能端稳了。

远处两道昏黄的灯光渐行渐近，终于看清楚驶来的面包车上隐约贴着锦苑国际的大字，刘同江心里总算安定了下来。

"李经理，真是麻烦你了……"刘同江从口袋里掏出了昨晚特意买的软中华迎了上去。

李钧锋从车里探出头，有些迷蒙地看着刘同江，显然还没有睡醒，见刘同江塞烟摆了摆手道："别……你这是干什么，自己人别来这套。"

刘同江只觉脸上有些热，拆开烟盒抽出一支给李钧锋递过去。

李钧锋接过来点着了笑道："老刘，你好歹也是堂堂的公司经理，怎么住这破地方？是不是另租了房子金屋藏娇了？"

听李钧锋开玩笑，刘同江似乎没反应过来，将烟盒顺手放到了驾驶台上，才道："别胡说，你在这儿等我一会儿，我马上就下来啊。"

看着刘同江转身钻回楼里，李钧锋打量起了这座小楼。

这种筒子楼他刚来商都打拼的时候住过几年，那真是一段不堪回首的时光。楼里格子间，只有二三十平米，厕所、厨房全部公用，关起门来想过个夫妻生活都不敢喘粗气儿，动作稍稍大些，左右邻居都能听得一清二楚。他心里想，刘同江在印象广告是经理级的人物，工资应该不会太低，不应该住这种地方啊？

不大会儿工夫就听见昏黑的楼道里有说话的声音，待看清出来的是刘同江后，李钧锋赶紧下车迎上去。

刘同江这次不是一个人下来的，背上还背着个瘦弱的女人。女人面相和善，见李钧锋微微笑了笑，又无精打采地趴在刘同江肩头，精神十分不好。刘同江身后还跟着个老太太，一手提着保温杯，一手提着保温饭盒。

李钧锋想帮忙又觉得无处着手，打了声招呼便赶忙回头拉开了车门。

灯再次亮起来，面包车缓缓开出了小街。李钧锋看了一眼后视镜，刘同江正将热水倒进杯盖里，吹去了热气，慢慢喂着那女人。

"老刘咱们去哪儿啊？"李钧锋问道。

"去肿瘤医院检查一下。"

李钧锋从后视镜中看到刘同江的眼神有些苦涩，猜想他妻子应该病了不少年了，难怪生活会这么拮据，还住在这样的筒子楼里……

"刘经理，刘经理……请过来一下。"

刘同江跟李钧锋刚从医院回来进销售处灌了一大口茶水，就听见财务部的会计杨慧在外面喊他。他探过头见杨慧这个平时挺沉默的中年妇女，今天看起来尤其兴奋，本来就挺白的一张圆脸笑得像蒸开了花儿的包子，问道："杨……杨慧什么事儿啊？"

杨慧随手将一张缴税收据单推到了桌边笑道："咱们这一期的销售任务

提前完成了，陈经理让给大家发奖金呢。要说陈经理这人是真不错，连我们这些做后勤工作的都人人有份儿。这是你的缴税单，你看有没有问题，没问题，我这边就帮你代扣了……"

刘同江觉得意外，他在印象广告那边拿了工资，没想到这边还有奖金提成，不过既然有了这份钱，还是要领的，没人会把送到手的钱再送回去。

"杨会计，你这个算错了吧……"刘同江拿起了桌上的缴税单，看到上面的数字吓了一跳，拉住杨慧问道。

"嗯？怎么会算错呢？我干十几年会计了，从来就没错过……"杨慧站了起来，凑到刘同江跟前看他手里的缴税收据单说道。

"这……这个所得税怎么这么高，都抵我在印象广告大半个月工资了，肯定是算错了！"刘同江指着那串数字说道。

"怎么了？"陈立走了过来问道。

杨慧对陈立笑道："陈经理，刘经理非说是我算错了他的个人所得税。"

陈立凑头看过去，笑道："这才一万多的提成，就要交掉一千多的所得税，是挺让人心疼。不过，锦苑不帮你瞒报个人所得税，我也没有办法啊！"

"一万多提成？"刘同江失口叫道，此时已然是有些蒙了，今天上午在医院奔波，累得脑门儿上绷出的青筋这会儿一下下地跳个不停！

"对啊，一万一啊！"杨慧拉开了抽屉，里面一摞摞的鲜红钞票摆得整整齐齐，都已经捆扎好，标上了人名。她取出刘同江的那份塞过去。

刘同江傻了似的拿着钞票站在一边。

杨慧开玩笑要将钱再拿回来："刘经理，您要是还觉得我算错了，那把钱还给我？"抬头却见刘同江的眼角红了，厚厚的眼镜片下，泪珠子已经从眼眶里滚了出来。

杨慧吓了一跳，完全不知道发生了什么事情；冯歆她们几个丫头片子正想着凑过来"要挟"刘同江请客，也没有料到这一出，手足无措。

陈立看到这场景也有些傻了，刘同江也不应该是没有钱的主啊！

这时候李钧锋走进来，看到这一幕，朝大家挥挥手。

刘同江也意识到自己情绪太激动了，但一时又难以自抑，激动又难堪地跑出去，李钧锋拦着不让别人去追根问底。

看着刘同江走出大厅，冯歆才小声问李钧锋："刘经理是什么情况？"

李钧锋叹了一口气，将他早上看到的情形跟大家说了一下："刘经理爱人生病好些年了，就等钱做手术，他这些年一直都为钱的事儿犯愁，我也是今天早上到刘经理家里才知道的……"

听李钧锋说起刘同江家里的情况，大家唏嘘不已。

陈立估计着刘同江情绪差不多快稳定下来，才推开门去找他，看到刘同江坐在过道的楼梯上抽烟。

"真是不好意思，真没想到能拿这么多钱，让你们笑话了……"刘同江有些不好意思地说道，眼睛还是红肿的。

陈立从刘同江那里接过一根烟点上，从兜里掏出一沓钱递过去，说道："还差多少，是不是大家先把钱借给你，把手术费凑上？这是我个人的提成，要算利息的……"

刘同江接过钱，也不知道该说什么好。

陈立拍了拍刘同江的肩膀，笑道："要么你休息半天，明天接着过来给我卖命？"

◎
第 31 章

"没事，我再抽两根烟就回去工作。"刘同江摇头说道。

陈立心想，这个时候还是让刘同江自己一个人静静的好，便起身回了售楼处。

冯歆见陈立回来立马小跑着跟进了办公室，对陈立道："陈立，听李经理说刘经理爱人等钱做手术，我想给刘经理凑点儿医药费出来。"

陈立笑道："你是该多凑些。乖乖！你这几天卖出去了七套房子，起码入账两万多吧。"

说起这个，冯歆立刻满脸欣喜，手里拿着的这小两万块，如果在医院得省吃俭用近三年才存得出来。

"怎么样？我没骗你吧，跟我干绝亏待不了你，关键还不用出卖色相，哈哈……"说着陈立瞄向了冯歆光洁的脖颈。

"当当当"，有人敲门，陈立抬头见售楼处的三名男员工不等他应话就直接闯进来，满脸的愤怒。

陈立将手里的资料放下来，看着这三人。

"陈经理，大家都在售楼处工作，为什么奖金差了这么多？"说话的是个留着平头的男子，黑着脸，有些兴师问罪的意思。

陈立说是不管李钧锋手下的销售人员，但所有人的资料他都看过。眼前这霍刚，二十六岁，初中学历，原是商都一家国企的保卫，半年前银杏花苑售楼处成立时直接就过来做了李钧锋的副手。这样的履历只能说明一点，这人必是钱万里公司里哪个头头的人，安排进来也不过是混混日子，领口干饭。陈立从接手银杏花苑的销售，就没有想着要搞清楚哪个员工有什么背景，他要看的是他们的工作表现。

李钧锋这段时间表现得很积极，但售楼处原先五名售楼员的表现就有差距了，印象广告策划部最初跟着刘同江跑的那几个年轻策划，懈怠得连人影都看不见，这些天的销售工作完全是刘同江、李钧锋、冯歆、苗静这几个骨干在撑着。但应付初期的工作，这几个人也足够了。

如今到了发提成奖金的日子，肯定就要有人坐不住了！

李钧锋见这边有动静赶紧奔了过来。

"霍刚你这是干什么，有问题坐下说，慢慢讨论总能解决的！"李钧锋张罗着让那三人坐了下来，又走到陈立身边悄声说道，"他是钱总在外面的小舅子……"

霍刚却是耷着眼皮，若有若无地瞄着满脸淡漠的陈立道："陈经理，你一上任就搞排除异己、打击报复这一套，是不是有点儿太过分了？别的事儿我不管，今天你至少要把我的工资给算够了！"瞥了眼冯歆手里拿着的那沓厚厚的钞票，霍刚眯着眼睛又道，"至少不能比这群黄毛丫头的少，不然，哼……"

冯歆一时之间也没搞清楚状况，只是站在陈立身边，看着一脸无赖相的霍刚。

这个霍刚别人不知道，李钧锋却是心知肚明，银杏花苑成立之初，张洪庆就特意交代过：惹谁都行，就是别惹这个霍刚。钱万里背着老婆在外面交往了一个女人，这家伙是那女人的弟弟。要不是霍刚实在是有些摆不上台面，这银杏花苑售楼主管的位置就轮不着李钧锋了。

李钧锋挡在陈立办公桌前，避免他对陈立要横，说道："霍刚，工资的事儿，你觉得有问题咱们可以说清楚……"

"什么问题？哼，你说什么问题？"霍刚一副愣头青的样子，蛮横地跷起腿，搭在了茶几上。

霍刚平日在售楼处里把谁都不放在眼里，这陈立过来之后虽然架势摆得十足，他也只当陈立是钱万里雇来的高级打工仔。平时也懒得计较，可今天发奖金，那些小丫头片子上万地拿，自己还是原来几百块的保底工资，他怎么可能还坐得住？

陈立笑道："说什么？你又不是我的员工，我要跟你说什么？"

"你……"霍刚以为自己说话就够呛人了，没想到陈立更绝，直接就把话给堵死了。

陈立冷眼盯着霍刚，说道："第一天就将丑话说清楚了，我给你们加入新销售团队的机会了，很可惜，你们三个人都没把握住，也就是，你们不是我的人，明天还要请你们离开售楼处。"

"……你以为银杏花苑是你开的啊？我告诉你这地方姓钱！"霍刚被陈立气得几欲跳脚，脖子上的青筋暴起了老粗，要不是李钧锋挡住，就要冲上来揪陈立的衣领子了。

陈立摊摊手，说道："那你去找钱总好了。"

"谁找我？哈哈哈……陈立，我听说你这儿今天发奖金，这么大的事儿怎么不叫我过来呢？"钱万里满面红光地走了进来，身后跟着张洪庆。

霍刚见钱万里进来，刚要告状，却不想钱万里脸色骤然就黑下来，呵斥道："滚出去！没有屁本事，不要在这丢人现眼！"

霍刚傻在那里，没想到钱万里非但不替他撑腰，还要他直接滚出去，如被一盆冷水浇得透心凉，他失魂落魄地被其他两人拉出去，都没有想明白是怎么回事。

张洪庆看了暗暗摇头，霍刚也是不成气候，到现在都没有看明白陈立如今在钱万里眼中的地位。这时候找陈立犯冲，不是自找苦吃？

陈立笑道："钱总消息够灵通的，上午银杏花苑的会计才回公司做了财务报备，您这就过来了。不过发钱这事儿谁都急，您还是迟了一步，奖金都发完了，要不收上来您再发一遍？"

钱万里对陈立笑道："哪有发出去的钱再要回来的道理。这样吧，李经理，现在售楼处一共多少人啊？"

李钧锋没想到钱万里又把自己给叫了出来，暗自琢磨着钱万里的话外音，里头加了"现在"两个字就有些难说了。心里盘算了一下，李钧锋说道："银杏花苑售楼处新的销售团队，加上财务后勤一共有二十一个人。"

"二十一个？不错！不错！销售队伍越来越壮大了。张总，你跟财务那边打个招呼，取一笔钱来，公司给每人再额外发一千块的奖金。"

"钱总倒是大方，我就代咱们售楼处的人谢谢钱总了。"陈立笑道。

第32章

霍刚不知好歹引发的小插曲过去之后，钱万里笑着搓了搓手，对陈立说道："陈立啊，我这趟过来是想跟你聊聊下一步的工作计划。"

这边销售有了实质性进展之后，钱万里就不再干涉销售中心的工作，此时听钱万里这么说，冯歆与李钧锋知道应该是有比较重要的事情谈，正要识趣地出去，陈立却道："哦，那正好今天人比较全，不如开个会一起研究一下好了！"他又让李钧锋出去叫苗静、刘同江都来开会。

办公室很狭窄，刘同江自认是印象广告过来的，在这儿属于外人，谈论比较重要的事情实在是没有他插嘴的地方，他现在一切都听陈立安排就好，便拉着椅子坐到了门边。

苗静斜倚着门站着，只当来长些见识。

陈立让钱万里坐自己的位置，钱万里只在陈立对面的沙发上坐了下来，李钧锋倒是与张洪庆一起坐在连座沙发上。

冯歆站在陈立身旁倒真有些陈立秘书的味道了。

"陈立，这段时间辛苦了。说实话，你确实是惊到我了，我原本以为你一个月卖出去十几二十套就算是合格，没想到竟能提前超额完成我们的对赌协议。你主持这边的销售工作满打满算才一个月，就卖出去四十套房。按照现在的进度，下个月卖五十套都有可能啊。"钱万里这话里透着浓浓的喜悦。

陈立知道钱万里说这话应该是有其他用意的，现在只是铺垫，就等着他继续往下说。

张洪庆这时候接过钱万里的话头，说道："陈经理，以现在这么好的销售情况来看，你最早提出来的那份策划案，是不是可以修改一下，没有必要再投入那么多的资金？"

"哦？张总是这么认为的？"陈立也没直接问钱万里，只是笑着问张洪庆。

"我对业务这块儿也不是特别熟悉，这份方案刘经理、李经理也应该看过，你们有什么看法？"张洪庆问道。

刘同江这时候才知道张洪庆与钱万里一起过来，是要缩减后期的广告投入。

在陈立的主持下，银杏花苑这一个月来并没有投入多大力度进行广告推广，就已经是超额完成目标，后续只要照既定的方针走下去，确实可以节约六七十万的广告预算。刘同江也觉得可以适当削减广告投入，但势必会造成印象广告收入降低，所以他实在不能说什么。

刘同江不说话，但张洪庆会逼李钧锋表态。

陈立不会将难题交给李钧锋，也知道张洪庆所说就是钱万里的意思，他摇了摇头，说道："我们不能被眼前的胜利冲昏了脑袋，策划案不仅不能修改，而且还要进一步加大投入。事实上，我为此又重新做了一份更详细的方案……"

陈立拉开办公桌的抽屉，拿出厚厚一沓纸，递给钱万里，说道："我们接下来，要做一个核心的事，除了其他广告投入不减少外，还要额外拿三十万奖金出来在全市范围内搞一个银杏花苑的有奖征名活动。银杏花苑这个名字还是太朴素了，并不符合钱总未来将这座小区打造成雁鸣湖东岸高档社区的定位……"

"三十万改个名字？陈立你真是……"张洪庆讶然出声，实在不知道该怎么说陈立。

钱万里一直没出声，脸上更没什么表情。

这趟他本是来跟陈立商量缩减广告预算的事儿，陈立非但没有缩减预算的想法，还要在此前的方案之外，额外再拿三十万改名。

冯欷、苗静、李钧锋自是满脸惊讶，刘同江脸上的表情更显纠结……

陈立说道："银杏花苑过去一个月销售四十套房，比较起以前的成绩，可以说是一个奇迹，但我们如果不及时将全面的广告宣传与自身的整改结合起来，销售立刻就会遇到瓶颈，销量会大幅下滑。"

"陈经理，你这话未免有些危言耸听了吧？这大半个月也没见你有什么投入，不一样把房子都卖出去了？"张洪庆说着却是看了眼钱万里，又道，"你的想法我能理解，可是你也要考虑锦苑国际的实际情况，如果按照你的策划案执行，我们的压力很大。"

张洪庆的话有些带刺，是责怪陈立为印象广告坑锦苑国际的意思。

钱万里这时候虽然没有说话，但意思都由张洪庆代他表达了。他知道自己的难处，这一个月陈立卖出了四十套房子，但那四百多万的房款仍不能使锦苑国际脱离困境。

"这段时间，我将销售重点放在了距离大学城最近的高新区国贸广场附近的几栋写字楼。研究过现有的销售资料就能明白，对银杏花苑购买欲望最强烈的，前期就主要集中在这一片。他们之所以考虑银杏花苑，正是基于银杏花苑本身所具有的三点优势，一、房价便宜，几乎只有主城区房价的一半；二、交通便捷，位于高新区与主城区之间，在他们生活与工作的中间位置上，是他们购房的最佳选择；第三就是这边的发展潜力，这也正是我敢在售房合同上增加那条附加条款的原因。"

◎
第32章

陈立见钱万里不说话，继续说道："但是钱总，银杏花苑的优势还是有限的，而现有的客户潜力很快就要被挖掘殆尽，下面就必须投入大量的广告宣传，扩大影响力，去挖掘新的意向客户。银杏花苑最大的优势在于它的发展潜力、地理优势。西临主城及雁鸣湖，北近高新区，东临即将开发的商东

167

新区，又处在规划建设中的雁鸣湖大学城，这些优势你知道我知道，天天从钟秀路经过到高新区上班的一部分人知道，但这种天然形成的影响力也就仅限于此了。我们想要在整个商都市里挖掘潜在客户，就必须投放大规模的广告！三十万改名，只是整个广告策划的一个核心点……"

办公室里鸦雀无声。听陈立这一通分析，李钧锋、刘同江他们才发现还是自己太盲目乐观，这时候才知道陈立看似清闲，却做了远比他们更扎实的调研和分析。

张洪庆也泄了气，看钱万里的神色显然也是被陈立说服了。

钱万里没有立即表态，坐在那里翻看手里的方案书；张洪庆坐在钱万里身后，也能看到方案书的内容，里面陈立做了更详细、专业的数据及图表分析，但他很快看到更扎眼的东西。

除了额外增加三十万广告预算外，陈立还提出要锦苑额外再拿出一笔资金，装修一期南门那些卖不出去的商铺，然后再免费租出去！

张洪庆倒吸一口凉气，下意识看一眼钱万里，心想钱万里要是会答应这个条件就是疯了。

南门那么多间商铺都由锦苑负责装修，得贴多少钱进去？

钱万里却很沉得住气，将方案书抓在手里，跟陈立笑道："嗯，你说的对，宣传方面的钱必须得花，不过……"

方案是陈立制定的，他当然知道方案里什么东西扎眼了，他从桌上拿起个文件夹递给钱万里，说道："钱总，银杏花苑有自己的优势，但它的短处同样是不可回避的，正是这些短处局限了银杏花苑的客户群，您看看这份我们收集的客户回访资料。"

钱万里接过资料，心知陈立能坐在这里跟他谈这些，所做的工作及其专业性远超乎他想象。

一页页地翻看完，钱万里已是满头生汗。虽然他知道银杏花苑有一些先天不足，但看完这份针对已经购买房子以及已经住进去的客户回访资料，感觉客户们要集体退房了！

客户最为集中、怨气最大的诉求，就是小区生活配套设施严重落后。

"钱总，是不是看着有些像对不良开发商的控诉状？"陈立笑着开了个玩笑，却让钱万里更觉沉闷。

钱万里心里百般滋味儿不知从何说起，把文件夹递给了张洪庆。

张洪庆翻看了几页就明白了钱万里为何是这样的表情，但他知道公司也不可能拿那么多钱去装修商铺，再免费租给商家。

"客户的需求总是没有止境的，他们总想用最少的钱获得更高的享受，提要求的时候怎么不想想银杏花苑比主城区的楼盘便宜了那么多！"张洪庆说道。

陈立直接说道："张总说的是这个道理，但小区南门那些商铺，为什么到现在也没有卖出去一间？"

李钧锋张了张嘴，却又把话咽了回去。那边的一排商铺是银杏花苑最先建起来的，但是到现在都没有卖出去一间。倒也不是没有人来咨询，只是一听到每平米三千六百元的售价，立刻就没了兴趣。

"原因就是太贵！而且现在银杏花苑住户少，周边又都是民房，与中原大学还隔着几百米，不能形成固定的消费群体。传统的做法是等商铺销售出去后，由商铺的业主将铺面出租，陆续形成完善的小区生活配套设施，但在银杏花苑，这一环节直接卡断了。没有生活设施配套，生活不便又成了客户选择银杏花苑房子的阻碍，这就是一个死循环。我现在的意见是，主动将这个死循环给解开，卖不出去就别卖了，积极寻找商家入驻，给商家的条件优惠一些，我们帮着装修，还免三年的房租，解决掉小区生活配套的问题。第一目标还是促进房子的销售，但是，小区的房子卖出去，小区的人气旺了，这些装修好的商铺三年后还担心卖不出去吗？还担心收不回投进去的装修成本吗？"陈立笑道。

张洪庆没想到陈立这么能说，把所有他想都不敢想的事情都说得头头是道，说到一群人的心坎里。他的态度是软了下来，但仍然想分辩几句。

钱万里摆了摆手阻止张洪庆，对陈立说道："陈立，你说的是有道理，说服他人的能力也很强，但现在一下子就要拿出这么多钱出来，公司的压力很大……"他脸上露出了难色。

李钧锋说道："钱总，前期施工自然有装修公司垫付，只要这边声势造出来，我想陆续销售的回款应该足够支付了。"

钱万里皱起眉头，苦笑着道："现在只怕也没公司愿意垫资，接银杏花苑的单子。"

众人听这话都不由心头一紧，李钧锋也知道公司出了些状况，只是没想到会严重到这种程度。

第33章

办公室众人正为商铺装修的事情拿不出一个定议来，这时候大厅传来一阵喧哗。

"喂，您找谁，那边是会议室，您要看房的话，我这边可以给您介绍，哎……"似有人要直接往这边的办公室闯，被大厅里的销售人员拦住了。

陈立示意李钧锋出去看一下。李钧锋刚起身，办公室的门就被推了开，一个头发稀疏的脑袋探进来："钱总，您可真是难找啊，硬是让我从锦苑国际追到了这儿。"

陈立抬头见一个穿着白衬衣、西装长裤的中年男子盯着钱万里说话，后面还跟着个同样打扮的年轻人。

钱万里笑脸相迎，站起来招呼中年人进来说话，笑道："王主任，看您说的，好像我躲着您似的。"他向陈立介绍中年人的身份，"王启山主任是建行的信贷科主任，为了银杏花苑的建设，建行景山路支行给了锦苑很大的支持……"

"王主任，您好。"陈立站起来伸出手想要自我介绍一番，王启山却没理他，四处打量着办公室，大咧咧地坐到了钱万里对面，说道："钱总，你说你不是躲着我，可我最近已经找了你不下三次，你连面都不跟我见。这怕是不太合适吧！今天咱们是不是该聊聊贷款的事儿了？"

刘同江、李钧锋看银行的人上门催贷款，就招呼屋里的其他人出去了。

陈立听钱万里与王启山扯了一会儿，才搞清楚锦苑国际的贷款还有三个月才到期，但是景山路支行看到锦苑国际的经营出了状况，要提前将贷款抽走。

王启山的态度非常坚决，不给锦苑丝毫回旋余地，追着过来就是要立即将两千万贷款抽走。

国内提前抽贷的事情很少发生，何况锦苑这一个月的销售情况已经有所改善，能提供资金流水证明这点，王启山还不依不饶，看来钱万里是真得罪了不少人。

陈立心想，银杏花苑商铺装修要让钱万里痛快地掏钱，还得借张浩然先把贷款这个问题给解决了——既然钱万里之前那么迫切想搭上张浩然的关系，想必他早认定张浩然是能够发挥作用的。

陈立掏出手机，拨了张浩然的手机号码，电话接通，陈立说道："喂，浩然哥你在哪儿呢？"

"我在市政府门口的川江饭店跟同事吃饭，你要不要过来？"电话那头张浩然说。

陈立是有些问题想借张浩然解决，但也不想搞突袭，就在电话里说道："我跟两个朋友在一起，一起过去蹭你的饭，方便吗？"

张浩然在电话那边稍稍迟疑了一下，想必是明白陈立并非单纯蹭饭，但还是顺着陈立的口气说道："那你们到川江饭店雨花厅来……"

陈立挂了电话，回头对钱万里说道："时间不早了，不如咱们拉王主任一起出去吃饭，有什么事儿，我们边吃边聊。"

钱万里没想到陈立反应这么迅速，还主动帮他联系上张浩然，便不动声色地交代张洪庆招呼银行的其他人，他直接与陈立一起把王启山拉上了自己的奔驰。

陈立、钱万里、王启山赶到市政府附近的川江饭店，不知道包厢在哪里，就找服务员过来问。服务员是个漂亮的川妹子，她指着大厅中间的楼梯用浓重的四川话说道："哦，雨花厅在楼上，你们自己上去吧！"说完又一头扎进大厅左边那一溜饭桌之中，毫无带路的意思。

"哼，什么态度嘛！"王启山不满地轻哼了一声，斜眼看着钱万里说道，这话说的倒更像是埋怨钱万里选了这么个破地方。

川江饭店就开在离市政府不远的路口，饭店规模不大，只以味足实惠见长，倒更像是给想换换口味的政府职员和来市政府办事的人特别开设的临街食堂。

包间名字听着雅致，可只走在有些昏暗的过道里，就已经让人绝了对环境的期望。钱万里微皱了一下眉头，没有接王启山的话。

王启山之前在信贷科只是个不起眼的副主任，锦苑跟他接触不深。原来的主任退休之后，这个家伙接替了主任一职，突然跑过来抽贷。钱万里知道有人在卡锦苑，但锦苑现在实在是拿不出资金来，只能躲着王启山，没想到今天直接被他堵门了。

"王主任，所谓深山存古寺，老巷有佳酿，越是这种不起眼的小饭店，越是能做些美味佳肴来，说不定能给您个惊喜呢……"陈立边走边说，很快就找到了雨花厅包厢，请王启山、钱万里先进去。

王启山对陈立说的没什么兴趣，连理都懒得搭理。

刚才来的路上钱万里给王启山介绍陈立的时候，王启山也是一副爱理不理的鸟样，全没把钱万里手下这个年轻的经理放在眼中。

推开包间的门，王启山才看到包厢里已经坐了人，对光线有些不适应，王启山没看清楚都有谁，他迟疑地看向钱万里，不知道他要搞哪出。

陈立先进了包厢，看到张浩然坐在对面的主座上，而张浩然身边陪坐的竟是蒋良生。他心里一笑，还真是不是冤家不聚头。

钱万里看到蒋良生在场，脸色很不自然。王启山这时候才看清屋里的光景，特别是看到蒋良生时，身子都有些僵硬了。

"陈立，你怎么又跟钱总混到一起去了……"张浩然招呼陈立、钱万里进去，看到陈立身后还跟着个中年男人，看打扮应该是体制内的，也招呼道，"来来，都进来坐！"

"浩然哥，我现在在给钱总打工呢！"陈立笑道，与钱万里一起将有些犯迷糊的王启山招呼进来坐下，又跟蒋良生招呼道，"蒋秘书长，我们又见面了。"

蒋良生看陈立面熟，想起上次在市政府食堂见过一面，当时钱万里也在场，那天刚开始时他没有在意，但听说后来罗荣民还特意跑到他们的包厢里，心里惊疑：这小子的身份不简单啊，怎么就跑到锦苑去打工了？

钱万里与张浩然、罗荣民现在又是怎么个状况？

蒋良生一肚子问号，站起来与陈立握了握手，连钱万里也没有再冷落，但坐下来后，眼睛又不时往王启山身上瞥。

王启山的别扭劲儿大家都看在眼里，陈立也没有想到王启山与蒋良生竟然是认识的，再想到蒋良生之前与钱万里的不对付，便猜测道，王启山跑到锦苑来抽贷，莫非跟蒋良生也有牵扯，蒋良生才是钱万里真正得罪的人？

陈立想是这么想，却不会在饭桌上将事情捅破，还是当什么事情都没有发生过，向张浩然、蒋良生介绍王启山。

张浩然接到陈立电话，就知道陈立拉钱万里过来蹭饭是有企图的，这会儿也就明白是怎么回事了，但如果真是锦苑的银行贷款出了问题，他也不便随便插手，还要问清楚到底有多大的问题。

张浩然想着下午还有事儿，添了一碗饭很快吃完，说道："陈立，你们接着玩儿，我那儿还有几份文件要处理，就不陪着你们了！蒋秘书长，你再陪钱总他们聊聊？"

"那一起回去吧，我那儿也还有事儿。"蒋良生笑着说道。

张浩然不让钱万里、王启山送，只是让陈立出来说话。

先送走了蒋良生，张浩然站在楼梯口，问陈立道："到底是怎么回事，你是不是也该让我知道一下具体情况？"

陈立笑道："银杏花苑欠建行景山路支行两千万贷款，但还有三个月才到期。钱万里是得罪人了，得罪了谁，浩然哥你可能比我还明白，现在银行跑过来要抽贷。锦苑之前经营是出了一些问题，但最近得到了改善，三个月后还贷款没有问题，银行现在就要抽贷，很不合理，也实在是没有办法，才想着要借你的威风。"

"我有这么威风？"张浩然笑了起来，又不放心地问道，"真的只需要借一下威风？"

"你也看到王启山的反应了——他们真要是抓住了锦苑的大把柄，有必要这么惶恐？蒋良生跟钱万里到底有什么矛盾，在这里有没有发挥作用，浩然哥，你有没有想过要了解一下？"

"你如果只是在锦苑打工，这些事就没必要知道太多。"背后关系纠缠太深，一时半会儿也解释不清楚。张浩然心想陈立既然要涉足进来，还要找个时间专门跟他聊聊这些事儿，这会儿看时间不早了，就让陈立回去陪钱万里、王启山，他先回市政府了。

◎
第 33 章

175

第34章

陈立已经酒足饭饱，也懒得再上去看钱万里与王启山纠缠，就直接回了
售楼处。

如今有了真金白银的刺激，售楼处里的人的工作热情积极了不少，陈立
将刘同江、李钧锋、冯歆、苗静他们都喊到办公室，正式将销售团队的奖励
提成制度明确下来，并根据这段时间大家的表现，确定各自的职务。

创协的几个女孩子，包括苗静在内，都是勤工俭学的兼职性质，平时还
要上课和考试，陈立就将她们都编到冯歆一组；而印象广告与原银杏花苑售
楼处的销售顾问，则编成两个销售组，由刘同江、李钧锋两人负责。

后续的房屋销售提成总比例为2%，但不同层次的销售人员的分配比例
不一样，最终不管是工作，还是提成，都会向销售小组的组长倾斜，也会拿
出一定的比例，作为财务、行政人员的绩效奖金。

霍刚灰溜溜地走了，便做除名处理，另两名员工有家小要养，没有办法
拍拍屁股就走，找李钧锋求情，暂时作为初级销售顾问留下试用。

整个下午李钧锋、刘同江都在为陈立的策划方案能否执行而担心，陈立
却是丝毫不以为意。

临下班前陈立桌上的电话才响了起来，陈立拿起电话，不出所料，正是

钱万里打来的。

电话一接通那头就传来钱万里沙哑的声音："陈立，贷款的事儿搞定了，王启山那里将催贷通知书撤回去了……"

"哦，这么快？"陈立没想到这么快，银行将催贷通知书撤回，内部也应该有个程序才是，问道，"钱总，背后是蒋良生直接在搞事？"

"陈立，我跟蒋良生是不对付，但你怎么知道是蒋良生直接搞事？"

"催贷通知书撤回总要有个程序，王启山无法直接做主，怎么也得有副行长签字才行。而这个副行长又没有看到今天的场面，就算听王启山转述知道我们傍了一个靠山，怎么也应该迟疑两天，在锦苑面前拿拿架子。再说了，浩然哥的面子也没有那么大，除非是蒋良生直接打招呼。当然了，也必须是因为事情是蒋良生搞起来的，蒋良生的招呼才会这么快速有效。"陈立说得不紧不慢。

电话那头的钱万里没想到，一顿饭的时间，陈立能看出这么多的门道，沉默片刻，才在电话里说道："蒋良生之前在金水区任区委副秘书长，随同金水区委书记刘伟任调到市里工作。我最初在金水区的国企干过一段时间，老上级退休前是金水区的副书记……"

陈立没想到这件事会牵扯到副市长刘伟任，但抽贷的事情既然解决了，这件事也就暂时这么过去了。

钱万里卸掉身上最大的压力，说话也轻松起来，继续在电话里说道："锦苑这边暂时没有资金压力了，你的方案可以实施，但三个月后，你要给我回两千万的款……"

陈立那份方案，很多人都觉得不可思议，但在没有资金的压力后，钱万里还是能看出那份方案的价值的。

第二天，陈立就直接钻进了碧沙广告公司所在的百祥大厦。

掣肘锦苑国际的贷款问题已经解决，钱万里同意不折不扣地实施陈立提出的新方案。陈立针对银杏花苑一期项目的重新规划正式进入了实施阶段，关于后续销售团队的整合，他交给李钧锋、刘同江负责，商铺装修及招商工作，则交给何婉负责。

然而围绕小区改名的广告推广，是一个庞大的计划，印象广告的精兵强将都被陈立抽出来了，没有能力再做这件事，只能找新的合作方。

陈立依旧是一身休闲打扮，只是T恤换成了棉质的短袖衬衫，他出电梯，走进了碧沙广告。

同样是广告公司，碧沙广告明显比何婉的印象广告大气，不但能设在正经写字楼里，连公司的布置都比印象广告规整了许多；进大门就见过道左右两排都是隔好了的小办公室，两人一间，绝不显得拥挤。虽然是周末，但还有不少员工在加班。

"您好，请问您找哪位？"一位四十多岁的大姐迎了上来。

"哦，请问李梦李总在不在公司？"陈立问道。

中年大姐犹豫地打量陈立道："今天星期六，李总估计不会过来了，您有什么事吗？"

"这样啊，李总的电话是多少？"陈立拿出了手机，想着还是直接联系李梦吧。

大姐很热情，把陈立让到了办公室坐下才说道："您有什么事，我打电话问李总今天有没有空过来。"

"哦，我是陈立，过来找李总谈广告合作的事情。"陈立笑道。

在陈立开始喝第二杯茶、与那位大姐聊到她高中的儿子最近有早恋倾向的时候，李梦总算是赶了过来。

许是星期六本没有要来公司的意思，李梦今天穿了条两件套的丝纱连衣裙，外罩的印花纱衣长及脚腕，虽然花色扎眼，却几近透明，内里的灰色吊带丝裙紧束着腰身，只延至膝盖，行走间内衬恍如贴在了身上，随着外裙飘动将凹凸有致的身材更衬得剔透朦胧，左腰一朵刺绣的暗红牡丹若隐若现。

李梦脸上少了浓妆艳抹，靓颊樱唇浅着提色，一双细眉衬着微挑的眼角，看人都自带着三分娇媚，满头的鬈发斜拢在一侧，顺一身长裙而下，仿若无时无刻不在依腰撩人。

中年大姐识趣地收起闲话出了办公室。

李梦见坐在这儿的人是陈立很是吃惊，媚眼如丝，将陈立从上到下瞄了个通透，实在是想不出陈立来找自己能有什么事儿。

昨晚张洪庆打电话约她一起吃饭，李梦听说陈立那边的销售情况进展顺利，才半个月就完成了三十套房子的销售任务，这就意味着银杏花苑的广告单子肯定是没戏了，她心情郁闷，直接就回绝了张洪庆。

没想到陈立今天找上门来了。

李梦心里惊意不减，面上已是缓了下来，笑盈盈来到陈立跟前伸出了手："陈经理，真没想到会是您大驾光临……"

陈立伸手与李梦握了一下，只觉手中柔荑凉爽舒滑，全不似李梦观感中给人的热烈绵缠。看着李梦款款而行飘摇曳动的腰肢，陈立想，这女人杀伤力真强！

李梦眉尖微微挑起，笑得眯起了眼睛："听说陈经理跟银杏花苑的合作进行得很顺利，不忙着跟何总一起庆祝，怎么跑我这里来了？"

李梦斜倚着坐在了旁边的沙发上，本就是只及膝上的丝纱薄裙紧偎在身上，将裙下一双圆润妙腿衬得轮廓分明，露出的那截更是如藕般白嫩，丝毫没有因为挤压而显得臃肿，

二人之间说远，隔着几角，说近，也就是探探脚腕的事儿。

"李经理这话说得有意思，我是给印象广告打工的，公司好了就是我好，哪有什么庆祝不庆祝的。"陈立笑着歪了歪脖子，看向了茶几上摆着的那束百合。

"打工？倒是陈经理在开玩笑，我身边要是能有你这样的人物打工，我就可以安心在家睡美容觉了，哪里还需要辛辛苦苦在外奔波哟。"李梦说着微挺了身子，舒展腰肢，浅浅地伸了个懒腰，面上却是说不尽的慵懒。

陈立心道："这女人果然不是个好对付的主儿，话里话外都在把自己往

何婉身上扯。"

"李总身边从来不缺伸手帮忙的，辛苦奔波这事儿恐怕跟你扯不上什么关系吧！"陈立笑着瞥了眼桌下李梦并在一起的脚脖。

按说像李梦、何婉这样的职业女性长期穿着高跟鞋，脚上承受的压力最大，可李梦的脚腕却完全没有青筋涌动的着力感，尽是一片细腻柔润。

陈立这话听得李梦笑颜微滞，略带幽怨地回了陈立一眼，直接转了话锋问陈立道："陈经理这趟过来，不会只为了找我开玩笑吧？"

"当然不是，我是来请李经理吃蛋糕的！"陈立笑着靠进了沙发里，"李总这儿连沙发都比印象广告坐着舒服，可惜离得太远，不然就能经常坐一坐了。"

"吃蛋糕？"李梦疑惑地问道。

陈立的话说得不清不楚，但至少不是来寻麻烦的，不然对这个摸不清楚底细的陈立，李梦还真不知道该如何应付。

"银杏花苑后续还会有一大波广告宣传，碧沙广告在这方面还是很有优势。现在的情况是，这么一份大蛋糕，我自己吃着没什么意思，想请李经理一起过来吃，不知道您这边有没有这个兴趣？"陈立说着站起了身。

"你的意思是说要把银杏花苑的广告业务转包给我？"李梦迟疑地问道。

她开始还以为陈立是跑过来耀武扬威的，没想到陈立竟要将银杏花苑的广告业务转包给她。她与张庆洪周旋这么长时间，都是为了这笔订单，还以为已经没希望了，没想到陈立送上了门！

陈立笑着点了点头："怎么样李总，想跟我们合作吗？"

李梦困惑起来，眼前这小子，难道将何婉这块肉吃到嘴里还不满足，又贪到她身上来了？或许是境遇不同，在李梦的认知中，所有的事情都必须要付出相应的代价。作为一个对自己的姿色有着绝对自信的女人，李梦很会利用自己的先天优势，她从来不相信这世上会有平白的美事儿，就像她不相信会有男人给了好处而并不想从自己身上获取更多一样。

"就请陈经理来说说我具体该怎么做呢！"李梦上身往前凑了凑，不经意间发丝在陈立眼前扫过。

陈立有些怕李梦，这女子长得太扎眼，自己可经不住她反复的勾引，拿出策划案文稿递给李梦直接谈正事。

李梦心不在焉地翻看陈立拿给她的策划案提纲，这份策划案跟李梦最初在锦苑国际看到的又有不同，一些常规性的广告投放显然经过了梳理，有针对性地瞄准了碧沙广告最成熟的方向，但她很快看到策划案的核心部分，吓了一跳，问道："你要花三十万就买个名字?!"

陈立笑着点头道："怎么，李总有意见?"

李梦有些无语，当初在锦苑国际看到的策划案已经够离谱，钱万里应该是硬着头皮认下来，没想到陈立又来搞这出。

"只是觉得有些……不可思议，三十万都可以买下几个热点地区的大型广告路牌一年的使用权了。"李梦心想，钱万里既然愿意当这个冤大头，背后指不定有她不知道的交易，她跟着挣钱，操这心干什么啊?

"看来，李总的心思还没有回到正事上来啊。'三十万征名'结果是其次，重要的是过程，我要的是'三十万征名'在商都市路人皆知，这一点你必须明白。"陈立沉声道。

李梦疑惑地看着陈立，还是有些拿不准陈立的意思。

陈立摇头笑道："李经理刚才看到这个是不是很惊讶?"见李梦点头，陈立又道，"我要的就是你这份惊讶。'三十万征名'会是一个很好的话题，只要你这边能做到大范围地传播，很快会达到街谈巷议的效果——李总，你觉得我这三十万花得值不值?"

"银杏花苑要搞事件营销?"李梦才明白陈立要干什么，但又不大确认，问道，"你的意思是通过策划和推动'三十万征名'这个有争议性与吸引力的话题事件引起公众的注意，然后将话题铺开，再适时推波助澜，控制话题导向，最终让银杏花苑的形象深入到商都市的每一个角落?"

陈立点点头，心想李梦这女人在专业上还是很有能力的。

"行！我们跟你合作！"她做广告这些年，也只是知道事件营销的概念，商都市的大小广告公司有上百家，还没听说哪家操盘过这种事，也不清楚到底会产生什么样的效果。这花的都是钱万里的钱，就算是行不通，也轮不着她李梦来心疼。

第 35 章

李钧锋、刘同江负责整合新的销售团队,继续楼盘销售;李梦那里需要拟定更周密的计划和更具体的方案,适时将"三十万更名"作为一个重磅事件抛出去;何婉那边的招商洽谈也在有条不紊地进行当中;而陈立继续学校、售楼中心两点一线的生活,时间很快就到了十月底。

十月三十日,周五,学校下课后,陈立骑着自行车来到销售中心。这段日子他稍稍清闲一些,但今天的月底销售总结会还得亲自主持。

走进大厅,陈立看大家的士气都不是很好。这也难怪,银杏花苑的销售业绩在九月底、十月中上旬有一个飞升,但之后很快就进入下降阶段,最近半个月才卖出去八套房,跟陈立之前预料的一样。

冯歆、刘同江、李钧锋他们都已经坐不住了,每天都带人扎进金水区、宝塔区的写字楼里疯狂扫楼,但并没有起到太好的效果。

陈立也不着急,找到李钧锋,让他将这几天的销售报表、客户拜访记录等资料拿给他,准备半小时后开会。

他到办公室刚坐下不久,就听外面"嗡嗡……"一阵发动机轰鸣声。

他抬头往窗外看了一眼,是一辆白色的三菱帕杰罗停在了售楼处正门外,没想到这个点还有客户上门来看房。

现在虽然已经到了下班时间，不过销售团队的人员都在，自会有人过去招呼，陈立也就没有太在意，低头又翻看起资料。

没多大工夫，冯歆神神秘秘地推门进来："陈立，周斌什么时候又新交女朋友了？"

见冯歆背后议论周斌的是非，还特意将他办公室的门给掩上，陈立眼睛在她身上打量，笑道："我怎么知道他交没交新女朋友，倒是你进我办公室还关着门，就不怕人家误会你色诱领导？"

冯歆还穿着那身特制的"空姐服"，但没了初时的扭捏，白色的衬衣袖口挽在臂肘，胸前解开了两粒小扣，露出纤细迷人的锁骨，胸口鼓囊囊地撑起来，让人看了恨不得将她胸前一排白色小扣扯开。

冯歆没理会陈立色眯眯的眼睛，愤愤不平地替苗静抱屈，说道："跟你说正经事，不信你出去看看，周斌都把新女朋友领到售楼处来了，他这不是跟苗静耀武扬威吗？"

陈立心想周斌再混蛋，也不至于这样。他也好奇周斌领过来的女孩子到底是谁，就站起身走到办公室门口，往外看去。就见周斌正靠在那辆白色的帕杰罗车头抽烟，旁边一个年轻女孩儿在打电话。

女孩侧着身子看不清长相，棕色的绒面高筒靴，米黄色的束腰小风衣将里面的短裙盖住，露出一截雪腻长腿，亚麻色长发柔顺地披下来，露出一角侧脸，线条极为柔美。

陈立心里一笑，没想到周斌还真领回一个极品，可惜还没看到脸蛋。

这会儿销售大厅里的几个女孩子也在议论纷纷，似乎都在替苗静打抱不平，而苗静则低头整理手里的资料，看都不看外面，好像眼前的一切，跟她没关系似的。

"怎么样，我没骗你吧。也不知道周斌怎么就拐到这么一个大美女，别说真挺漂亮的，不过他这么做，是不是有点儿过分了？"冯歆不满地嘀咕着。

"胡说八道什么，万一是周斌领回来的客户呢？"陈立不想理会乱七八糟的事情，要将冯歆推出去。

"怎么可能是客户，杨薇都认得她，说她是你们中大法学系的第一美女、中大校花什么的……"冯韵一定要将陈立拖出去给苗静主持公道，"杨薇说这女的家里条件也特别好，刚开学那天就两辆宝马、一辆奔驰，直接送她到宿舍楼下，把整个法学系都镇住了。你们中大国际政治系的刘牧楷，听说是什么副市长家的公子，天天都捧着玫瑰花堵法学系女生宿舍的大门呢，人家理都没理……你别说啊，周斌也是挺有能耐啊，我以前怎么就没有看出来。"

陈立听到这里，就笑了起来。

"你还笑！周斌要是把苗静气走了，杨薇她们可都跑了，你自己出去跑腿儿……"冯歆没好气地说道。

"陈立，陈立，你还真在这儿啊！"

冯歆抱怨的话音还没有落下呢，打电话的女孩儿转身透过玻璃门，看到陈立站在办公室门口，蹦蹦跳跳地就推门走了进来，直接抱住陈立的一只胳膊，像怕陈立跑了似的。

陈立身边的冯歆这时候目瞪口呆，销售大厅也顿时静寂下来，都诧异地往陈立这边盯过来。

陈立没想到在这里被沈彤堵住了，问道："你怎么到这儿来了？"

"还说呢，我都找你好几天了，跑到你宿舍都找不到你的人，要不是碰见周斌我还不知道你在这儿呢……"女孩子一阵娇嗔地埋怨。

周斌一脸得意地笑道："怎么样，我没骗你吧？我就说在这儿肯定能逮着这小子。"

陈立不想让沈彤知道他在干什么，连手机号码都没有给沈彤，没想到周斌直接将人给带到这儿来了。

陈立拿周斌没办法，见售楼中心的人都瞅过来，就连苗静都瞪圆眼睛望过来，冯歆更是一个劲地在后面扯他的衣服，迫切想知道沈彤跟他是什么关系。陈立头都大了三圈："咳……这是我小姨家的女儿沈彤，这位是冯歆……"

◎ 第 35 章

"你女朋友？"沈彤也早就好奇站在陈立身边的漂亮女孩子是谁。

沈彤知道陈立失恋一年多都没有谈恋爱，看到冯歆这么漂亮，跟陈立的关系似乎也很亲近，上前就要跟冯歆套近乎。

陈立都不知道沈彤过来干吗，有些事情他也不想让家里或者商都的大舅他们知道，直接将沈彤拖进办公室，问道："沈彤，你找我什么事？"

"老爷子七十五岁生日，大家说要将老爷子接到商都来玩两天，二舅都已经派车去青泉了。大家在商都聚会，也不能落下你啊，就把我派过来，负责将你抓过去吃饭。"

听沈彤这话，陈立微微皱起了眉头，心道老爷子从煤炭厅党组书记任上退下来，影响力也越来越弱，这两年在商都市发展的大舅、二舅、小姨，除了春节会到青泉跟老爷子聚一聚，平时连个人影都看不见，这会儿怎么就专程将老爷子请到商都来过生日了？

罗荣民？他们都知道罗荣民、张浩然调到商都市工作了，指望老爷子出面，能搭上罗荣民这条线？

陈立不愿意搭理商都市这边的亲戚，但老爷子都过来了，他也得过去吃饭，就将李钧锋喊过来，让他主持月末总结会，他回头看会议记录就好。

陈立前脚坐上沈彤车子刚一走，销售大厅里又热闹了起来，冯歆拉着周斌问道："陈立从哪儿冒出来的表妹？"

"哦，陈立的小姨跟他两个舅舅都在商都市，只是平时都不怎么来往……"周斌随口说道，他也不清楚陈立家到底有什么纠缠，关系才如此冷淡。

沈彤的车一路开进了省煤炭厅的职工宿舍区，前面是几排职工住宅楼，后面经过二道门岗，里面还有十几栋掩映在绿树浓荫里的小楼，特别的别致、幽静，这里是省煤炭厅的领导家属院。

车停在一个小院前。

这处院子是老爷子在任上时煤炭厅分给老爷子的，老爷子退休住回青泉，陈立就很少过来，此时再看，多少有些物是人非的感觉。

这栋院子虽然是公房，但老爷子只要还活着，煤炭厅也不可能会收回去，这些年来一直都是二舅一家住在这里。

这栋楼也不见得比商都市新建的别墅舒服，可能住进这小区代表的是身份，想来二舅更多的还是惦记着能与这小区里的人多些来往。

"你发什么愣啊，赶紧走啊！"走上台阶的沈彤回头见陈立还在发愣，催促他道。

陈立走上台阶，就听见里面的说话声。

"你说说你，干了十几年的副处长，好不容易有个扶正的机会也不抓住，别人送钱送礼，你要这清高做什么……"客厅里有些尖刻的说话声传了过来。

陈立听声音就知道，沈彤她妈沈建红又在数落小姨夫沈立青了。

沈彤脸色不大好，陈立推开门看到一群人坐在客厅里说话，笑着跟门口的小姨沈建红招呼："小姨，这段时间不见，您精神不错啊，我刚进小区门，就听到您的声音了！"

沈建红看陈立走了过来，脸色缓和了一些，说道："不错什么，我迟早要被这父女俩气死！"

跟进来的沈彤埋怨道："我什么时候气你了，是你气我才对。"

"你这孩子，我那都是为你着想，刘牧楷有哪点儿不好了？"沈建红看女儿一进门就坐到了沈立青身边又道，"跟你爸一样，没一个让我省心的。"

第 35 章

"行了，你少说两句吧！"一直都没有出声的沈立青，不让妻子沈建红继续唠叨下去，又让陈立坐到身边，问他，"小立，最近怎么老也不见你去家里吃饭？要是不让沈彤去找你，今天也见不着你吧！"

陈立心知这个小姨夫过得不容易，小姨和两个舅舅前些年都靠着老爷子的关系，倒买倒卖积攒了不菲的家财，在商都市也算是大富人家。小姨夫却跟父亲一样，多少有些傲气，有才华，却不喜欢经营关系，老爷子在台上时提拔还快，但老爷子退了之后，他在市规划局建规处副处长的位置上足足干了十年，没有再得到提拔，小姨难免会有些怨气。

陈立推脱学习太忙。没看到老爷子的身影，问沈立青道："小姨夫，姥爷怎么还没到？"

沈立青说道："半个小时前通过电话，车子已经在半道上了……"

说着话，院子外就传来"滴滴"的喇叭声。

大家都想着该是老爷子到了，大舅、二舅、大舅妈、二舅妈、大表哥他们刚才还在高谈阔论，这时候都唰地站起来往外走。陈立反应慢点儿，跟沈彤还有小姨夫沈立青就被挤在后面了。

看到这一幕，陈立都忍不住苦笑起来，大家这时候都认识到老爷子又有用了啊！

第 36 章

陈立站在大门口，看着老爷子沈敬堂在一群人的簇拥下往这边走过来。

老爷子国字脸，虽然已过古稀之年，头发花白，但红光满面，精神很抖擞。

沈敬堂看到陈立，招手要他过去说话。大舅沈兴邦在后面高声说道："陈立啊，你爸也真是的，老爷子过生日他说有手术过不来，你妈和你哥也不像话，拿着值班搪塞。少上那一班能亏几个钱？家里人总不聚在一起，时间长了就生疏了。"

大舅这是故意说给老爷子听的，但这些年老爷子一直都在青泉住着，由陈立爸妈照顾着，他们的眼药水还能轻易上到老爷子的眼里去？

陈立摊手说道："大舅，原来我当代表还不够啊！要不然我找个借口也溜掉？"

"你这孩子，怎么说话的？"沈兴邦没想到陈立说话一点儿都不客气，讨个没趣，埋怨了一句，就撇开陈立，与老二定国、老小建红一起将老爷子搀进客厅。

陈立不喜欢这样的家宴氛围，其他人都围着老爷子说些讨喜的话，即便是到用餐时，他也是与沈彤坐在角落里聊着学校的事。

"陈立，你今年该毕业了吧？我记得你在中大学什么经济学来着。这专业不怎么好找工作吧？怎么听你舅妈说，你现在跑到银杏花苑的售楼处去实习了？"

也不知道他们在聊什么，陈立见二舅沈定国在餐桌上突然将话题岔到他头上来了，只是笑着说道："二舅，你记错了，我才上大三，毕业早着呢。这会儿在银杏花苑也就是实习，积累一下社会经验。"

"去这种地方实习能积累什么经验？你还不如直接到我公司上班呢，你过来投靠我，我还能亏待了你？"沈定国不以为然地说道。

"陈立，你在银杏花苑实习？"大表姐沈莹的男朋友江波坐在陈立的旁边，刚才忙着讨好未来的岳父跟老爷子，没怎么搭理陈立，这会儿听说陈立在银杏花苑售楼处实习，眼神一亮，凑过来说道，"银杏花苑的商铺招商、装修，是不是印象广告那边承接的？印象广告的何总，跟我还是朋友，你认不认识……"

刚才大舅沈兴邦将这个准女婿夸得天上有、地下无，陈立早就知道江波跟表姐沈莹开了家叫昱华装饰的公司，正是何婉为银杏花苑商铺装修所联系的几家装修公司之一……

银杏花苑的商铺位于城中村的深处，即便是免费租用，对商家来说，前期投入大笔的装修费用，也要承担相当的风险。陈立目前制定的策略，就是要何婉出面寻找合作的商家，然后锦苑指定几家装修公司快速进行装修，将店铺给开起来，锦苑这边会补贴每平方六到八百元的装修费用。

陈立装痴卖傻地笑笑，说道："我就在那里实习，锦苑与印象广告是什么关系，还有何总是什么人，我哪里知道……"

"改天我要去银杏花苑呢，到时候请你跟沈彤一起吃饭。"江波从兜里掏出一只精致的名片夹，要取名片发给陈立。

他当然不认为陈立能说得上什么话，但银杏花苑的那些商铺最终是分摊给几家装修公司承包的，他想着要能在那里有一个眼线，盯着银杏花苑那边的动静，说不定能多揽些活。

大舅妈周秀芹坐在自己准女婿的身边，伸手拦过来，说道："江波，这种事儿你问他一个小孩儿能有什么用，多浪费一张名片干什么？我跟小莹她爸说了，等回头让她爸帮你找熟人说一下，这事还怕有不成的？"

江波也不能不听准岳母的话，又僵硬地将递出去的名片收了回来。

看到大舅妈完全不将陈立放在眼里，沈彤气得美眸都要瞪出来。

陈立早就习惯了两个舅舅、舅妈的作风，不以为意地一笑，心想着明天让李钧锋将昱华装饰直接给砍掉，屁活都不给他们干。他笑着说："也是啊，我的确不知道什么，这张名片给我真是白费了。"

这场家宴看似欢喜，实则索然无味，两个舅舅一唱一和，抱怨这两年生意难做，小姨则抱怨小姨夫没有上进心，不知道要怎么跟领导搞好关系。陈立也看得出老爷子烦不胜烦，但不管怎么说，都是自己的子女，老爷子也只是耐着性子听他们说此时的难处。

"爸，您是不知道，这两年的生意真是越来越难做了，再这样下去，估计我们在商都都混不下去了。只是到时候灰溜溜夹着尾巴回青泉，也是给爸您脸上抹黑。"前面铺垫了这么久，大舅沈兴邦终于提到正题了，试探性地问道，"对了，爸，罗荣民最近又调回商都工作了，您有没有听说？您老过来一趟不容易，这次又是办寿宴，您说我们明天在市里要不要正式请他一下？"

第 36 章

沈敬堂横了沈兴邦一眼，却仍是点了点头道："罗荣民倒是有年头不见了，他现在工作繁忙，也不知道他有没有空。"

"对，对，我这就给罗副市长打电话问问。"沈兴邦早就打听到罗荣民、张浩然的电话，就等老爷子这句话，他迫不及待地拿手机出来，拨了出去，"喂，张秘书长，我是沈兴邦啊……我爸这两天刚好在商都办寿宴，聊起了罗副市长回商都市工作的事儿，想着明天请你跟罗副市长到鼎食轩大酒店吃饭……啊，罗副市长，你好，我是兴邦……"

听大舅沈兴邦的话，陈立知道电话先是张浩然接的，罗荣民知道姥爷在商都后才亲自接了电话。

大舅沈兴邦语调难抑地兴奋起来："罗副市长，你明天要出差，现在就要过来见老爷子啊，这个，这个……好好，我这边负责将茶准备好……对，还在以前我爸住的地方……"

见坐在大舅身边的大表哥沈庆华也既紧张又期待地听着，陈立心里轻叹，大概也正指望能搭上罗荣民的关系，在仕途上更进一步吧！

沈庆华是他们年轻一辈里的老大，今年三十二岁，已经是市城建局副处级的办公室副主任了，在商都市的官场算是年少有为。

而小姨夫在官场多熬了十年，也还只是副处级，换作普通家庭可以说是出人头地，但在沈家未免就太不够看了，也难怪会被小姨奚落成那样子。

陈立觉得好笑，罗荣民是欠沈家的人情，但也要沈家的人有能力才能让罗荣民还这个人情。

大家都忙着收拾，等着欢迎贵客罗荣民过来跟老爷子叙旧。

沈彤觉得无聊透顶，便拉着陈立出去晃荡，两人在小区转了一大圈回来时，罗荣民已经到了，司机刘胜强正在院子里靠着车抽烟。

"陈立，你也在这里？"刘胜强不知道陈立跟沈家是什么关系，看到他在这里，好奇地打招呼，还多看了沈彤两眼，觉得这女孩子长得真扎眼，笑着问，"你女朋友啊……"

沈彤亲热地过来搂住陈立的胳膊，笑着问陈立："我看着真像你女朋友吗？"

陈立刚要解释，张浩然从屋里探出头来："你跑哪里去了？我就说嘛，老爷子都到商都来了，你不可能不露面啊。罗副市长正问起你。"

陈立跟张浩然走进客厅，看见老爷子坐在客厅的沙发上，正侧着身子与罗荣民说话，大舅、二舅以及小姨、小姨夫、大表哥都围着罗荣民、老爷子而坐，满满当当围了一圈，搞得客厅里这会儿像赶集似的。

陈立心道，这些人也是都急昏头了，两个舅舅和小姨也都是人事上的老人儿了，不可能品不出这里的分寸，这会儿随着小辈们围在这儿，怕是都想在罗荣民面前露个脸，生怕被人占了先。他摇了摇头，也不愿往人堆里挤。这时候罗荣民看到陈立，高兴地招呼道："陈立，过来，过来，我跟你姥爷正聊当年的事儿呢，那会儿你也就这么大点儿吧！"

罗荣民叫得亲切，顿时将这屋里的目光都引到了陈立身上。

虽然以老爷子与罗荣民的关系，罗荣民见了这屋里任何一个小辈都不会太过拿势，可那也得认得出才行，此时叫陈立却显得熟得很。

原本站在众人前面的大表哥沈庆华，扭过头看着正笑着走过来的陈立，眼神里尽是疑惑，但还是退开了一步，将老爷子身边的位置让了出来。

罗荣民可能会还沈家的人情，但只会还一个……

这屋里能让沈庆华顾忌的只有老二家的沈伟业，沈伟业比沈庆华小三岁，也是近三十的人了，现在商都市委组织部里虽然只是个小小的科员，但组织部门里的事，谁又能说得清楚。或许沈伟业也只是缺了一个时机，而这个时机就在罗荣民身上。

至于陈立，一个还在上学的小屁孩儿，罗荣民的人情还不至于还到他头上去。

"罗叔叔，你们坐这里聊天，不觉得太闷？"陈立挤过去，猜想罗荣民这么晚都过来叙旧，一是念着老爷子当年的提拔之情，还有可能是想就商都市的发展，问问老爷子的意见，就直接说道，"姥爷他也好些时间没来商都了，都不知道商都现在的新变化。这会儿时间还早，不如去看看商都市的夜景，再过几年，大家就能比较出，商都市在罗叔叔的带领下，有多大发展了。"

老爷子虽然退休很多年，好歹当年也落下能吏的名头，罗荣民相信他对商都市的经济、城市发展，还是有自己的见解的。罗荣民过来，就是想聊聊这些话题，不想一晚上都听沈家兄弟说些没营养的讨好话，他笑着道："陈立这个提议不错嘛，我现在也习惯夜里出去转转，看看这座城市的夜景，也会想象多年之后，这座城市在我手里会变成什么样子，每到这一刻，就感觉自己肩上的担子不轻！"

　　沈敬堂自然清楚两个儿子及小女儿今天将他接过来是什么用意，但都是自己的子女，手心手背都是肉，他们要借自己的老脸搭上罗荣民的关系，他只能顺其自然，但没想到他们竟然都不如陈立知道罗荣民的心思……

　　沈敬堂看了陈立一眼，笑道："我都一把老骨头了，这小子还要拉着我到处跑……"说是抱怨，却已经与罗荣民站了起来，准备往外走。

　　大家见罗荣民的兴致这么高，也巴不得能跟罗荣民有进一步接触，热情地簇拥着老爷子和罗荣民出门，顿时又把陈立给挤到后面去了。

　　张浩然故意落在后面，压着声音问陈立道："你等会儿不会故意将罗副市长领到银杏花苑去吧？"

　　陈立耸耸肩，指着前面的状况，笑着说道："我今天还有机会挤到罗副市长身边说两句话吗？"

第 37 章

外面的院子不大，停的车子却是不少，三台奥迪，一台是罗荣民的，另外两台是陈立两个舅舅的。

罗荣民招呼着老爷子上他的车，车里除了司机之外，后排是老爷子与罗荣民，沈兴邦与沈定国都虎视眈眈地盯着副驾驶，谁都不想让步，只能招呼张浩然过来："张秘书长，等会儿还得麻烦你招呼罗副市长跟老爷子……"

罗荣民这时候才看到张浩然与陈立落在后面，知道老爷子喜欢这个外孙，就招呼陈立："陈立，你也过来，坐我们的车，等会儿去哪里看夜景，还要你来给我们指路。"

张浩然都忍不住要给陈立竖个大拇指，虽然沈兴邦、沈定国今夜急于在罗荣民面前表现，但最后陈立轻松一句话，大家在不知不觉间就被带进他的局里了。

虽然张浩然还不是很清楚陈立在锦苑国际发挥着怎样的作用，但多少也能猜到一些，想着找个机会专门跟他聊聊。他知道陈立虽然年轻，但这十年来在老狐狸沈敬堂身边长大，应该学到了几分火候。他不怕陈立干不出一番事业，就怕陈立太急功近利，路走歪了。

陈立真要是走急了，他还是有必要点醒他。

大家傻眼地看着陈立钻进罗荣民的车，还以为罗荣民是看老爷子喜欢这个外孙……

车子出了小区，罗荣民就笑着跟陈立说道："你提议出来看夜景的，你来说说，我们该往哪里走啊？"

陈立指着雁鸣湖大学城方向，让刘胜强直接往那边开，他跟老爷子解释道："这几年高校扩招，商都很多大学校舍都很拥挤，都在雁鸣湖东边建了新校区。我猜想那里是罗叔叔主政商都后最想重点发展的区域之一，姥爷这次过来，一定要去那里看一看的……"

罗荣民微微一笑，显然是让陈立说中他的心思了。

聊着天，几辆车子先后拐进钟秀路。夜里道路很通畅，很快就经过中原理工大学的新校区。

沈敬堂退休之后就没有怎么回过商都，看到车窗外中原理工大学新的校区颇具规模，想到这片城郊接合部竟然已经建成五六处这样的校区，也是十分感慨："当初我在商都的时候这地方还是一片农村，现在发展成高校集中区，不容易……真是不容易啊。"

罗荣民也看向了车窗外，点头应和老爷子的话，脸上却没有太多的兴奋。

陈立能猜到罗荣民心里在想什么，跟老爷子说道："现在这里已经入驻了几所大学，但整体的规划定位还是差了些，很多配套设施都没有跟上，发展也是滞后了，不过罗叔叔就有施展拳脚的空间了……"

雁鸣湖大学城位于老城区与规划中的商东新区之间，罗荣民要是想做活商东新区这盘棋，无论如何都绕不过大学城。

说着话，小车沿着钟秀路往东开，很快就看到银杏花苑的外围。看到那片已经有一座生活小区落成，老爷子很是高兴："这里也有这么大片的小区建成了？"

"这里是建了几处小区，但不怎么成规模。商都市的开发商，还没有将眼光投到这里……"罗荣民说道。

罗荣民上任后，一直都在考虑雁鸣湖东区域及商东新区发展的问题，但这都不是一朝一夕能解决的事儿，其中牵涉范围之广、利益之大，局外人是很难明白的。

"也不是完全没有人看到这边的优势。锦苑国际的老总钱万里还是很有眼光的，前面那片小区就是锦苑国际建的。刚好路过，我们要不要过去看看？"陈立笑道。

钟秀路是主城区衔接高新区的主干道，为保证主干道的通畅，道路两侧在规划上是禁止建沿街商铺的，银杏花苑北大门虽然紧挨着钟秀路，但一期的售楼中心也只能建到小区的南门，从钟秀路有条岔路能拐过去。

见罗荣民点头，刘胜强就把车子直接从岔道拐进去，后面的车子也都跟了进来，停在了售楼处门口。

天色已晚，但售楼处的灯还亮着，除了值夜的保安，李钧锋正坐在大厅里研看报表、整理会议记录。

李钧锋见这么晚了还有车子过来，不知道是怎么回事，就迎了出来。看到陈立他们走下车来，正跟同车的两个人解释："大三功课没那么紧了，我现在就在这边实习……"

罗荣民刚到商都市赴任，在电视上露面的机会不多，李钧锋也没有认出罗荣民、张浩然他们来，只当是陈立领过来看房的客户。见陈立招他过去，也顺着陈立的口气，跟这一群人介绍起了银杏花苑的情况。

其他人搞不清楚，罗荣民和老爷子这么晚怎么溜达到了这么个荒僻的小区里，只得跟在后面。

大舅沈兴邦脸上隐隐有些兴奋，陈立回头瞥了一眼，估计大舅心里在想，有罗荣民撑腰帮忙说一两句话，商铺装修的活就铁定落他准女婿江波的头上了。他心里只是一笑，任由大舅沈兴邦、江波和表姐沈莹跑到李钧锋面前套近乎去。

既然都下车了，罗荣民就不会只在销售中心听李钧锋讲解，与老爷子一

197

起往小区里走，想看看小区的具体建设情况。

银杏花苑建成之后卖出去的房子本来就不多，还有很大一部分是陈立入驻售楼处这个月刚刚卖出去的，大都还在装修，所以大部分楼层都湮没在黑暗之中，只有少数几间房子隐隐透着灯光。要不是陈立要求小区内的路灯必须整夜通亮，整个小区看上去是有些荒凉。

"陈立？"

不远处黑暗中红色的烟头火光晃动，有一个人站在那里抽烟，看到这边有一堆人走过来，朝这边招呼起来。

听到钱万里的声音，陈立觉得奇怪，钱万里怎么这么晚还在小区里溜达？

"钱总？这么晚了你怎么在这儿？"

钱万里嘿嘿一笑，觉得有些不好意思。

自从贷款延期的事情搞定之后，锦苑短期内已经不存在什么危机了，售楼中心这边钱万里已经完全放权给陈立了，但心里难免还会有担心。

他不想影响陈立的工作，但隔三岔五会一个人偷偷跑过来看看。没想到这么晚，陈立还领着客户来看房。

钱万里从暗处走过来，待看清楚陈立身边竟然还跟着罗荣民与张浩然、后面还跟着一群仪表不凡的人时，不禁愣住了，谁能想到大晚上的陈立会把罗荣民这尊神请到银杏花苑来？

"罗……罗副市长？"钱万里失声叫着，待醒过神儿来赶紧迎了上去。

罗荣民刚才听陈立讲了半天钱万里的好，没想到说曹操曹操就到，钱万里还真就冒了出来，便笑道："钱总，没跟你这主人家打招呼就来拜访，你可别见怪……"

钱万里这会儿心头欣喜难以抑制，已经顾不得去想陈立是怎么把罗荣民这尊大佛请到银杏花苑来了，赶紧躬身笑道："罗副市长，不知道您要过来，不然我这边就提前准备一下了……"

"准备什么，我这也是见了老领导高兴，临时起意一起出来转转，走到了你这里。"罗荣民看着沈敬堂笑道。

钱万里也早已经看到罗荣民身边的这位精神矍铄的老爷子，看这架势，自不是普通人物。

此时也不是市长视察的正规场合，陈立便为钱万里介绍了在场的诸人。

钱万里上次去市政府吃饭之后，也听陈立说起过他从省煤炭厅党组书记任上退下来的姥爷，没想到就是眼前这位老爷子，又听陈立说这两天老爷子过生日，便一个劲儿抱歉着自己没能登门去给老爷子请安。

沈敬堂却是笑着瞟了陈立一眼，对钱万里说道："不来不知道，一来老头子我还真是开了眼界了，十年前我是怎么也不敢想这地方还能盖起这么多楼来啊！"

老爷子这话说得体贴，直接又把话题引回到了银杏花苑。钱万里人精似的，自是心中有数，接着老爷子的话道："是啊，这些年市政府对商都市的规划建设一直都没有停下来过，现在商东新区的发展规划都已经上了轨道，今后的商都一定会越来越繁华的。"

"罗副市长，不瞒您说，银杏花苑的销售一直都不是很好，这一片地方虽然现在已经规划成了大学城，也已经有了大学入驻，但由于周边规划建设的滞后，仍陷落在一片城中村里，这成了横在银杏花苑面前的一道大坎儿。人气不旺就没有商家入驻，没有商家入驻导致生活上的不便利，更限制了市民在此购房的欲望，进一步导致了人气衰退，这已经成了一个死循环。这问题现在虽然只体现在银杏花苑上，但发展下去，却会成为大学城这片区域发展的阻碍。"钱万里边走边跟罗荣民介绍银杏花苑的情况。

罗荣民耐心听着，示意钱万里继续说下去。

钱万里领着大家，又走回到南门外，指着临街商铺说道："这边一排临街的商铺，因为小区人气不高都没有卖出去。最近我们正尝试与商家合作，以租促卖的形式吸引商家入驻……免除商家三年的租赁费用，并且由我们为商家负担装修费用。这是形势逼着我们自己想办法，将死循环给解开。"

罗荣民听了不禁点了点头，对沈敬堂笑道："老爷子，钱总还是很有见

◎ 第37章

地的啊!"

沈敬堂笑道:"钱总见解独到,大学城、商东新区都需要钱总这样的人哪!"

钱万里觉得惭愧,毕竟有些想法是陈立灌输给他的,他起初都还有些不理解,这时候虽然有偷功之嫌,但能得到罗荣民的认同,信心就更足了一些。

陈立扭头看去,见跟在大舅身后的江波这会儿支棱着脑袋,生怕听漏了一句,心里只是一笑,知道钱万里说到他们关注的点上了。

眼见着沈兴邦拉着江波紧赶了几步,凑到钱万里身边说道:"钱总,还真是巧了,江波跟我女儿的装修公司恰好给银杏花苑的一些商铺装修,好像这些天就要入驻了吧? 他们这些小辈,要是做工程敢投机取巧,钱总可不要给我们面子……"

钱万里见陈立只是与张浩然低声说话,对这事也不热心,实在不知道他心里在想什么,便笑着打太极说道:"这些事都是李经理与印象广告的何总在负责,他们应该是相信江经理公司的实力才会选择合作的。"

他们边走边聊,围着银杏花苑走了两圈,都已经过十点了。罗荣民明天要起早去北京开会,在银杏花苑门口就与沈敬堂告别,与张浩然坐车先走了。

陈立见今天也捞不到与老爷子说话的机会,就没有跟大家上车,推说要直接回宿舍睡觉,便留了下来。

送几辆车拐上钟秀路主干道后,钱万里与陈立才往销售中心走。

"罗副市长这么晚怎么想到要跑这边来看看?"钱万里这时候才忍不住好奇地问道,他现在知道陈立与罗荣民到底是什么关系了,心想罗荣民再给老爷子面子,也不可能陈立说到哪里,罗荣民等一群人就跟到哪里。

"这里是我们所有人的心结啊。"陈立在钱万里面前也不生分,分了一支烟给钱万里点上,但不会将话说得太透,点上火拍拍屁股说道,"明天还有一堆事情呢,我先回学校睡觉了。"

说着话,陈立就丢下一头雾水的钱万里,往中大西门外的江秀街走去。

第 38 章

第二天上午，陈立原本想上完课再去参加老爷子的寿宴，没想到才上到一半，沈彤突然发来短信，说老爷子上午就要回青泉，连中午饭都不想吃。

陈立不用想也知道，肯定是又有人把老爷子给搞烦了。

以陈立的性格，肯定是懒得掺和这事，但老爷子来也匆忙走也匆忙，他都没来得及跟老爷子好好说会话，还是要赶过去送一下老爷子。

老爷子坚持自己坐长途车，不让这边派车送，陈立就让沈彤开车赶到学校来接他到客运站送老爷子，之后又让沈彤将他送回了银杏花苑。

陈立刚到办公室坐下，周斌就不知道从哪里冒了出来，跷着腿坐到沙发上，问道："平时都是我拉着你翘课，今天这是太阳打西边出来了？"

这时候有两部汽车拐进来，陈立透着窗玻璃看过去，是何婉的那辆红色宝马与一辆白色桑塔纳停在售楼中心前面。

白色桑塔纳上下来两个人，是江波和陈立的表姐沈莹，拉着何婉站在大厅外说话。陈立知道是江波过来谈商铺装修的事情⋯⋯

陈立正犹豫着要不要出去迎一下，隔着窗户就听见外面江波拉着沈莹问："真不用找你表弟吗，中午一起去吃个饭，也不妨事？"

"有正事不干，你找他干吗？"沈莹说着又跟何婉说道，"何经理，李经理我们也都见过的，正好中午一起去吃饭，有事慢慢聊。"

何婉很勉强地笑着应付沈莹与江波二人，边往售楼大厅里走边说道："你们认识李经理也好，我这会儿还有别的事儿，你们跟李经理谈都是一样的。"

陈立笑着随手就把办公室的门关了起来，给周斌打了个别出声的手势。

周斌满脸疑惑地凑过来，小声问道："干吗呢这是，你债主上门啊？"

陈立笑道："比债主还麻烦……"隔着办公室的门，就听到外面沈莹连珠炮似的一直在跟李钧锋说承包装修的事儿，江波几次张口都被沈莹硬生生截断了话头，大包大揽的气势倒跟小姨沈建红差不多了。陈立心道，这个姐夫往后少不了要跟小姨夫一样的境遇了。

李钧锋也是个通透的人，昨晚就看出来陈立跟他家里的这些亲戚关系都是一般，见陈立这会儿竟然关上了门，说话便处处都留了余地，似是而非地应承着，翻来覆去几句话，到底也是没有说死。

最后沈莹提到一起去吃饭，李钧锋更是一脸惋惜，以预定了饭局为理由，打发了江波跟沈莹上了车离去。

陈立这才开了门，看李钧锋与何婉一起过来，抱着膀子笑而不语。

看何婉今天穿的，一身黑色的套裙，他咂吧起嘴，很是遗憾。自从前段时间跟何婉一起去学校发了几次宣传单，陈立就开始看何婉的标准职业装不顺眼了。心道，也没大出多少岁，干吗搞得这么成熟呢？

"你在这儿啊，我看办公室门关着，还以为你不在呢，早知道就过来找你了。"何婉笑道。

"找我干吗？他们都说了不找表弟，要找李经理的。"陈立坐回沙发上，将脚搭在茶几上说道。

"表弟？"这话何婉一脸迷惑。

几个人细说下来才搞明白，原来沈莹最近一直在缠着何婉说承包装修的事儿，还防备着江波跟何婉单独接触。沈莹这点倒是遗传了他老爸的基因，有需要的话跟谁都能立刻热络起来，她直接杀到印象广告拖着何婉一起来寻李钧锋。

何婉不知道沈莹是陈立的表姐，李钧锋倒是什么都知道，昨晚更是看得明白连钱万里都是在敷衍。他现在是看陈立做事，自然也是揣着明白当糊涂。

何婉想起沈莹异样的亲昵就别扭，这事儿终归还是要陈立定的，更何况陈立还是沈莹表弟，便对陈立问道："陈立，那你看这事儿总得有个说法吧，不然沈莹明天肯定还会找我的！"

陈立笑道："那就公事公办，随便给他们一间好了。"说着又看向了李钧锋交代道，"李经理，这事儿还是你来办吧。"

李钧锋刚才亲历了沈莹的"轰炸"，强势的女人他也见过，可强势还自以为是的女人却不多见，沈莹偏偏就属于这种女人，苦笑道："陈经理，你表姐可不好应付，真只给他们签一间商铺的装修合同？"

陈立心知李钧锋想说什么，直接打断了李钧锋，笑道："我表姐算不错的了，沈彤她妈——我小姨那才叫真正的难应付……我刚才看会议记录上，你关于临街商铺出租的建议就很不错。就按你说的将商铺出租与居住房产挂钩，小区内的住户拥有优先租赁权，这么优惠的条件必须得先让咱们银杏花苑的住户享受。人员整合的工作也都结束了，最近你帮着何经理操持下商户入驻的事。你们要注意一点，商铺的入驻一定要有规划性、合理性，到时候你不要给我弄一排清一色的饭店出来！"

何婉见话题直接岔到工作的事情上来，笑道："招商的事，我这边也有些进展。十二个商铺跑断了腿，总算是签下了四个，以后还要李经理多费心了。"

李钧锋也只剩下了摇头苦笑。昨晚李钧锋见过了陈立这一家子亲戚，虽然没说上话，不过也看得出些情势，心道，你们这一家也没谁是好应付的了。

李钧锋最近刚把人员整合的事忙出头绪，而现在陈立和钱万里随口一句，又把招商和装修的事分了过来，再待下去生怕陈立又想起什么折腾人的招儿，应了一声就赶紧出了陈立办公室。

"哎，陈立，临街的那排商铺真要免租金，还负担装修费用？"周斌凑到陈立边上坐下来问道。

陈立笑道："那还有假？你没见宣传单都印出来了？"

"嘿嘿……"周斌看着陈立一通傻乐，直把陈立笑得浑身不自在。

陈立问道："你鬼笑个毛啊，有事儿说事儿，别来这套。"

周斌笑道："网吧那边最近生意火爆到二十四小时都没个关机的时候，那几十台破机器最近也是老不争气了，隔三岔五就来个系统崩溃什么的……"

周斌抱怨着网吧那边乱七八糟的问题，陈立耐心听他发牢骚，也不吭声应他的话。

周斌说了半天，看陈立也不接他的话茬儿，终于耐不住了，有些不好意思地挠着头说道："有这好事儿，便宜外人还不如咱们自己先占了。要不你给咱也留两间铺面，把网吧挪到这边儿？"

陈立早就听出了周斌的意思。他最近顾不上网吧那边的事，但也的确是到了该扩大规模的时候了，嘴上却是笑道："就这事儿？那你早说啊，你不说我怎么知道你想要。你想要的话说出来，我能不给你吗？"

听陈立终于吐口儿了，周斌不禁直接蹿到陈立桌前，从包里拿出了个崭新的文件夹，摊开了放在陈立面前。

这两天周斌走哪都背着个皮包，搞得跟白领精英似的。陈立早就看这家伙有问题，这会儿翻了两页发现是装修公司的合同，心想连装修方案和合同都搞定了，周斌这是预谋已久。

周斌直接把文件夹翻到了最后一页，是张规划方案图，他得意地介绍："只要给我划两个商铺出来，其他的都不用你再操心。你看，这次我都想好了，买一百台新电脑，八十台普通配置的，二十台高级配置的。楼下分成四个区域，无烟区、游戏区、视听区、包厢区，再隔出来个小超市；二十台顶配电脑放在楼上。装修风格方面，一楼突出科技感，二楼给弄成软包，让装修公司再出一份关于灯光装饰的方案,要有可调节光源,要营造气氛。楼下普通一些,楼上贵宾室都换成单人沙发或双人沙发,样式也让装修公司出统一方案。你觉得以后咱这网吧,一年能挣多少钱?"

陈立瞟了两眼周斌的方案,不禁哑然失笑。心道,周斌十有八九是看苗静来售楼处之后奖金都上万地拿,对比下来网吧那边每个月几千块的收益就不好看了。这事儿放在周斌这个极为大男子主义的家伙身上肯定受不了,所以才对网吧扩大规模的事儿这么上心。

网吧扩大经营的事儿也的确大有可为,围绕雁鸣湖一圈有七所大学,分布有十多家网吧,规模都很小,条件也相当一般——然而这件事最吸引陈立的地方,还不是新开的网吧能挣多少。

他现在最头痛的问题还是银杏花苑,就算将这么多商铺贴装修、免费出租出去,受四周厂区、民房的阻拦,人流量还是大问题。但如果能在这里开一家大型网吧,又以足够低廉的价格吸引周边高校的学生过来上网,人流量就会有一定的保证,那就能带动周边商铺的生意,这将是一个良性循环。

"你这方案太小!"陈立皱着眉头直接合上周斌的文件夹说道。

"这还小啊?"周斌惊讶地看着陈立。这些天看陈立的精力都投在售楼处,还以为他就不管网吧的事了呢。

陈立点了根香烟,翻看周斌拟好的方案,说道:"两个店铺怎么够?我给你划四个铺面。中间全部打通,上下两层八百平,一百台电脑也太少了,起码得要二百台起!但你心里也要算清楚,银杏花苑的商铺,前期还是会受地理位置的限制,网吧服务要好,价格又要低廉,还要大量的宣传才能拉来足够的客源。我现在没有时间帮你,你与赵阳要将成本核算好。"

◎
第38章

"免房租、装修,这边的上网价格,我们做到跟江秀街打平,但我们这边机器配置、网速都要高得多,到时候让刘美芹她们再将空姐服穿上,不愁没有客源。要是规模再扩大一倍,成本还可以继续摊低,这个我与赵阳都算过。"周斌原以为自己那套方案就够大手笔了,心里也不是特别有底,没想到陈立出手更不含糊,要他们直接将网吧的规模再扩大一倍。得到陈立的认同，他很是兴奋。

何婉坐在旁边听他们讨论了半天，微皱着眉头，凑过来说道："陈立，除去了房租和装修补贴的费用，二百多台电脑加软装，也不是个小数目吧。"

陈立翻看周斌做的方案，看到周斌他们对成本有估算过，笑道："喏，这个数字乘以二，不就是一百多万的投资了。"

第 39 章

　　周斌见陈立同意他扩大网吧经营的计划，索性将赵阳喊了回来，一起将方案进一步细化。

　　陈立出门与李钧锋、刘同江开了一个碰头会，再回来看周斌与赵阳已经从电脑配置讨论到装修细节了。

　　周斌平日里看起来吊儿郎当，连论文都要花钱请人代写，这认真起来也不差什么；赵阳这段时间实际负责网吧的经营管理，建议也最实际有用，两人很快就将新的方案梳理出来了，确实还需要新增上百万的投资才够。

　　关键问题，钱从哪里来？

　　陈立心知周斌既然敢提出扩营的事儿，肯定是想着从他老头子那里剥一层皮。周斌的老爸周大海是有几百万的身家，但真要掏上百万的资金给大学都还没有毕业的儿子去折腾，估计不会那么干脆——这毕竟跟之前拿十万差了整整一个量级。

　　再说了，周大海是待陈立与赵阳都比较亲切，但总归是生意人。就算周大海手里真有上百万的流动资金，也愿意拿出来投网吧，但这间网吧从此之后就跟他和赵阳没有多大关系了。陈立不在乎网吧的这点儿利益，他更在乎的是一家大型网吧能够给银杏花苑带来多大的人流量，他考虑的是，周大海会同意给赵阳多少股份。

现在他与周斌都是甩手掌柜，将新潮锐都丢给赵阳打理，按理来说，真要成立公司，就要给赵阳管理层的股份，但周大海会同意吗？周大海真要掏钱了，有些事就不是周斌能做主的。

陈立原本没想注册公司，现考虑是不是将冯歆、苗静、李钧锋或者何婉他们都忽悠进来，把这段时间的销售奖励都拿出来，凑三四十万，然后与江秀街的新潮锐网吧资产一合并，组建一家新的公司，再从银行贷几十万出来，将网吧经营的资金缺口补齐？

"丁零零……"陈立心里正琢磨着事，兜里的手机就响了起来。

陈立掏出手机一看，差点儿笑起来，把手机拿到周斌面前问他："你是不是正念叨你老子呢？"

"他怎么打你的手机？"周斌吓了一跳，从桌上乱糟糟的一堆文案下面翻出了自己的手机，见上面有九个未接电话，全是他老爸周大海打过来的。

"上课的时候关静音，忘调回来了。你先接，这个时候不能得罪老头子。"周斌龇牙说道，他这时候自然是在打他家老头子的主意。

陈立接通了电话笑道："喂，周叔……周斌跟我在一块儿呢……哦，您已经到商都了，就在江秀街新潮锐网吧门口……我们今天没在学校啊，您直接到银杏花苑吧。对，也是在钟秀东路上，从中大北门往西开，第一个小区。你开车绕到小区的南门来，我们在门口等着您！"

"我家老头子怎么跑商都来了？"周斌摸了摸脑袋，知道老头子已经到中大北门，便与陈立、赵阳走出售楼处，到拐角的路口等他爸过来。

没过一会儿，陈立就看见一辆黑色的桑塔纳从岔道拐过来。

陈立与周斌虽然读高中时不是一所学校，但周大海做煤炭生意起家，早年姥爷沈敬堂还在青泉煤矿任职时，他就没少登门；后来姥爷沈敬堂调到省煤炭厅任职，他就更是跑得勤快，与陈立的两个舅舅、小姨也都认识。

后来赶巧陈立与周斌都考到中大经济系，又住一个宿舍，冲着这层关系，周大海待陈立也极亲热。几乎每次放寒暑假，周大海都会亲自开车过来接陈立与周斌回青泉，并不会因为老爷子早就退休了就有怠慢。

"陈立，你们怎么跑这儿来了，让我一通好找。"周大海满脸堆笑地下了车，没理会儿子周斌，直接朝陈立走过来。

他滚圆的啤酒肚跟钱万里有一拼，就是皮肤黑糙，一看就是常年在外奔忙，还带着些烟酒过度的疲惫。

"周叔，我最近在这儿打工挣生活费呢。您怎么过来了？"陈立笑道。

"打工？别忽悠你周叔，你们家老爷子能让你在这儿打工？我来商都办点儿事儿，想到有好些日子没有带你们去打牙祭了。"周大海笑着说道。

周斌凑过来抱怨道："老爸，您儿子在这儿呢，能别装看不见吗？"

"滚蛋，看你这臭小子我就心烦，老子电话都不接，我还看你干吗？"周大海说着话，看到赵阳，拍拍他的肩膀，笑道，"赵阳也在啊。"

赵阳笑着点了点头。

周斌撇着嘴，无所谓地耸着肩膀，晃到了周大海车旁，看到车钥匙还插着，直接上车发动起来。

"你这臭小子又干吗呢？"周大海疑惑地看着周斌问。

"老爸，上车，我带您到小区里面兜两圈。这小区升值潜力不错，您看两边的商铺都有七八家店进驻了，有三家已经装修了。现在这小区的销售是陈立当家，您要是看着高兴了，直接内部价买几套，我先替您住着。"周斌脑袋探出车窗笑道。

周大海没有往小区兜转的意思，看到南门口是有三家商铺进入装修阶段，就往小区里瞥了两眼。听儿子周斌的话，还以为陈立所说的打工，就是在这售楼处当销售，但想到陈立即便在这里干销售，以他的稳重，也不至于将房子硬塞给他，于是问道："陈立，这地方人气差了点儿，你们到底是在打什么算盘？别瞒着叔。"

陈立耸耸肩，周斌一脸贱笑地说道："老爸，刚才您去江秀街网吧找我，应该也看见了，咱那网吧生意特好吧。我们准备在这里扩大一下经营规模。这边的沿街商铺，上下两层，一套二百平，四套八百平米，让陈立通过公司给个优惠价，二百六七十万也就拿下来了，再搞他二百台机器，满打满算四百万足够用了。附近六七所大学，几万学生，都跑过来上网，您就可以退休在家数钱了！"

"咳咳……"周大海听周斌轻描淡写地说着，就把他一半身家给算计进去了，刚点着抽了一口的香烟又都呛了出来。

因为是周大海，陈立就耐着性子认真解释道："周叔，您别听周斌瞎说。银杏小区为吸引商家入驻，这边的店铺除了免三年房租，还每平方给补贴六百到八百块的装修费用，真要在这里搞一家大型网吧经营，周斌计算过，还需要一百万投资。这边人气是差了些，但免装修与房租，成本有优势，附近高校的学生对价格又最敏感，所以不愁拉不到客源，两年内应该能收回投资。"

周大海还是更相信陈立的解释。而且他此前掏了一笔钱给周斌小打小闹，也确实很快就收回了投资，也相信网吧这门生意是生财之道。他又叼了根烟，仔细盘算起来。

陈立原本不想周大海直接投资，那样会将赵阳他们的股份都挤没了，但如果周大海愿意投资，他也不想绕太多的弯子，能省一桩麻烦是一桩；他计划着再注册一家公司，到时候让赵阳负责帮他操盘就是。

"陈立啊，这生意能做，我也明白你们的意思，钱我也愿意出，不过我觉着你们还年轻，正是做事业的时候，没点儿压力也不行……"周大海沉吟着说道。

跟网吧的收益相比，周大海更看重的还是陈立及沈敬堂老爷子的人脉关系，而且他也知道，早年在青泉矿上工作，之后也是沈敬堂老爷子亲手调到省厅的罗荣民，已经到商都市工作了。

罗荣民此时是常务副市长，之后很可能就是市长或者市委书记。

青泉市现在有些野心的人物，大多脑袋削尖了想要搭上这根线。

周大海知道自己的分量是差了一点儿，但知道沈敬堂老爷子与罗荣民的渊源，不要说这笔投资相当靠谱，就算有些冒险，他也愿意一试。

只是现在这笔钱要是他周大海这边全出了，到时候算股份就不好说了：陈立要是一分钱都不掏还占大头，他肯定不乐意；要是他这边占大头，只是让陈立占一部分干股，陈立会不会乐意？

周大海看上去粗枝大叶的，但看人有些本领，也能看到陈立在沈家老爷子的熏陶下要比想象中城府深得多，野心也可能比想象中大得多。

"爸，您到底是什么意思？"周斌催问道，没想到他爸这时候卖起关子来。

周大海拿出手机翻出电话本道："我有个银行里的朋友，最近刚调到商都这边当了行长，看看这笔钱能不能从银行贷款解决？"

听周大海说得冠冕堂皇，周斌还以为他爸不舍得出钱，刚要挤对他爸，却听陈立说道："周叔说的这个办法不错，我们是需要承担一些压力，才会有动力。只是这事得抓紧办，最近这边的商铺比较抢手，再晚就耽误了时机，不知道您那朋友是哪家银行的？"

周大海翻出了条手机短信看着念道："建行景山路支行。"

"建行景山路支行？"陈立一下想起了王启山与蒋良生，没想到这个世界真小。

上次拉起张浩然这张虎皮，算是暂时把锦苑国际的贷款问题压了下来。陈立心想王启山肯定是蒋良生的人，只是不知道周大海这个行长朋友，会不会也是蒋良生那边的人。

不管怎么说，有机会能再与王启山接触一下也有好处，陈立便笑着跟周大海说道："真是巧了，我在建行景山路支行也认识一个朋友是。"

"谁啊？那就顺道一起吃个饭呗。"周大海没有多想，就直接要将他们拉到一起凑饭局。

陈立笑道："景山路支行信贷科的王启山。"

◎
第39章

211

第40章

周大海把饭局定在了商江大酒店。酒店旋转门两侧是六开的大扇玻璃门脸，进门是欧式大理石砖铺就的走廊，走廊尽头镀金雕花的电梯门如同一扇装饰大镜。一边是四米长的吧台，另一边，大幅镂空玄关后是一楼的就餐大厅，大厅中间有个缓速旋转的圆台，圆台上一个年轻的女孩儿正坐在一架白色的钢琴后弹奏，餐桌围着演奏圆台辐射摆放。

周斌隔着玄关盯着正弹钢琴的年轻女孩儿看了半天，陈立看着传菜的服务员端上了一盘雕工精致的南瓜船，船里铺了两排码放整齐的金酥排骨，暗笑道，西餐厅的环境，中餐的美食，连饭店都搞成了中西合璧。

周大海订完房，又回车里拿了四瓶五粮瓶，接到电话后，带着周斌、陈立、赵阳出来迎接客人。

周斌在后面小声跟他父亲抱怨着："平时过来，净把我往小地方带，我在商都待了两年，敢情你比我还熟……"

周大海随手给周斌一个脑瓜嘣，笑道："怎么不是你小子成事了，带老子我过来吃？今天办正事，一会儿别乱说话。"

陈立看着周斌龇牙傻笑，心里盘算着，周斌平时清闲惯了，正好让他专心筹备网吧，收收心。

这时候两辆小车驶进来，开到饭店门前停下。从第一辆小车下来的王启山仍旧是衬衣西裤，一副标准的银行高级职员打扮，他一下车立刻跑到第二辆车旁，帮忙拉开车门，迎下来一位国字脸中年人。

中年人蓝黑色西装，九分头理得干净整洁，身材高大，跟周斌有一拼，但白净的脸上戴着副金丝边的窄框眼镜显得很儒雅。

陈立心想这个应该就是周大海说的楚怀松楚行长了吧，扭头见周大海笑容满面地迎过去，老远就伸出了手："楚行长，你都调过来大半个月了，兄弟才过来看你，你可千万别见怪啊！"

"见怪什么？我从青泉走之前你可还欠我一杯酒。老周，今天是找上门来还酒的吧？"中年人握着周大海的手笑道。

陈立听着两人寒暄，心道，连饯行酒都喝过，周大海跟楚怀松应该是在青泉时就有来往，不然以楚怀松的官方身份，周大海不会这么从容不迫。楚怀松调过来还不满一个月，那锦苑国际抽贷一事，应该跟楚怀松没有关系。

见王启山正满脸疑惑看过来，陈立笑着点了点头。王启山有些心神不定，搞不明白陈立与周大海到底什么关系，回应的笑脸也很勉强。

"这是我儿子周斌，那俩算是我的侄子，在商都上学，今天没什么外人，我就带过来吃顿饭。"周大海笑着给楚怀松做了介绍。

楚怀松知道陈立跟赵阳都是青泉人，显得亲切，点头笑着一起进了商江大酒店。

◎
第40章

周大海订的商王阁在三楼，顶大的包间坐得下十几人，楚怀松只带了王启山和司机小赵。

楚怀松进门就被周大海摁到主座上，周大海带着儿子周斌在一边陪坐；赵阳招呼着楚怀松的司机坐到了周斌身边。王启山挨着楚怀松在另一边坐下来，陈立笑着坐过去。

楚怀松这会儿更显得熟络，直接问周大海："老周，你跟王科长是怎么认识的？"周大海在电话里提到王启山，他拉王启山过来凑饭局，还特意问过王启山，王启山却说他对周大海这人没有印象，楚怀松心里还纳着闷儿呢。

周大海指着陈立笑道："哎呀，我跟王科长也是第一次见面，是我这个侄子跟王科长认识。"

"哦？"楚怀松疑惑地看向陈立。他知道周大海的性子，不可能单单因为儿子的同学与王启山认识，就将王启山也拉进这私人饭局。

王启山听楚怀松提到自己，立刻挺了挺身子，才知道是陈立的缘故，他才有机会参与这个饭局。

陈立笑道："我最近在锦苑国际实习，跟王科长一起吃过饭的，您还记得我吧，王科长？"

王启山显得很拘谨，点头应道："记得，记得。"见楚怀松看他，又解释道，"锦苑国际在行里有笔款子，李副行长担心款子有问题，想提前抽回来，跟陈经理有过接触……"

"锦苑国际这个事我知道，就是那个在大学城开发银杏花苑的公司，听说银杏花苑的房子不怎么好卖，"楚怀松刚上任，忙得焦头烂额，对锦苑的那笔款子印象不深，问王启山，"那笔款子，是不是李副行长又决定不提前收回了？是怎么回事？"

"银杏花苑前期销售情况是不太好，不过九月份以后已经开始回暖。那片地方有大学城的规划，又占着位置优势，现在只是城建规划有些迟缓了，李副行长综合考虑过后，觉得还是有必要支持一下锦苑国际。"王启山尴尬地解释道，他又不能将背后的真实原因说出来。

楚怀松也是狐狸，李向荣想对锦苑抽贷，这是撕破脸的节奏，突然间又中止了，绝不会像王启山说的这么简单，再看王启山看眼前这小青年时眼睛里有些畏惧，难道关键因素在陈立的身上？周大海的这个"侄子"到底是什么来头？

楚怀松笑着问周大海："我跟老周你认识这么多年，都没有听说你有一个侄子呢。"

"哦，我也是占了这小子一个便宜，"周大海笑道，"陈立是省煤炭厅老厅长沈敬堂的外孙，与我家小子是中大同宿舍的同学，就一起拉过来吃饭。"

大家都是青泉出来的，罗荣民调到商都市来工作，楚怀松第一时间就知道了，但他的资格还是低了一些，无法直接凑到罗荣民身边去，也是借在商都工作的青泉籍老乡聚会时，与张浩然见过两面，但关系还没有那么熟……

有关沈敬堂提携罗荣民的事情，楚怀松自然听说过，没想到今天会在这里遇见沈敬堂的外孙，但转念一想，或许这并非偶然，而是周大海知道他的心思，特意将这小子拉来的。

"陈立！我知道你，"想到这里，楚怀松开怀地笑了起来，指着陈立说道，"真是巧了，我前两天跟张秘书长吃饭，还听张秘书长提起你。张秘书长还说过两天要拉你一起到罗副市长家做客，我也想去凑个热闹，到时候我们一起过去。"

陈立见周大海、楚怀松既然都想往罗荣民身边靠，他也绝不介意这时候继续扯虎皮当大旗，说道："昨天姥爷到商都来，我才在饭桌上见到罗叔叔跟浩然哥，昨天还不知道楚叔也是青泉人，不然昨天就一起吃饭了。"

"不急的，不急的，有的是机会。"楚怀松哈哈大笑，这时候主动将一瓶五粮瓶拿过来，指着陈立、周斌他们问周大海，"这几个小子也能陪我们两杯？"

"得让他们给楚行长你倒酒、敬酒。"周大海说道。

不用周大海提醒，陈立就已经伸出手将酒瓶从楚怀松手里接过去，先给楚怀松的杯子满上酒，又走到王启山身边。

"我来，我自己来。"王启山站起来都有些惶恐了，不好意思让陈立给他倒酒。

◎
第40章

"今天是我特地请王科长来吃饭，怎么好意思让客人自己倒酒？"陈立坚持道。

王启山在底层混了这么久，好不容易才爬到支行信贷科主任的位置，自然听得懂楚怀松与陈立这几句话的意思，这时候也才恍然明白蒋良生作为市政府副秘书长，为什么当时就突然退缩了。

蒋良生畏惧的不是张浩然，而是张浩然背后的罗荣民。原来是因为罗荣民在荫庇锦苑国际，蒋良生他们才不敢有什么动作啊。想到这些，王启山怎么不惶恐?

一顿饭吃下来王启山都坐立不安，他下午还要开车，没有喝酒，后背却是出了一身冷汗。好不容易挨到散席，周大海与楚怀松另有安排，王启山主动请求开车送陈立、周斌他们回学校……

上了车，王启山就诚惶诚恐地跟陈立道歉："陈经理，上次的事……"

之前蒋良生那边所有人都躲在后面，将王启山推出来搞锦苑，而如今蒋良生在张浩然那边软了脾气不再露头，王启山就成了一枚可有可无的弃子。王启山清楚自己的处境，而且行里又来了楚怀松这么一个明摆着想要往罗荣民这边靠的行长，这时候要是继续态度暧昧下去，可能就会死无葬身之地。要改换门庭，还得趁早，陈立今天都将梯子递到他脚边了，他要是都不知道踩，就太愚蠢了。

说实话，陈立没想到楚怀松也急切地想要和罗荣民攀关系，他开始想着将王启山拉上，主要还是想先经营一下关系，然后让周斌努力去攻克他，没想到事情要比想象中更直接、更顺利。

陈立笑着说道："王科长，说来也算缘分，咱们这都是第二次见面了，以后少不了来往，您就别跟我客气了。"

王启山听陈立说的客气，还留下了今后来往的话茬儿，才松了口气道："对，对，客气就见外了，以后都是自己人，陈经理有什么事儿说一声，我这边只要能帮忙的肯定不含糊。"

周斌一听这话，赶紧暗自拍了拍陈立，要陈立趁热打铁。

快到中原大学了，陈立跟王启山说道："王科长，我还有点事儿，你直接送我到银杏花苑去吧。"

王启山便转了车头直奔银杏花苑，陈立下车又邀王启山到办公室里喝茶。王启山自然乐得与陈立多些交往。

苗静、冯歆她们都出去忙了，何婉还在这边约商家谈招商及装修的事情，看到陈立几个人带着个中年人进了办公室，就帮他们进来沏茶。

陈立请王启山坐在沙发上，笑道："王科长，不瞒您说，我还真是有事儿要请您帮忙。"

王启山看得出来楚怀松是想通过陈立搭上罗荣民，他一个小科长自然是入不了罗副市长的眼，他的打算是在楚怀松身上，笑道："陈经理，刚才说过都是自己人，有需要的话，你只管说，只要我能帮得上，肯定尽力。"

陈立跟周斌道："具体事是你负责的，还是你来跟王科长聊吧。"

周斌搓着手，说道："王哥，我跟陈立在中大西门江秀街开了一家网吧，经营不错，常常爆满，想扩大经营，但江秀街那边已经找不到合适的商铺，就想在银杏花苑南门外再开家连锁，但是资金不太足，希望王哥能帮忙解决一些贷款。"周斌要比陈立更自来熟，下车就换着王启山喊哥哥了。

王启山心道，周大海跟楚怀松相熟，周大海的儿子想贷款开网吧，楚行长绝不会阻拦，自己要是能把这事办好，既能在陈立这边落个人情，又相当于告诉楚行长，自己以后绝不是只为李副行长做事，便笑道："不知道你们准备贷多少？"

"数目倒也不大，一百万应该就够了。"周斌说道。

"一百万……"王启山沉吟了两声，跟周斌、陈立说道，"一百万确实不算多，但还是需要有抵押担保的程序。你们也清楚，我们银行现在有些事不怎么好操作……"

陈立明白王启山的意思，楚怀松初到建行景山路支行，那边有李向荣在，局势肯定还不明晰，王启山有这样的担忧也在情理之中。

"我在江秀街那边还有家网吧，只是规模稍微小了些，大概三十多台电脑，你看用这个担保行不行？"周斌问道。

王启山接下何婉帮忙送进来的茶水，有些为难地皱起了眉头。他在信贷科多年，这种贷款也经手过，三十多台电脑的小网吧，估值也就十几二十万，真要做一百万的抵押贷款，怕是风险不小。

"要不我公司来做担保？"何婉帮赵阳端茶水，正听到谈抵押贷款的事，见王启山的神色，这事情似乎有些难度，便开口说道。

"陈经理，这位是？"王启山疑惑问道。

陈立笑道："何婉姐是印象广告的总经理，目前是锦苑国际的合作方。"

"你好，你好，何总……"王启山刚开始还以为何婉是售楼处的员工，没想到竟然是锦苑合作方印象广告的老总，赶忙站起来递名片过去。

王启山的地位是远不及钱万里的，此前欺钱万里，是他背后有蒋良生等人需要他跳出来，而钱万里又是虎落平阳，这会儿待何婉自然十分客气，心想何婉主动张罗给陈立、周斌的网吧做担保，相信也是他们关系网里的重要角色。

"王科长，如果我们与印象广告共同注资成立一家科技公司，然后由印象广告担保贷款经营网吧业务，你看是不是行得通？"陈立主动将话题揽过来说道。

何婉愿意以印象广告的名义做信用担保，这能解决很多程序上的问题，但陈立也不能让何婉白白承担信用担保的风险，新潮锐网吧怎么也要算上印象广告的股份，具体比例待王启山走后他们可以关起门谈。

"要是那样的话，我这边就很好运作了，你把相关的手续证明都准备好就行了。"王启山笑道，他自然明白陈立的意思，注册也就是做做样子，不然也就没必要张口找他帮忙了。

送走王启山，陈立跟周斌开门见山地说："这次能空手套白狼，多亏何婉姐的公司担保，新成立的公司，新潮锐两家网吧都注进去，你我各拿10%的股份出来转让给印象广告。"

"这个……"何婉觉得很意外，印象广告完全靠陈立才渡过危机，她相信陈立的眼光，网吧经营绝不会出问题，她只是顺手帮忙做下担保，算是还陈立一个人情，没有想在网吧占股份。

"做多少事，占多少权益，这是应该的。我跟何婉姐你个人的情谊私下里算。"陈立说道。

陈立怕何婉拒绝，才一副公事公办的口气不让她拒绝，没想到何婉岔到别的事情上了，俏脸微红，应承下来。

第 41 章

陈立计划注册成立新潮锐科技有限公司，除了将之前的那间网吧资产注进去外，再由印象广告提供担保贷款一百万，用于新网吧的经营。

印象广告要承担一百万贷款的抵押担保风险，陈立坚持何婉个人在科技公司占20%的股份，而他自己的主要精力也不会放到以网吧经营为主的科技公司上，所以占24%的股份就足够了。网吧管理赵阳有功劳，自然要算他5%的股份，剩下51%的股份，就都落到周斌的头上。

不管怎么说，这次能不费吹灰之力贷得一百万，主要还是靠周大海与楚怀松多年经营的关系，而且这关系还需要周大海、周斌继续经营下去。

周斌在科技公司一下子成了控股大股东，顿时就头大了三分，但也只能硬着头皮接下来，他哀求陈立这段时间不要当甩手掌柜。

接下来一个月，"三十万征名"营销宣传在碧沙广告的配合下全面铺开。

在年人均工资刚过一万的商都市，锦苑国际掏相当于普通工人三十年的工资，为旗下楼盘银杏花苑更换名字，在二〇〇〇年的商都市也确实会引起足够的轰动。

然而要将这轰动持续下去，成为商都市主要媒体持续关注及追踪报道的热点事件，则不是一件容易事。

碧沙广告在媒体资源方面有着极大的优势，他们与众多报刊、电台、电视台都有过合作，这一次征名活动，也特地从九家省级媒体请了十二位有影响力的记者充当评委，以确保各种围绕征名的文案、通讯报道能密集而持续地在各家发布，同时还保持每隔一天就有一家媒体以热议的形式，对征名事件进行深度挖掘。

包括十二万的专家评审费、三十万的奖励在内，总共一百万的广告宣传预算，陈立在一个月内就用掉七成……

在如此大力的宣传下，市民参与积极性极高，短时间内就有上千条小区征名递交上来。经过初选，在十一月最后一天的一大早，李梦就将"锦澜花苑""凤凰新城""中原世纪城"等十二条小区征名，送到陈立的办公室，请他做最后的决定。

名义上最终评选权在由十二位记者担任的评委身上，但鬼都知道银杏花苑改什么名字的最终决定权在陈立与锦苑国际的大老板钱万里的手上。

"我们花大代价请来的十二名评委对这些名字都有什么意见？"陈立接过李梦递过来的名单问道。

"意见分歧比较大，但有四个人赞同'锦澜花苑'这个名字。"李梦说道。

"哪四个评委？"陈立问道。

李梦欠过身子，抓了陈立办公桌上的钢笔，在一张纸上写下四人的名字。

陈立没有直接参与评选工作，但评委名单早就烂熟于心，李梦写下的四个名字，都是省电视台的有名记者。他眉头微微蹙起来，是谁想要将三十万奖励拿走？

陈立心想李梦是老江湖，闭着眼睛都能看出这里面的猫腻，却故意装糊涂，她是想将这三十万的人情送给谁？

"好吧，这事我要跟钱总请示的。"陈立也是含糊地说道。他不会在这时

220

候就被李梦牵着鼻子走，掏出手机看了看时间，说道，"等会儿还有销售总结会要开，今天就不请李总吃饭了。"

"说得好像你请过似的。"李梦娇嗔地横了陈立一眼。

她也不管陈立有没有看出名单里的名堂，这段时间在一起合作，她在陈立面前又树立起身为美女的自信，有意无意就流露出撩人的风情来。

陈立头痛地拿起文件夹，示意他真要赶着去开会，才将李梦送出办公室。

银杏花苑新的名称还没有定，但事件营销的效应早已显示出来。十一月上旬，客户电话及登门咨询量急剧攀升，银杏花苑售楼处门庭若市，李钧锋及刘同江、冯歆带领的团队的销售策略就从主动寻访向被动的大厅接待倾斜。

进入十一月，临街商铺招商工作已经完成大半，花店、早餐店、小吃店、服饰店、社区便利超市、烟酒店以及新潮锐网吧等十三家商铺全面进入装修阶段，银杏花苑生活配套设施在逐渐完善。两个半月不到的时间里，银杏花苑新增销售房屋一百四十八套，提前完成三个月售房一百套的任务。除去额外商铺装修补贴以及广告投入，锦苑国际十一月的房款资金净回流达一千万。

这样的销售趋势只要能保持到年底，锦苑国际到时候能抓在手里的现金流将超过三千万，不仅不用担心危机，还可以提前考虑二期的建设了。

这段时间，钱万里每次看到陈立，眼睛都笑眯起来，恨不得抱上去亲两口。

新潮锐科技股份有限公司已注册完成，一百万的贷款也已经到账，新网吧预计能赶到十二月中旬开业。

同时，陈立还让赵阳以个人名义注册成立了新潮锐置业有限公司。

说是置业公司，其实还只是一家地产中介的框架，办公地点就设在新潮锐网吧隔壁，享受锦苑的装修补贴。经过半个月的简单装修，赵阳直接从售楼处借了三套办公桌椅，新潮锐置业有限公司就赶在网吧之前开业了。

陈立将冯歆、苗静都划到置业公司名下，当前也是负责银杏花苑的房屋销售，每卖出一套房，置业公司有2%的提成。

冯歆她们都笑陈立这是多此一举，陈立却笑笑不作解释，还将牛老三和他的五名还在帮着发传单的手下都直接聘为正式的员工，录用到置业公司。

今天的销售总结会，不如说是庆功会，李钧锋他们早就计算过自己的奖金提成，此时情绪都极高昂。

也难怪李钧锋他们会兴高采烈，照此前的协议，印象广告这个月能从当前的销售款里总计获得六十六万的分账，而其中的二十六万则是整个销售团队的提成奖励。

三名销售组长不用说，将达到月薪一万的标准了。

这在二〇〇〇年人均年工资刚过一万的商都市，月薪达到一万，走路都会下意识地横起来。

作为销售总监，陈立这个月有超过两万元的销售提成，但这不是他能得到的全部，何婉私下里已经跟他明确说了，印象广告从这笔单子里获得的所有的净利润，有他的一半。

印象广告这个月利润高达六十六万，但除去销售团队的提成奖励，广告投入也极大，再扣除拨给碧沙广告的费用，还是没有什么盈利。

不过，从下个月开始，广告投入费用会稳定在每月十到十二万之间，而销售规模如果能继续保持下去，印象广告每个月获得的净利润将超过三十万，也就意味着，陈立从十二月份开始，每个月能从中分得十五万。

看着大家兴致勃勃地讨论吃过中饭去哪里唱歌，陈立将下个月的销售计划简单地部署了一下，就宣布散会。

陈立看着时间还早，就想着回学校食堂吃，然后下午到图书馆看书。他刚回办公室收拾好，何婉的电话就打进来了："大家都去医院探望过刘同江他爱人了，你今天有没有空，陪我一起过去？"

刘同江妻子的病不能再拖下去。印象广告拿到锦苑国际的分账之后，何婉就给了刘同江十万元付手术费。月中时，省军医大的专家给刘同江妻子动了手术。

这段时间来，大家同甘共苦开创新的局面，也结下深厚的情谊，李钧锋、苗静、冯歆他们早就到医院探望过了，陈立这个月马不停蹄地工作，再过一个月又要期末考试，都没有时间去医院一趟。

既然何婉打电话过来，陈立便让她过来接他，一起到市肿瘤医院探视刘同江的妻子。

第 41 章

第42章

"陈立，快点儿，你刚才问的是几号病房……"何婉抱着花篮回头催促着陈立。

陈立这会儿大兜小包，水果、营养品挂了满身应道："何婉姐，是215床。"

陈立和何婉推门进了病房。病房里六张病床住满病人，过了正常的探视时间，病房倒很清静。

刘同江正挨着最里侧的病床，给妻子喂饭，没有注意陈立与何婉走进来。

"刘经理，嫂子怎么样了，我跟何总今天才腾出工夫过来看看……"陈立放下手里的东西，跟刘同江招呼道。

刘同江见陈立和何婉来了，忙不迭地给他们找凳子坐下。许是近来操劳，刘同江大框眼镜后眼泡红肿，却很激动。

躺在病床上正打点滴的王艳慧脸色还很苍白，不过精神很好，听到陈立与何婉是刘同江公司的领导，欠了欠身子感谢他们过来探望。

刘同江坐在床边，看着妻子与陈立说话，心里百味杂陈。他妻子患肝血管瘤多年，虽然是良性的，但这些年血管瘤不断变大，已经多次出血，再发展下去随时会因心力衰竭而死亡。做摘除血管瘤手术相当复杂，需要十万的手术费，再加上住院吃药杂七杂八，没有十几万根本下不来。原本他们一家几乎都断了这个念想，妻子都说过了刘同江以后带着孩子老人好好过的话。

想起初见陈立时也是在医院，那时候哪能想到这个年轻人的出现会是自己这个家的转机。

"唉……真羡慕你们这么年轻就能一起做番事业，当年我跟老刘在一起的时候比你们还小……"王艳慧看着坐在一起的陈立与何婉感慨道。

"别胡说，陈经理还上着学呢。"刘同江听妻子话音是误将陈立跟何婉当成了两口子，赶紧止住了妻子的话头。

何婉心头一热，脸色微红，瞥了陈立一眼，看陈立倒是浑不在意。

"哟，你们也在啊！"陈立扭头，见是钱万里带着司机小王提着些营养品走进来。

钱万里刚才到售楼处找陈立，听说陈立与何婉过来看望刘同江生病动手术的妻子，他想到刘同江虽然是印象广告的人，可也是为银杏花苑销售出了大力气的，现在锦苑国际跟印象广告合作越来越紧密，他身为锦苑国际的老总也得表示一下，就没有打招呼直接赶来了。

钱万里能过来自是有些出乎预料，不过他能有这份心思，确实让人心暖。

陈立看王艳慧从钱万里进门就总看着他，神色似是有些犹豫，便问道："嫂子，你认识钱总？"

王艳慧看了眼陈立，试探着对钱万里道："您是钱厂长？"

钱万里疑惑道："好多年没听人这么叫我了，你认识我？"

"钱厂长，我是国棉厂的王艳慧，当年您还亲手给我发过劳模的证书。"王艳慧高兴地说道。

钱万里听着心里自是感慨异常，他是真正的老国企出身，七十年代就进商都市国营棉纺厂当工人，一步步从技术员到车间主任，干到销售副厂长，九十年代初因为被人举报乱搞男女关系，被迫辞职下海经商，这才有了今天

225

的锦苑国际。

"哈，我都没想到钱总竟然在国棉厂工作过呢！"陈立知道钱万里是国企出身，却从来没听钱万里提起过是什么企业，没想到竟然就是与银杏花苑一墙之隔的国棉厂。不要说他了，何婉都觉得十分惊讶。

离开国棉厂不是什么光彩事，钱万里这些年就没有在别人面前提起过，没想到刘同江的爱人竟然是国棉厂的老职工，尴尬之余，跟陈立解释了两句也就糊弄过去，但与王艳慧聊起国棉厂的旧事来。

"大伙常念叨钱厂长在的时候，国棉厂是多么风光；钱厂长一走，国棉厂就一年不如一年，不说报销医药费，到现在职工工资都发不上了，我这病也多亏……"说起往事，王艳慧又免不得伤感起来，"大家现在都还巴望着钱厂长能回厂子呢。"

钱万里尴尬地笑了笑。他对国棉厂当前的经营状况很清楚，金水区政府找过他，希望锦苑能收购国棉厂，替区里解决掉这个包袱，但锦苑前段时间焦头烂额，他哪有心思管这烂摊子？他勉强笑着跟王艳慧解释道："当年厂子经营情况好，也是大的市场环境好，现在是有些困难，要能多坚持两三年，市场环境应该会有好转。"

王艳慧在国棉厂只是无足轻重的普通员工，钱万里有什么想法也不会跟她说，陈立却是微微蹙起眉头，心思显然是岔到别的事情上去了。

大家在病房里闲聊了一会儿，钱万里看时间差不多了，站起身来掏出两千元现金塞给刘同江，和陈立、何婉出了医院。

看时间都过十一点了，大家就在医院附近找了家饭店吃个便饭。陈立将李梦早上给他的小区新名称名单拿给钱万里看："钱总，咱们那'三十万征名'的事进行得挺顺利，现在已经初选出十二个名字，您看看？"

钱万里看重的是能卖出去房子，不断有资金回流，不在乎银杏花苑具体改什么名字，他甚至都不在乎陈立将这三十万给谁，笑着说："我一个粗人，让我选也选不出什么好名字来，这种文雅的事儿还是你看着办吧。"

陈立心里琢磨着要怎么跟李梦谈这事，兜里的手机响了。

钱万里听陈立电话里叫浩然哥，立刻提起了精神，支棱起耳朵，却也听不清楚张浩然在说什么。

陈立挂了电话，对满脸疑惑的钱万里说道："罗副市长今天在市局及金水区官员的陪同下视察雁鸣湖大学城规划区，吃过中饭说不定会到银杏花苑去，打电话问我在不在那里呢。"

钱万里霍地站起了身，油亮的脸上顿时就罩上一团红光。

上次在陈立的引导下，罗荣民夜访银杏花苑，钱万里算是正式进入了罗荣民的视线，但那只是私人的、非正式的访问。要是罗荣民今天在区局官员的陪同下，正式到银杏花苑参观访问，那极可能会在区局官员面前正式表态要支持银杏花苑的建设，这对锦苑国际后续发展的意义绝对非同小可。

"不行，不行……我们都得赶紧回去准备一下！"钱万里激动地说着，已是没了喝酒吃饭的心思，丢下何婉，匆忙拉着陈立一起赶去售楼处。

在路上他就迫不及待地给李钧锋打电话，通知那边抓紧时间准备起来……

张浩然打电话过来说"可能"，实际上就代表罗荣民肯定要过去。

赶到银杏花苑，刚好十二点，钱万里亲自带着人将银杏花苑里里外外清理一遍，还特意让司机回家取来一套新西装换上。

刚过一点，罗荣民就在市局及金水区领导的陪同下来到了银杏花苑的售楼处。

这次，自然是钱万里亲自给视察组做介绍。

虽然大部分内容都是上次为罗荣民夜访时讲解过的，但这次还要在市区各部门大大小小的头脑面前再展示一遍。钱万里在赶回售楼处的路上特意让陈立帮他理过一遍头绪，这会儿说得头头是道，罗荣民听得更有兴致。

陈立在陪同人员的队伍里看到小姨夫沈立青，凑过去打招呼才知道，今天罗荣民主要就是视察雁鸣湖大学城的区域规划情况，小姨夫沈立青所在的市规划局是主要陪同单位。沈立青作为规划局下属建筑规划管理处副处长，作为区域规划方面的专业官员之一跟随视察。

上次过来时临街的商铺还都是毛坯空屋，现在也都在忙着装修，比之夜里的冷清，这个时间小区里已经颇具人气。

罗荣民转了一圈，走到银杏花苑一期项目的边缘停了下来。眼前银杏花苑二期、三期的建设用地都还空着，杂草丛生，一阵风吹过，沙化的灰土飞来迷人眼睛，远处杂乱破旧的城中村以及国棉厂陈旧的厂房清晰可见。

陈立绕到陪同队伍的前面，说道："这么好的地方不能尽快得到开发建设，可惜了。"

旁人刚才看到陈立与钱万里一起出来迎接他们，还以为他是锦苑的普通职员，这时候见陈立突然岔上来说话，还以为他不懂规矩，有人已经将眼神瞥向钱万里，希望他能教训自己的员工退到后面去。

"是啊，城市建设刻不容缓，我们得抓紧了。"罗荣民颇有所感地沉吟片晌，感慨地说道，"陈立，你就是中原大学的学生，我现在咨询一下你这个'本地人'，你对雁鸣湖大学城的规划有什么想法？"

众人见罗荣民竟然认识眼前锦苑的职员，态度还颇为亲切，再想到罗荣民刚才是突然提出要到银杏花苑来走一走，顿时就充满了联想。

陈立说道："罗叔叔，我哪里有什么想法。不过，刚才我跟规划局的沈处长聊天，倒是听他有些建议不错，要不让沈处长来说吧。"说着话，陈立朝人群后面的小姨夫沈立青看过去。

沈立青见话题突然就引到自己身上，一时间发怔，他刚才明明是问陈立在学校的学习情况，哪里有聊到这些？

沈立青有些搞不清楚状况，今天这群人里就数他的职务最低，怎么也没想到有自己发言的余地，见罗荣民颇为期待地朝他看过来，只好硬着头皮走了前面，说道："我就随便说说。以雁鸣湖的景观资源以及未来在城市发展中的地理位置来看，雁鸣湖区域应该作为商都市的城市名片进行核心打造。这里大学林立，要是能不建围墙，仅以道路、河流或者绿化带相隔，从人文教育的角度看，可以在大学城里形成开放的学术交流环境；从生态建设的角度看，进行统一的规划部署，将以往公园广场的建设合理融入高校园区内，既强化了校区绿化环境布局，又减少了公园广场专建的资源消耗……"

罗荣民开始还以为陈立将沈立青抬出来纯粹是想帮衬自家人，但听沈立青说下去，不禁听得入神，没想到沈家这个女婿不显山露水的，在区域规划的业务上却有些水准，而且跟雁鸣湖大学城旧有的规划相比，思路上有很大的不同。

罗荣民有个习惯，听事入神，眉头会不自然地皱起来，但落在不熟悉他的人眼里，还以为他是对沈立青不懂规矩的发言不满。

而沈立青的思路与旧有规划案有很大的不同，有人听了就忍不住要嗤笑出声，觉得他太自不量力了。今天随行人员大都是市局及金水区的一把手；市城建规划局今天来了三个人，一个局长，一个局办主任，沈立青比局办主任还要低一级。雁鸣湖大学城区域规划，就是出自市城建规划局局长刘应山之手，这时候脸上已经是挂不住了，心道，大学城的规划早已经过多少专家学者、市政领导的研究论证，现在都已经进入实施阶段，罗副市长随口问一句，他还当了真，这种事儿哪是一个小副处长能插手的？

"嗯……"罗荣民待沈立青说完，点点头道，"规划是建设的基本依据，是综合发挥城市经济效益、社会效益和环境效益的前提和手段，我们一定要精益求精，也要善于听取各种意见，沈处长有些建议还是不错的。你有时间可以将这些思路再整理整理，写份完整的建议书拿给我看看……"

◎
第42章

罗荣民这话又让大家感到很意外，一时间都猜不透眼前这一幕是不是刻意安排出来的，难道说沈立青并非放肆胡说，这一切只是罗荣民要给外界一个他即将调整雁鸣湖大学城区域规划的信号？

沈立青点头应着，退到了人群后面，仍能感觉到周围人对他的关注，心里总有种说不出的滋味。

刘应山这时候也无话可说，走到沈立青身边吩咐道："沈处长，这个建议书要好好写。"这也算是他对罗荣民的一个表态。

沈立青一向不擅逢迎，埋头在副处长任上干了十年也没人搭、没人问，早就灰心丧气，哪怕是来自妻子的冷嘲热讽都已经习以为常，但今天好像又找回了些当年刚参加工作时的热血雄心。

"姨夫……"陈立拍了下站在一边发愣的沈立青叫道。

沈立青醒过神，见罗荣民带着巡视队伍已经走出了老远，只剩下自己跟陈立，不禁有些血涌，对陈立说道："陈立，今天谢谢你啊。"他已经醒悟过来，陈立是有意帮衬他，只是没想到他今天反倒要陈立这个孩子推自己一把。

"小姨夫你刚才一番话，似乎让罗副市长很满意啊。这要是让我小姨知道了，晚上指不定会亲自下厨犒劳你一顿。"

陈立拉着沈立青赶上视察的人群，他心里琢磨着，罗荣民真要强力推动雁鸣湖大学城区域规划调整，加快建设，那绝对是好事。未来一两年间，对银杏花苑的二期、三期房屋销售，都将有极大的促进作用，自己是不是应该找张浩然再打探一下消息。

第43章

罗荣民及市区领导在银杏花苑只视察了半个小时，陈立看时间还早，下午正好可以去图书馆看看书，便不顾明显有些兴奋过头的钱万里，偷偷骑着自行车出了银杏花苑。

银杏花苑跟中原大学之间隔着国棉厂的旧厂房和江秀街，看起来没多远，但从银杏花苑的南门顺着小路东拐西绕，也得费点儿工夫才能到中大位于钟秀路的北门。

中原大学图书馆建在北门附近，因为这片大学比较集中，为了体现开放、包容的教育理念，附近几个学校的学生只要拿着学生证都可以进入中大的图书馆借阅。过了两点，图书馆就不一定有空位置了，所以陈立车子骑得飞快，赶到图书馆时刚好两点钟。

因为平日来得勤，陈立跟门口查验学生证的老师也熟络，打过招呼，陈立就直接上了三楼。那里是经济类的图书区，也是陈立的根据地，没事的时候他都喜欢泡在这里。

这个时间图书馆里已经有了不少人，陈立从书架上寻了《国富论》等几本书到阅览室的一个角落找个位置坐下来。虽然《国富论》是本几个世纪前的老著作，但其中对国民经济运行过程做了相当系统的论述，摒弃其中的局限性，还是有很多可取之处的。

陈立很快就将心思沉浸到书里。不知道过了多久，有人挨他身边坐下来。陈立刚要将没看的书往自己这边挪挪，抬头却见是沈彤捧着一沓杂志坐到他身边。陈立笑着按按她的脑袋，低声问道："你怎么看杂志也来泡图书馆？"

"这里清静，看书累了还有个人靠靠。"沈彤笑着挨在陈立的肩膀上，做了一个依靠的姿势。

这时候对面一直在专心看书的颓废男生猛然抬头，看到沈彤的脸，傻了似的看了好一会儿，眼神都忘了要避开，等沈彤都忍不住笑出来，他才意识到失礼，涨红着脸，捧着书狼狈地走开了。

看到对面男生的反应，陈立觉得可以理解，沈彤的脸蛋及五官实在是太漂亮了，有时候他都会忍不住要盯着多看两眼。

小小的插曲过后，两人像恋人般坐在阅览室的角落里，晒着从窗外照射进来的温暖阳光，看着书。沈彤有时候看腻手里的杂志，下巴就会俏皮地枕到陈立的胳膊上，与陈立同看《国富论》，看一会儿觉得太晦涩了，就又收回脑袋去看她的时尚杂志。

沈彤第五次将下巴枕到陈立胳膊上时，有人从后面推了陈立肩膀一下。

陈立回头看，是个面白俊秀的年轻人，虽然面带笑容，可眼神隐隐透露着倨傲地跟他说道："同学，帮忙让个座。"

这会儿阅览室里的人不多，陈立看到处都是空位置，眉头微微蹙起，问道："到处都是位置，你一定要坐在这边？"

"同学，她是我女朋友……"年轻人耐着性子，指着沈彤说道，希望一身寒酸相的陈立能识趣让开。

"真是巧了，她也是我女朋友呢！"陈立笑道。

陈立与沈彤如此亲昵的状态，年轻人在后面看了好一会儿，实在按捺不住心里翻腾的醋意才走过来，希望能让陈立知难而退，没想到这小子也是锋芒毕露，忍不住气恼地质问沈彤："沈彤……他是谁？"

"他，我男朋友啊！"沈彤抬起巴掌大的小脸，故作好奇地看着刘牧楷，似乎刘牧楷的这个问题很白痴。这会儿她还故意依偎到陈立的怀里。

这会儿阅览室里的学生都被这边的动静吸引过来，像看神经病似的看着刘牧楷。刘牧楷白净的脸，顿时涨得通红。

"同学，这里是图书馆，禁止喧哗，有事出去解决。"看到这边喧哗起来，坐在阅览室门口的值班老师，大声呵斥。

刘牧楷狼狈不堪地走出阅览室。

陈立看到刘牧楷离开时眼睛里藏着狠劲，眉头微微一皱，低声问沈彤："这小子就是刘牧楷？"

"嗯，"沈彤没有跟陈立说过这事，但知道有些事在学校传得沸沸扬扬，陈立应该是在其他人那边听到的，她伸了个懒腰，厌烦地说道，"我妈硬生生撮合我跟这位市长的外甥谈恋爱，恨不得现在就把我斩成一段段，卖到他家去，真是烦都烦死。我没心情看书了，你陪我逛街去。"

陈立被迫无奈，被沈彤拉着下楼；往图书馆外面走，却没有注意刘牧楷站在图书馆外面并没有离开。刘牧楷站在走廊后的树荫里，眼睛阴狠地盯着沈彤和陈立亲密的背影，牙咬得脸颊上的青筋都要崩出来。

"牧楷，你在看什么呢？"这时候后面有个男生走过来，看到刘牧楷盯着陈立的背影在看，好奇地问道，"牧楷，你也认识陈立？"

"他叫陈立？"刘牧楷转过身来，看到那男生有些脸熟，应该跟他一样都是校学生会的学生干部，但他都不记得这人的名字，没想到这人竟然认识跟沈彤走到一起的这家伙。

"嗯，我们宿舍的啊，当然认识。"男生说道。

"认识就好……"刘牧楷咬着牙说道。

陈立被沈彤拉到商都市最大的商场德隆大厦。

好在沈彤今天的兴趣是挑选内衣，德隆大厦的内衣都是千元起价，挑选内衣的美女很多，就算逛到六点钟，他都不觉厌烦。

五点钟，陈立还在看美女，裤兜里嗡嗡乱振。他赶紧接起电话，电话那头传来张浩然的声音："陈立，你嫂子和东东这两天搬到商都市了，念叨着拉你到家里来吃饭。你要是没事的话，就来我这儿吃饭！"

陈立心里奇怪，张浩然应该陪罗荣民视察呢，怎么这会儿就闲下来了，还要拉他过去吃饭？电话里也不方便问什么，他便笑道："那敢情好，我跟沈彤在逛街，正愁着晚上去哪儿混饭吃呢，我们一起过去啊。"

张浩然笑道："沈彤？是沈立青家的闺女？"

"是啊，就是我表妹，我姥爷过来那次，你见过的。"陈立说道。

陈立与沈彤坐车赶到了市政府家属楼，在小区门口下车，正好看见张浩然的妻子徐婕提着一兜菜从外面回来。

徐婕原先是商都市第二实验小学的教师，家里也有长辈在省厅任职，与罗荣民关系密切，当年就是罗荣民两口子做媒，她才与张浩然相识、结婚。

几年前，张浩然跟着罗荣民调去了外省，徐婕带着孩子一起调过去工作、上学，现在张浩然又调了回来，徐婕担心这个时候转学会影响到孩子学习，就决定等孩子上完了这个学期再转学，徐婕眼下就只好辛苦一些，丈夫、儿子两头照顾。

徐婕知道陈立父亲当年对张浩然的恩情，每年春节，哪怕张浩然没时间回青泉老家，她也会带着孩子到陈立家里去拜访，多年下来，两家比亲戚还亲近些。

徐婕看到陈立、沈彤很高兴，领他俩往家里去。

陈立与沈彤走进屋，就看见张浩然坐在客厅沙发上，正曲着身子趴在茶几上写文稿。张浩然看到陈立与沈彤进来，站起来招呼。

"今天你们陪着罗叔叔视察工作，都没有人安排饭局吗？罗叔叔这么清廉，你们当手下的肚子里可就没有什么油水了啊。"陈立开玩笑道。

"唉，"张浩然苦笑着说，"下午从雁鸣塔参观出来，就被闻讯而来的国棉厂下岗职工堵在路口，好说歹说，堵了一个小时才散，后面的行程都没有进行下去，哪里还有什么饭局？也是难得早回来休息一下。"

陈立没想到是国棉厂出了状况。他坐到沙发上，看到张浩然所写的文稿，恰好就是雁鸣湖大学城区域的规划调整建议报告，笑着说道："你们都已经在写这份提案，今天还赶着我小姨夫上架啊？你们也太蔫坏了，是想让我小姨夫当出头鸟，帮你们吸引火力啊！"

"今天是谁将话头硬生生转给沈立青？"张浩然笑着拿起一本书，作势要抽过去。陈立笑着躲开。

沈彤帮徐婕到厨房去忙碌了，陈立坐在沙发上，拿起张浩然放在茶几上的文稿翻看起来。

张浩然所写的文稿自然是罗荣民的意图体现，细看下来，陈立发现这份文稿，跟小姨夫今天所说的有很多契合的地方，但小姨夫作为建规局的技术官员，讲得要更专业、通透，难怪小姨夫在现场说这些事时，罗荣民听得那么入神。

陈立心里暗想，今天他随手插柳会柳成荫了啊，但又不是十分确认，就直接问张浩然："罗叔叔那里对我小姨夫是什么看法，不会误以为是你将他的底故意泄给我姨夫知道的吧？"

"罗副市长没你想的那么深沉，今天听了沈立青的发言，也的确是想让沈立青出一份更专业、更全面的建议书，"张浩然说道，"不过，现在最大的难度不是规划调整建议书……"

"是市里区里财政没钱！"陈立说道。

"你倒是门儿清啊！"张浩然笑道。

"我在锦苑也混了有两三个月了，要是还看不明白，不是白混了。"陈立对雁鸣湖周边的研究也不是一天两天了，而且很多规划早就提出来了，但建设极为滞后，说到底就是财政没钱，他说道，"按我小姨夫的提议，真要将雁鸣湖当成商都市最核心的城市名片去打造，污染的小工厂拆迁，建设道路及湖滨绿地，这小片地方，财政少说要拿一两个亿的资金出来才够用。估计市里以及金水区政府都没有那么宽裕……"

"是啊，罗副市长是想做这事，毕竟过来还是要有作为，但我们今天被下岗职工堵在路上，市里连下岗安置款都拿不出来，怎么可能掏两个亿资金？"张浩然无奈一笑。

张浩然调到商都市工作这么久，遇到那么多的难处，平时也不能对外人说，甚至都不对爱人多说什么，反倒是跟陈立说话没有那么多的顾忌，也没有将陈立当毛头小子看待。

陈立却听到极其关键的信息，心想，难道罗荣民真要将雁鸣湖当成自己的第一把火？想想也是有可能的，毕竟商东新区的规划太大，要等罗荣民真正担任市长甚至市委书记之后，才有能力进行实质性的推动，雁鸣湖区域还是容易做成标杆的。

陈立久在姥爷身边，知道官场是什么样子。现在商都市盛传罗荣民要接市长的班，现任市长哪怕即将退居二线，心里也不可能舒服，在合理规则内，绝对不会让罗荣民在这段时间过得舒服。

陈立心里正想着事，外面传来两个男女的说话声，似乎站在门口不确认这屋里有没有人。

这时候沈彤也听着声音从厨房里跑过来，疑惑地盯着大门，不等外面人敲门，就跑过去打开门，看到真是她爸妈。

"爸、妈，你们怎么也跑过来吃饭？"

沈建红手里还提着两瓶五粮液，看到女儿沈彤竟然在张浩然家做客，眼珠子都瞪圆了，探头看到陈立也在，任她多么世故老练，这一刻脸也涨得通红；沈立青几乎要转头下楼去。

看到这一幕，陈立就知道小姨逼着小姨夫提着礼物到张浩然家来联络感情，没想到撞到他与沈彤在，再厚的脸皮，这时候也会觉得不好意思。

"建红姐、立青，你们是闻到味，知道我们今天请客吃饭啊！"张浩然笑着迎过去，将脸皮子薄的沈立青以及尴尬得要钻地缝的沈建红热情地拉到屋里来，为了化解沈立青的尴尬，张浩然说道，"我刚刚正跟陈立说起你今天谈的雁鸣湖规划调整呢，正想着打电话约你们过来吃饭聊聊这事，没想到你们就过来了，快进来坐。"

沈建红完全没有了气势，拉着沈彤去厨房帮徐婕忙乎，让男人们在客厅里聊天。

饭菜刚摆上桌，外面又有人在敲门。

沈彤跑过去开门，门还没开，罗荣民爽朗的声音就从外面传进来："浩然，你们家饭菜真香啊，我在楼底下就闻到了。你们请客，我也赶过来蹭一顿饭。"

看到罗荣民走进来，沈建红、沈立青都拘谨地站在那里，有些不知所措；罗荣民看饭菜都摆好了，就坐到桌子旁，招呼大家坐过去。

别人以为罗荣民高高在上，但罗荣民待张浩然就跟自家子侄似的。他爱人这段时间去北京出差了，只要不在市里加班，他就到张浩然家蹭饭，或者拉着张浩然在食堂里吃。他刚才在外面看到张浩然与沈立青、陈立坐在客厅里说话就进来了。

"罗叔叔，喝不喝酒？"陈立直接将小姨带过来的五粮液拿出来，问罗荣民的意见。

陈立心想着张浩然不会轻易收别人的礼，估计还会特意对小姨这种有特别目的人防备着，与其为两瓶酒推来推去，不如饭桌上喝掉的好。

"我知道陈立能喝酒，立青能喝点儿？"罗荣民问沈立青。

沈立青酒量不大，沈建红推了他一把，说道："你今天就陪罗副市长喝点儿。"

◎
第43章

大家坐下来喝酒，不知道怎么，徐婕就聊到国棉厂职工堵路这事上去了。

沈立青、沈建红都知道这事，也知道这事下午闹得罗荣民很不愉快，这才早早结束视察回家。徐婕跟罗荣民关系亲得就跟自家侄女似的，说话可以随便，但他们不便随便接话茬儿。

罗荣民沉默了片刻，朝陈立看过来："你这小子，最近总看到你跟锦苑的钱胖子凑在一起，你不知道钱万里以前就是国棉厂的副厂长？"

"我也是最近才知道。"陈立点点头说道。

"为国棉厂的事，金水区找过锦苑国际，希望锦苑国际能接手国棉厂的改制，但当时锦苑国际的情况也不好，这事还没有一个定论。"罗荣民问道，"现在锦苑的情况改善了，你觉得钱万里有没有可能接手这件事？"

这么大的事情，罗荣民竟然问陈立一个小孩子的意思，沈建红觉得很费解，但这时候没有她插话的余地。

陈立知道罗荣民问他，是怕直接找钱万里谈，双方没有缓冲的余地，把关系搞砸。他想了想，说道："钱总那边，我没有听他谈过关于国棉厂的具体想法，我聊聊我的感觉。"

"嗯。"罗荣民点点头，知道陈立年纪看着小，但从小就很有想法，而且此前两三次故意将钱万里往他身边引不会无缘无故，他应该更清楚钱万里此时的心态。

"钱万里现在对做棉纺业不感兴趣，他的主业还在地产开发上。国棉厂与银杏花苑紧挨着，钱万里是愿意拿下国棉厂这块地的，但问题在于，国棉厂是工业用地，要转居住用地，土地差价至少要补三四千万。现在锦苑要考虑建设银杏二期项目，手里拿不出这么多钱。再有，国棉厂改居住用地，几百名职工就必须下岗分流，钱万里是从国棉厂出来的，就算国棉厂这笔买卖有钱可挣，他也不会想背这个骂名，除非有其他折中的办法……"陈立说道。

听陈立将条理说得这么清楚，罗荣民也知道解决国棉厂问题的希望不能寄托在锦苑国际身上，难免有些意兴阑珊，喝过酒就先回住处去了，也没有让张浩然、沈立青送下楼。

"你有机会，还可以试探一下钱万里的态度，毕竟我们这边直接提不合适。"张浩然知道罗荣民的心思。到商都市工作这几个月，处处死结，很难打开局面，他忍不住要陈立再试探一下钱万里的意见。

"好的。"陈立点点头，与小姨、小姨夫还有沈彤告辞离开。

第 44 章

那次夜谈后，陈立没有直接去试探钱万里的态度，他在等待契机。

很快过去了小半个月。一个周五，陈立上午没有课，周斌拉他去看网吧的装修进展。

网吧装修进行了一个多月，已经到尾声了，这两天周斌请了计算机系的师兄弟帮助布设网线、调试机器。

陈立与周斌前脚刚进网吧，李梦后脚就跟了进来。

"装修这么漂亮，那以后到这里上网，不得每小时七八块钱？"李梦站在二楼扶栏处打量着贵宾室，一楼有个挑高的大厅，站在二楼扶着栏杆能看到一楼的普通区域，那里也比几所高校附近的网吧布置豪华多了，"这一楼的上网费，也得每小时四五块钱吧？"

陈立没想到李梦对这附近的网吧这么熟悉，心里疑惑，难不成她没事做，还跑到附近的高校网吧上网去？

"没那么贵。"陈立点了根烟，走过来说道。

李梦从陈立手里将烟跟火机拿过来，也给自己点了一根烟。

"楼下普通区域，上网费每小时两块五，楼上贵宾区每小时五块。"陈立说道。

239

"比外面那些网吧便宜这么多，能赚到钱吗？"李梦困惑地问道。

"李总过来上网，费用全免。"陈立笑道。

"不怕亏死你们？"李梦横了陈立一眼。

"李总你这么漂亮一人往这里一坐，不知道能给我们吸引多少顾客呢，给你免费，就当是给你的宣传费。"陈立说道。

定价两块五，周斌、赵阳他们是经过成本核算的。网吧两百台机器，固定投资一百万，平摊到每台机器上是五千元，扣除平时的运营维护成本，只要保持充足客源，保证每台机器每天的上网时长达到八个小时，大约只需要一年时间就能收回投资。这还是陈立强迫周斌将附加经营的收入给去除掉了，不然的话，收回投资的速度会更快。

陈立开这网吧的主要意图是为附近的商铺引流，不能将附近商铺的生意都抢过来；等这片区域的小商业环境真正成熟起来，可以再将附加经营搞出来。也只有将上网价格定得比周边的网吧低一大截，才能吸引大量对价格最敏感的高校学生过来上网，这样，银杏花苑才会出现他所期待的繁荣和热闹景象。

当然，陈立这些小算盘不会跟李梦交代。陈立笑着问她："李总今天跑过来，不会是专门跟我讨论网吧怎么经营吧？"

"小区征名你倒是给我一个准谱啊，全市四百万市民都盯着锦苑这三十万奖金呢。你晃点我可以，不能晃点全市四百万市民吧？"李梦说道。

陈立知道李梦追过来就是为这事，说道："这里乱七八糟的，我们到隔壁聊。"把李梦拉到了网吧隔壁的新潮锐置业公司。

置业公司的门脸不大，走进去就是几名地产经纪人的办公区域，左手边是两间会谈接待室，穿过办公区域，里面就是赵阳的经理室。

"你帮何婉干得好好的，怎么又在这里另起一摊子，怕何婉不分钱给你？"李梦站在办公区域的面板前，看上面写着银杏花苑的出租、出售房源的信息，不解地问道。

"咱就不兴有点儿个人爱好？"陈立笑着说道，他哪里会轻易让李梦试探到他的真实想法。他请李梦到办公室说事情。

冯歆过来帮忙沏了茶，但离开时故意将办公室的门虚掩着。

李梦将冯歆的小动作看在眼底，笑着跟陈立说道："你还挺吃香，小姑娘故意留了一道缝，是怕我在办公室里吃了你啊。"她故意扭着小腰走过去将办公室门关严实了，还将反锁扣"啪啪"来回叩了两次。

李梦扭起小腰，还真是将柔软腰肢与浑圆翘臀扭得风情万种、摇曳生姿。陈立大感头痛，坐到赵阳的办公桌后抗议道："李总，请注意办公室里还有未成年男孩。"

"谁未成年男孩啊，你啊？说出去谁信啊？"李梦在办公室里顾盼生姿，直接靠着办公桌而立，这时候尤其显得她穿牛仔裤的双腿极其修长，浑圆臀部下半缘都在办公桌的上面，见陈立的眼珠子在自己的腰上打转，说道，"咱们明人不说暗话，你开条件吧。"

陈立哈哈一笑，伸手抱到脑后，说道："那好，谁的征名最终入选，李总你来决定。我不管黑箱不黑箱，只有一个条件，就是李总你找人通过我这家置业公司购买银杏花苑三十套房，价格不能低于每平一千六。"

李梦恨得牙痒痒，漂亮的大眼睛这一刻都眯起来。没想到眼前这只小狐狸真是吃肉不吐骨头，竟然将她能得到的好处都算得死死的，然后一点儿不剩地都吃进去！

"每平米一千六，这一单你要净赚三十万啊，你不能将肉都吃进去，连汤都不给我留啊。"

"那李总什么时候想买银杏花苑的房子，通过置业公司，我给你打九折。"陈立说道。

李梦气得都要当场翻白眼了。

陈立不想再搭理李梦，想借口打电话脱身，钱万里的电话特别赶巧地进来了……

陈立接通钱万里的电话，还以为他人又跑到售楼处来溜达找不到他人了，没想到钱万里正在锦苑国际总部召开董事会，希望他过去列席。

"我们在背后坑钱胖子的钱，钱胖子找我过去问罪，李总你顺路送我过去。"陈立挂了电话，跟李梦道。

李梦心里大骂，顺你娘的头。但双方合作还算愉快，而且征名奖励本来就是陈立碗里的肉，陈立不分给她，她还真不能翻脸，只能硬着头皮开车送陈立去锦苑国际总部。

陈立进了锦苑国际，钱万里、张洪庆等人都已经在会议室里坐着了。

除了张洪庆这个营销副总外，行政、财务、工程等方面的副总经理也都在，看烟灰缸里的烟头，会议应该已经开了很长时间了。

陈立之前也参加过类似的会议，跟大家打了个招呼，就在会议桌一角坐下来。

这段时间银杏花苑那边的情势越来越好，其他副总看到陈立倍加亲热，张洪庆的心情却是越来越糟。

他身为锦苑国际营销副总，银杏花苑在他手里时销售举步维艰，甚至一度危及到了锦苑国际的存亡。可是陈立仅仅用了两个月的时间，就把银杏花苑的销售提高几十倍，现在公司里已经有传言说，钱万里准备撤了张洪庆的营销副总，把陈立从印象广告挖过来替代他的职务。当然，张洪庆猜测陈立未必会过来跟他抢一个副总的位子，但听到这样的传言，他心里怎么可能舒服？

"我们今天开会讨论银杏花苑二期项目的建设问题。现在锦苑国际跟印象广告的合作相当成功，作为长期的合作伙伴，陈立，你对二期项目有什么好的建议，也说来听听。"钱万里看着陈立说道。

十一月房屋销售激增到一百一十套，而十二月上旬，也就是截至今天，新增销售四十八套，这个月底，锦苑国际握在手里的现金就有可能超过三千万，而在十天前罗荣民视察银杏花苑，当着诸多市区官员的面，明确说要支持锦苑国际的发展，这些都令钱万里信心大增——陈立刚才在路上想着，钱万里也该将二期工程建设提上日程了。

陈立抬起头，目光从会议桌前端坐的副总们脸上扫了一圈，尤其是在张洪庆脸上多停留了一会儿。见张洪庆表情怪异，有些不愿与自己对视，便笑了笑，张洪庆也强扯着嘴角回了个生硬的笑脸。

陈立笑道："如果锦苑国际与印象广告后期还继续合作，我建议银杏花苑二、三期项目同时动工，加快建设速度，最好赶在明年年中前完工，而我们印象广告在立项之初就全程参与其中，效果会更好……"

"你的意思是？"钱万里疑惑地问道。

"二期、三期，印象要全程参与进来，我认为市场定位及规划，锦苑都可以完全放手交给我们来做。"陈立说道。

这话说愣了会议室的所有人，连钱万里都没反应过来，呆呆地看着陈立。

张洪庆笑了起来，说道："二期、三期早已经立项，社区规划以及设计图纸都已经成型了，还要你们印象广告参与进来做什么？"

"我知道二期、三期市场定位及房型设计都已经确定了，所以我才跑过来要求锦苑放手交给我们进行修改调整，"陈立不急不缓地说道，"二期、三期，我们要直接定位到高档房源，每平方米一千四的价格太亏了。"

会议室里的人顿时低声议论起来。

这时候没有人因为陈立年轻就质疑他市场运作的手段，但犹有很大的疑虑，钱万里直接问道："你怎么想到二期直接往高档房定位？"

"罗副市长视察银杏花苑时，沈立青处长所说的那番话钱总你也听过了。罗副市长很重视沈立青处长的话，也确实有将雁鸣湖打造成商都市城市名片的意愿，"陈立说道，"银杏花苑紧挨着商都市的城市名片，而未来这里又将是大商都的地域中心，为什么不能直接往高档房源定位？"

"你说的是有些道理……"钱万里迟疑着没有继续往下说。

张洪庆说道："政府规划，听听也就罢了，我们是吃过大亏的。我们都不否认雁鸣湖有打造成城市名片的潜力，但这是多少年以后的事情，而银杏花苑明后年就要开盘销售，能赶上趟吗？"

"我相信这个时间不会太久，也相信罗副市长那边的决心。"陈立不容置疑地说道，"要是钱总不相信我们的决心，我们可以继续签对赌协议。二期项目，完全由印象提供营销策划及后续的销售服务，而且保证投入不低于一千万。如果二期房价不能推高到每平两千元以上，不能在开盘半年内完成三成以上的销售，印象不收取一分钱的回报，一千万投入算白贴进去，锦苑到时候可以另换地产营销公司重新包装定位。"

"调整设计，直接定位高档房源，房型面积就得一百二十平起，一旦房子建成，印象就算认赔离场，房型还是无法改回来，会直接影响后续的销售——这个怎么解决？"陈立开出的条件是很令人动心，但张洪庆毕竟是专业出身，提出有力质疑。

"这个好解决。我们在一开始时就将一半的大套户型做成可以隔断成两套的设计，"陈立说道，"这样即便是对赌失败，锦苑也只需要投入一小部分资金，将高档房源的大套房型，改成中低档房源的中小户型。"

"签这份对赌协议，印象广告除了主导市场定位、规划及户型设计，开价是多少呢？还是总销售款的5%？"钱万里问道。

"这一次，我们是拿一千万出来对赌，要是赚少了，钱总你觉得我愿意干吗？"陈立笑着问。

"你个小滑头，总归有个价吧？"钱万里摸着凸起来的圆肚子问道。

"每平两千以下，印象分文不收，只负责投入，但两千以上，印象不是收入5%了，而是两千以上新增部分的50%。"陈立说道。

陈立的这个方案，不得不说很诱人。

不管定位为高档房还是中低档房，区里批复给银杏花苑的容积率是确定的，后续只能建十八万平方米，不会因为市场定位而改变。如果印象能确保房价稳定在每平两千以上，又能确保将房屋都销售出去，不难算出锦苑所能获得的保底收益是多少。

九千八百万的净利润！

银杏花苑一期，锦苑国际实际上赚不到多少钱，只是辛苦解套而已，但要是能在后续的建设上拢回近一亿的净利润，锦苑这几年吃的苦也就值得了。

"钱总，买定离手，赌不赌这一把？"陈立笑着问钱万里。

"你这龟儿子，现在就急着将我的军？"钱万里摸着脑壳，笑骂道。

陈立摊摊手，说道："我也很忙的，再有半个月就要期末考试了，我可不敢挂科回家。"

"我们在谈上亿的买卖，能不能严肃点儿。"钱万里不满地说道，大家都笑了起来，知道钱万里已经是心动了。

◎

第44章

第45章

第二天早上，陈立给何婉打电话，约她中午到售楼处谈签订银杏花苑二、三期销售协议的事情。他上完课吃过中饭才骑着自行车赶到售楼处，隔着窗子看到何婉已经在他的办公室里等着了。

"何婉姐，你等了有一会儿了吧？"陈立进门就跟何婉打招呼。何婉脸色有些憔悴，白得厉害，青黑的眼圈即使打了粉底依然醒目，眼中隐隐带着血丝，陈立关切地问道："你是不是身体不舒服？"

"这两天有些着凉，吃过药了，"何婉笑了笑，将散落下的一缕发丝撩到耳后，问陈立，"你今天特地喊我过来，是什么事情？"

陈立坐下来，说道："昨天我跟钱胖子那边谈了二期、三期继续跟印象广告合作的事情，钱胖子昨天没有直接松口，接下来该是何婉姐你去跟他们正式谈合同了。"

"锦苑国际这么快就开始做二、三期的项目了？"何婉惊讶地问道。

陈立听何婉声音很沙哑，全不似平日里的温婉清亮，起身到茶几上摸了摸水壶口是热的，应该是早上售楼处的员工帮自己换过的，就给何婉倒杯热水说道："这次咱们要全程参与银杏花苑二、三期的项目开发，将银杏花苑打造成雁鸣湖畔的高端小区。我们的目标是将房价推高到两千元以上，然后咱们分得溢出房价的50%作为回报。"

"50%?"何婉抬起头，惊讶地看着陈立道，"这么高的提成，钱万里那边怎么就能同意下来？"

"房价推到两千元以上，锦苑国际就有一个亿的保底利润，他为什么不赌一把？不过，钱胖子也是老滑头，我们这次还跟他签对赌协议。今天找你过来就是说这个事，看你有什么意见。"

何婉闭着眼睛轻揉着脑门，摇了摇头轻声道："你肯定也不会吃亏的。"

"吃亏肯定不至于，不过我跟钱胖子保证，前期投入不低于一千万……"陈立说着把热水摆在了何婉面前，转身回椅子上坐了下来，继续跟何婉说协议内容。

何婉现在已经对陈立有了十足的信心，相信陈立既然敢再签对赌协议，自然是心中已经有了底。听陈立说完，何婉说道："签这协议我没意见，不过这次让你这边的置业公司作为主体来签约吧。除了将刘同江他们调过来，我也可以将资金注到置业公司——而其他的跟以前一样，印象广告这边全力配合。"

陈立笑道："我们谈好五五分账，拿印象广告的名义签约，我又不怕何婉姐你会坑我……"

"这事就这么定了，总归要分清楚的，我也发挥不了多少作用。"何婉坚持道，撑起桌子站起来，身子晃了两晃，头晕得差点儿栽倒。

陈立看出何婉有些不对劲，走过去扶何婉，想摸她的额头。何婉这时候已经站不住，往陈立怀里倒过来。

陈立吓了一跳，伸手摸她的额头直烫手，说道："何婉姐，你都烧这么厉害了，怎么都不说一声？"

"哦，我没事儿，就是有点儿头晕。"何婉声色沙哑地说道。

"现在就去医院。"陈立扶住何婉，打开办公室门，看到李钧锋、冯歆在外面，让他们帮着开车送何婉去市第一人民医院。

何婉的病情不是很严重，主要是太劳累了，再加重感冒引起高烧到四十度，身体就特别虚弱。

医生建议挂点滴退热，但市第一人民医院的输液大厅人山人海，找个空的位子都困难。李钧锋出去打听了一圈，这几天病房也是爆满，连个挂水的床位都没有；还是冯歆出去一圈，带着一名中年护士小跑过来，把何婉送到陈立之前住的特护楼病房。

赶到特护楼输上液，安顿下来，陈立才松一口气，夸冯歆道："你还挺有能耐的啊！"

"我再有能耐，也没有办法在特护楼搞到床位，只有几个院领导有权力让病人住特护楼。我请张姐直接给高卫国打了电话，说张秘书长的弟弟又生病来住院了。高卫国正在外地开会，在电话里又搞不清状况，就直接安排了特护楼；你可不要说破了，要连累了张姐我可要你负责！"冯歆吐着舌头说道。

"谢谢张姐。"陈立朝帮何婉输液的中年护士点点头，感激地说道。

中年护士也只是笑笑，都没有搞清楚陈立到底是什么身份，跟生病女人及冯歆到底是什么关系。

冯歆帮着办完了入院的手续，陈立就让她和李钧锋先回去了。苗静今天有课，冯歆与李钧锋都是骨干，要在银杏花苑坐镇，唯有他自在轻闲，留下来照顾何婉。

输着点滴，何婉一直沉沉睡着。陈立坐在病房里看书，不知不觉天就暗了下来。

病房窗外的月光透过窗帘照进屋内，衬出一片明暗不定的光影。

"志诚……志诚……别抛下我……曦曦……"何婉喃喃呓语。陈立转头看过去，却见她并没有醒过来，而是惶恐地说着梦话，也不知道她以往经历了怎样的事情，内心如此不安。

走到床边，陈立握住她漫无目的四处找寻的手，掌心触感冰凉，凉意似乎顺着胳膊直接涌进了他的心窝。

"何婉姐，睡吧，我在这里呢……"陈立将何婉的手拢在一起。

"陈立……"

"嗯……"陈立听到何婉叫他的名字，还以为她醒了，低头见她依然是睡着，是梦中的呓语，无奈摇摇头，将何婉的手抓紧了些，只希望这样能让何婉安心一些。

裤兜里的电话"嗡嗡"作响，陈立犹豫了一下，轻轻放下何婉的手，给她盖好被子，蹑手蹑脚走到屋外。

电话是刘同江打来的，他才知道何婉病倒了，但刚赶到妻子那里，一时半会儿不能过来探望，就打电话问问何婉的情况。

陈立要刘同江放心，不用他从市肿瘤医院跑过来了。

刚要挂电话，陈立想到何婉上午坚决的态度，问刘同江："老刘，印象广告是不是并非何婉姐一个人的公司？"

陈立原以为印象广告或是新潮锐置业签约都一样，他还想着等银杏花苑第一期销售任务完成之后，他就能拿到一笔钱向印象广告注资，相信何婉也不会拒绝，但今天何婉坚持以新潮锐置业作为主体签约，陈立就想可能是印象广告背后的关系比较复杂。

"陈经理，牵涉到何总的家事，我不知道该不该多嘴……"刘同江犹豫着说道。

"锦苑国际那边二、三期的合作协议，现在要决定以哪家公司的名义跟锦苑签约，何婉姐建议你们都调到新潮锐置业来，我就想公司那边是不是有什么问题。"陈立沉声说道。

刘同江沉吟了一会儿，将他所了解到的一些情况说出来。

何婉的前夫叫方志诚，是洛城市人，家境极好，在洛城市横跨官商两界。他家人一直反对他跟何婉的婚姻，即便是结婚后，关系也不和睦，方志诚索性离开洛城，到商都来发展事业。

方志诚是印象广告的创始人，去年遇车祸去世，何婉因此才接手印象广告。虽说方志诚去世后，公司的股份主要在何婉及女儿曦曦名下，但当年开办公司的时候，方志诚从家族企业拿了一笔钱出来做启动资金。作为交换条件，方家的企业可以选择在恰当的时机，对印象广告进行增资扩股……

陈立挂了电话，在沙发上坐了下来，心知方志诚不在后，何婉与方家的关系并没有缓和，她这是怕哪一天方家突然跑过来争夺印象广告的控股权。

清脆的电话铃声再次响起，却不是陈立的。陈立在沙发角落里找到何婉的手提袋掏出手机，看来电显示的是"宝贝曦曦"，犹豫了一下还是接了起来。

"妈妈……"

电话那头传来软糯糯的童声，还有些口齿不清，陈立也不禁翘起了嘴角，说道："是曦曦吗？你妈妈正在睡觉，你在哪儿呢？"

电话里一阵杂音，传出个女人自言自语的声音："没打错啊，怎么……喂，你是谁啊，何婉她在吗？"

陈立说道："我叫陈立，是何婉姐的同事，她今天生病了，这会儿我送她到医院里来挂水。"

"哦，你是陈立。何婉怎么就生病了，你能让她接一下电话吗？"电话里的女人问道。

"她输液还没醒。"陈立说道，之前听何婉提起过，曦曦平时都是由保姆照顾的，这会儿接电话的应该就是保姆了。

"你……请问在哪家医院？我过去给她送些衣物。"电话里的声音问道。

看看时间已经八点多了，陈立心想保姆带着曦曦过来不方便，说道："你告诉我地址，我过去取吧。"

电话那头犹豫了一下道："湖滨佳苑十五号楼二单元。"

陈立挂了电话，抓起外套跟值班的张姐说了一声，就出了特护楼。

第 46 章

陈立赶到何婉家里帮她取完衣物后已经饥肠辘辘，就在湖滨佳苑外面的餐饮店里吃了一碗热气腾腾的烩面才赶回医院。

十二月的夜里已经生起刺人的寒意，陈立在外面折腾这一趟冷得够呛，推开特护楼的门，里面就温暖如春了。

怕惊醒何婉，陈立蹑手蹑脚地进了病房。从轻微的呼吸声看，何婉比他离开之前睡得踏实多了，想必是输液有效果了。

陈立眼睛还没有适应昏暗的环境，摸着床边想要坐下，探手就抓到一团细滑的软肉，陈立心里一荡，这才定睛看到何婉脱了外套，一截雪白背肌露在被子外面。

许是空调温度调得太高，也或许以为不会有人再过来，何婉挂过点滴后，将累赘、不舒服的衣服都脱了，重新睡下了。何婉侧身卧着，玉体横陈，背脊光溜溜的，腋下圆润的轮廓让被子虚掩着，虽然视线深处一片黑暗，但却让人无法忽视这诱人的存在。何婉双腿蜷曲着将被子夹住，一条丰腴的雪白大腿横在雪白被子上，黑色蕾丝内裤包裹着丰翘的臀部，浑圆的曲线让陈立看了心脏都差点儿从嗓子眼里跳出来。

陈立刚才正抓在何婉的臀瓣上，跟被针刺过一般，猛地收回手。一向镇定的他，这时候也有些慌神。他平时见何婉的脸极美，没想到半裸的何婉，更是诱人……

房间里静得出奇，连刚进来时均匀的呼吸声都变得清晰可闻，陈立几乎能听到自己怦怦的心跳声。

"嗡嗡嗡……"裤兜里急促的振动吓得陈立猛地一缩腿，正踢到了床边的椅子，"咣当"一声闷响在寂静的房间显得异常突兀。

陈立捂着裤兜跑出了房间，关上了房门，在外面的客厅都忍不住要喘大气，也没有注意到何婉这时候惊醒过来，疑惑地探过头来，何婉看清楚是陈立的背影，才又安心地拉起被子躺好，也是太虚弱了，都没有意识到刚才那一幕，对陈立是多么大的挑逗。

裤兜里的手机安静一下之后，再次躁动起来，陈立拿出来看是周斌。

"喂……你小子怎么不接电话啊？"周斌懒洋洋地问。

"什么事？"陈立不耐烦地问道。

"哎！你小子喘什么？我听说何婉姐病了，没事儿吧，你小子在哪呢……我靠，别跟我说你在医院呢……嘿嘿……我是不是搅了你的好事了？"周斌那边也不管陈立答没答话，自己没头没脑地乱说了一通，陈立听得直咬后槽牙。

"有事儿没？没事儿我挂了，大半夜的影响其他病人休息。"陈立懒得跟周斌胡扯，说道。

"哦……在病房啊，我还以为你跑哪里去了呢。没事儿，你好好照顾何婉姐，我明天去看她。"周斌那边传来一阵劝酒吵闹，想是又摆了酒场。

陈立挂了周斌电话，想着出去抽支烟，才想起烟跟外套都在里屋。他吸了一口气再推开房门，看到何婉已经拉好被子重新睡踏实，伸出手指在她额头上试了试温度，已经好一些了。

外间的灯光透进了里屋，房间里寂静一片，只隐隐传来何婉细弱的呼吸声。陈立洗漱过，就直接在沙发上躺下。

一觉醒来，天色微亮，看到何婉安静地侧卧在被子里正睡得踏实，陈立恍惚间觉得昨天的惊鸿一瞥似在做梦，但床脚搭着一堆衣物，还有一只紫色蕾丝边的胸罩，却又提醒着他那一切的真实性。

何婉这次生病，感冒在其次，主要还是长期的积郁劳累所致，医生交代最好在医院多休养几天。保姆张姨带着曦曦在医院里照顾何婉，陈立往来于学校、银杏花苑、医院之间，抽出更多的时间来医院搭把手。

初识也是在这特护楼里，只是何婉承诺做陈立的后勤保障没做几天，陈立倒是真真地做起了何婉的后勤保障。

钱万里还是想尽快推动银杏花苑二、三期的事，希望陈立、何婉这边能尽快参与进来，听说何婉入院，第二天就专程去探望。

陈立将刘同江抽过来，由他帮着赵阳，与锦苑国际敲定新协议的所有细节。

不仅二期、三期项目的合作方从印象广告改成了新潮锐置业公司；一期的合约也从印象广告转移到新潮锐置业公司——印象广告回归到广告合作商的定位上。

钱万里自然没有意见，他更看中陈立这个人以及陈立新组建的团队。团队在哪里，他就跟哪里签，也乐意配合着将这些程序上的事情做好。

有关新潮锐置业公司的股份问题，在医院里，陈立也跟何婉谈过。

何婉拒绝了与陈立平分置业公司股权的提议，她想着将所剩的三十万分账款以及一期项目合作未完成的协议从印象广告抽出来，注入置业公司，换取置业公司20%的股权就可以了。

◎
第 46 章

最后还是陈立坚持，何婉才勉强同意将印象广告对置业公司的持股提高到30%。

在医院里与锦苑谈协议也是马不停蹄，何婉其实也没有怎么休息，以最快的速度将协议签好，已经是一周后了。

保姆张姨要回去帮何婉收拾换洗衣物，曦曦也闹着要回家挑些玩具过来，陈立就陪保姆张姨以及曦曦赶回湖滨佳苑。

　　湖滨佳苑坐落在雁鸣湖的西岸，也是新建没两年的小区，与银杏花苑隔湖相望，相距甚至不到一公里，但在地域上，新建的湖滨佳苑属于主城区，销售情况要比半年前的银杏花苑稍微好一些，但也好不到哪里去。

　　湖滨佳苑的开发商对小区定位很高，环境建设也舍得投入，目前房价要比银杏花苑高出百分之四五十，差不多达到商都市主城区的楼市均价。

　　陈立一个多月前就让赵阳调查过湖滨佳苑的情况。雁鸣湖污染严重，极大影响了湖滨佳苑的观感，使得绝大多数市民将这里定位为主城区的边缘角落。

　　陈立这时候心思还在银杏花苑，想着让赵阳过来开一家中介置业的门店，就是没有精力兼顾到。

　　保姆上楼收拾换洗衣物、玩具，曦曦闹着要吃零食。陈立把她带到小区东大门的便利店，让她自己进去挑选。

　　陈立站在超市门口抽烟，等曦曦挑完零食走出来拉他付账时，他看到小区大门北的湖滨佳苑售楼处，有一个妖娆的身影格外引人注目。

　　虽然没有看到脸，但这身形着实吸引眼球，陈立下意识地就停下多看了几眼。

　　艳红色的修身毛呢大衣下露出纤细的小腿，在黑色的高跟鞋映衬下更显肌白如雪，腰间掌宽的腰带将蛮腰紧束，焗烫有型的卷发绕在脸畔颈间，几乎覆盖了上身风衣的整个大翻领。

　　待那人转过身来，看清那张粉颜红唇的俏脸，陈立吓了一跳。这会儿李梦也恰好看过来，与陈立的视线撞到一处，似乎更是吓了一跳。

　　陈立扬手招呼道："李总怎么跑这里来了？"

　　"陈……陈立，你怎么在这儿？"李梦走过来，有些结巴地说道。待看见陈立怀里抱着个伶俐精致的小女孩儿，面上的惊疑才稍稍缓过来，换上平日笑颜道，"好漂亮的小姑娘，不会是你的女儿吧？"

　　李梦虽然掩饰得很好，但陈立还是从她脸上看出了些别的内容，并不是突然遇到熟人的诧异，而是尽力隐藏的慌乱，陈立笑着摇了摇头，随口道："这是何婉姐的女儿曦曦，何婉姐生病了招呼不过来，我帮忙照看一下。李总在这里，难道也对湖滨佳苑的房子感兴趣？"

"哪里，我……哦，何总病了？我说怎么最近老不见她到我那儿去呢。在哪家医院？我有空也去探望一下。"李梦尴尬地笑道。

李梦明显是要岔开话题，不想谈跟湖滨佳苑有关系的话题，陈立怕曦曦在这儿待久了烦闷吵闹，便不多问，寒暄几句就告辞离去。

◎

第 46 章

第47章

　　估计保姆张姨应该将换洗衣物都收拾好下楼等着了，陈立拦了一辆出租车进了湖滨佳苑，接了保姆张姨一起赶往医院。他在车里还想着李梦撞到他时那副吃惊的表情，不知幕后到底还有什么内情。

　　在医院的这星期，可以说是何婉这段时间来最轻松的日子。每天在陈立的监督下大鱼大肉地滋补着，清减的身子丰腴圆润，不着粉黛的脸蛋儿也透着红润，顾盼间不时溢着如水风情。

　　这间病房仿佛把所有的烦恼都阻在了外面。除了夜深人静之时，偶尔听到外间传来陈立轻微的动静会让她心里荡漾出一丝异样情愫外，更多时候都仿佛回到了当年少女情窦初开之时。

　　何婉也会时时回想起与逝去丈夫曾有的幸福时光，何婉告诉自己，再休息几天，等出了这间病房，一切就会回到原来的轨迹。

　　在回医院的途中，陈立特地绕到小汤鱼馆，给何婉打包了一份花生红豆鲫鱼汤。

　　何婉胡思乱想着喝完了鱼汤，笑着接过陈立递来的纸巾，说道："再这样吃下去，我就真成中年妇女了。"

　　"世间哪有你这么青春漂亮的中年妇女？"陈立笑着收拾碗筷，眼角不时从何婉鼓囊的胸前扫过，可惜窄领宽松的毛衫把内里的好货都挡了起来。

感受着陈立不时扫过的目光，何婉心里一阵阵没来由的窃喜，两个人还真搞得像豆蔻之年的小情侣般。

"当当……"清脆的敲门声打断了房内暧昧的无声交流，陈立扭头看，门口倚廊俏立的竟是李梦。

"何总，听说你病了，我专程过来看看你的，原来陈经理也在这儿啊。"李梦娇声道。

乍见李梦过来，何婉也很诧异，陈立还没有跟她说在湖滨佳苑遇到李梦的事。

说起来她与李梦也算是老相识了。她大一时与传媒系的大四师兄方志诚相恋，李梦在传媒系读大二；方志诚有个堂弟当时也在商都大学读书，还追求过号称传媒系一朵冰玫瑰的李梦。

只是当时的李梦真如一朵冰雕玫瑰，看起来惊艳美丽，对人却冷漠异常，无视所有追求者。志诚的堂弟虽然长相、家世极佳，也是无功而返。

过了许多年，再遇到李梦时，李梦已性情大变，直接从冷漠的冰雕玫瑰变成了热情的火焰玫瑰。因为同在商都吃着广告这碗饭，双方是竞争关系，所以何婉与李梦一直以来都没有多亲近，只是彼此知道是校友而已。

现在李梦过来探望，有些让何婉意外。

陈立见李梦这么快就追过来了，笑着站起身道："李总，大驾光临恐怕是有事要谈吧，来来来，咱们坐下慢慢说。"陈立心知李梦绝对是有事儿特意过来，脸上却装得若无其事。

"嗯，要说事儿呢，倒还真是有些事儿要找陈经理、何总谈呢。"李梦天生一双媚眼，此时于旁人看来，倒更像是在与陈立眉目传情，她丝毫不在意何婉在场，往前正了正身子道，"何总就住在湖滨佳苑，陈经理应该知道湖滨佳苑的一些情况吧？"

陈立连湖滨佳苑手里还有多少尾盘没有脱手都一清二楚，点头示意李梦继续往下说。

◎
第47章

257

"上个月跟着朋友出去吃饭,遇见开发湖滨佳苑的荣光地产老总周正荣,说起了银杏花苑的这次广告推广,周总很感兴趣。咱们做广告的打开门做生意,肯定不能看着生意上门不做,所以我就接下了湖滨佳苑尾盘的销售……"李梦说道。

一个月前李梦仿照陈立的招数,说服湖滨佳苑开发商荣光集团的老总,同意将湖滨佳苑剩余的二百套尾盘房产销售委托给碧沙广告来做,条件同样是签下一份对赌协议,碧沙广告要先期投入一部分广告资源进行宣传,同样需要三个月内先期完成五十套房的销售,才会继续后续的合作。

在陈立身上吃的亏多了,李梦也长了心眼,这事儿从一开始就瞒着陈立,没想到今天上午被陈立撞了个正着。

李梦思来想去,觉得这事儿瞒不住陈立,而她也想跟陈立继续合作下去,就决定把这事儿跟陈立捅开说,大不了分些好处出来。

陈立面上却是不动声色,笑道:"那我就恭喜你又接一单大生意了。"

何婉脸上的神色,李梦不难猜测,她大概是没想到碧沙竟然还照葫芦画瓢接下湖滨佳苑的单子。但陈立的神色就看不透了,似乎没有一丁点儿的惊讶,嘴角间又带有一丝不屑。

李梦咬着娇艳的檀唇,从包里拿出了份文件递给了陈立:"就是这份协议,还一直想着请陈经理帮我参谋一番呢。"

陈立接过去,随意翻了翻,就把协议放在了桌上。

李梦正了正身子,大衣下摆滑下来,露出内里紧紧裹住大腿根的棕色小皮裙,对陈立笑道:"陈经理,这个单子你要是有兴趣的话,可以加入进来一起做的。"

陈立笑着仰在沙发上,说:"大家都是自己人,李总的事,我肯定帮忙。可这个时候我横插进来分你的好处,就显得我太没道义了。"

听陈立说着,李梦脸上的笑容都有些僵了起来。她才不相信陈立的话,当初在锦苑国际她可是见识过陈立的大胃口。

李梦拉起滑落在一边的大衣下摆盖住白嫩的大腿,苦笑着道:"陈经理说得对，大家都是自己人，可湖滨佳苑的单子，总共也就只有那么二百套，就这么大块儿饼……"

"我是诚心帮忙，也没有想要占李总的便宜。李总上次说要介绍客户，从银杏花苑拿三十套房子，不如这样，我这次也从李总你那儿订三十套湖滨佳苑的房子，除了这个，其他我也暂时帮不上李总你了。"陈立笑着冲李梦说道。

"真的？"李梦不禁皱起了眉头，她实在不信陈立会有这么好心。

"我骗谁也不会骗李总啊。你什么时候让你那个客户，到新潮锐置业把手续办了？"陈立说道。

李梦心知陈立说的是征名奖金内定给省电视台的事。这事不难办，但她赌气一点儿好处都没有捞到，也有意拖一拖，这会儿也拖不下去了，说道："我这两天就让客户去你的置业公司办手续；但湖滨佳苑的房子，你这边什么时候交款过户？"

李梦与湖滨佳苑开发商签的对赌协议看似三个月只需要卖出五十套房，都不抵银杏花苑十一月份半个月的业绩，但湖滨佳苑定位为高端社区，房价高不说，还都是三室两厅以上的大户型，甚至楼中楼复式及跃层，并没有李梦想象中那么好卖。

要是陈立不是开玩笑，真能一下子吃进三十套湖滨佳苑的房子，李梦也不介意给长相清秀的他多占点儿便宜，这也真解决了她眼前的大难题。

◎
第47章

"好，我这边收到李总介绍来的客户的房款，置业公司拿到佣金后就去你那里交定金——当然，我希望李总能给我一个优惠价，而且也要李总同意在房款交付截止期限之前，我可以将部分或全部的购房合同转让给第三方。"陈立笑着说道。

李梦听陈立这话，顿时就知道他是想从湖滨佳苑定一批房子，然后通过置业公司出手，从中赚取差价，她不禁又犹豫起来了。

陈立笑道："我现在手头比较紧，还能凑六七十万定金出来……时间到了，购房合同没有转让出去，我会另外筹款拿下这批房子，李总你不用担心我会将六七十万定金白扔出去。"

李梦听后干笑了两声，捉摸不透陈立到底想干吗。转念一想，只要陈立拿出六七十万定金，她又有什么好担心的？

送走了李梦，何婉有些忧心地问陈立："你真打算在她那儿买三十套湖滨佳苑的房子？"

陈立笑着点了点头道："你信不信湖滨佳苑很快就会成为商都的楼王。"

看着陈立爽朗的笑容，何婉不知该如何回应。

她自己就住在湖滨佳苑，自然知道这小区的情况。湖滨佳苑在商都市卖个相对高的价钱没问题，可像陈立说的成为楼王却是有些难以置信，但这话是出自陈立之口……

第 48 章

李梦效率极高，第二天省电视台就有专门的财务人员赶到新潮锐置业公司，委托新潮锐置业以每平米一千六百元的价格从银杏花苑买下三十套能望见雁鸣湖的所谓"湖景房"，作为省电视台的职工福利分配用房。

这笔单子，新潮锐置业公司直接赚到三十六万的佣金，印象广告还注资进来三十万元。陈立让赵阳提了五十万，到湖滨佳苑找李梦交定金，以新潮锐置业的名字签订三十套总面积达五千平方米、总房款达一千万元的湖滨佳苑购房合同，而且房子选的都是能看到湖景的复式公寓，双方在购房合同里约定购房款延期三个月交付。

虽然湖滨佳苑临湖这一面所建的几栋楼都是大户型的复式公寓，也包装成湖景房，但雁鸣湖的污染太严重，反而成为湖滨佳苑最滞销的房型。

与湖滨佳苑签下三十套复式公寓的购买协议的第二天，也就是十二月的二十号，新潮锐网吧也正式开业了。

当天陈立还想多睡会儿迟些过去，一大早就被沈彤从宿舍里叫了出来，声称一定要做网吧的第一个顾客。

陈立骑自行车带着沈彤朝网吧去，远远就见整条街上人流熙攘，音乐震天，搞得比江秀街都热闹，直把沈彤看直了眼。

她之前来找陈立的时候，这地界还都是一溜的毛坯房，清静的街道上飙车都没问题，哪像眼前跟赶集似的热闹。

陈立本想到早餐店吃饭的，可这会儿里面坐满了人，还有人没位子，直接就站在门口吃了起来。他只好先寻地方锁了车子，与沈彤朝网吧走。

网吧门口这会儿已经摆开了阵势，两溜花篮中间鲜红地毯直通大门，纯玻璃镶金字的招牌熠熠生辉，正对网吧的路上，十几挂万响的鞭炮已经铺整齐。

"卧槽，这么重要的日子你现在才过来？"周斌站在网吧门口台阶上，直接就搭上了陈立的膀子，招呼沈彤道，"彤大美人也过来了！"

沈彤探头看网吧里装修鲜亮，崭新的电脑排列整齐，疑惑道："今天开业，怎么还不放人进去？"

周斌兴冲冲地对沈彤笑道："没到时间呢。等会儿放了炮才算正式开业，一会儿让你们看看什么叫真正的抢座！"

陈立看周斌今天还专程整了身亮银色的西装，随手扯了扯周斌脖颈间扎的领带，指着街上围观的人笑道："行啊你，搞这么大场面。"

周斌从兜里掏出张宣传单递给陈立道："知道你最近忙，可也不该连自己的生意都不知道行情。"

陈立看了眼宣传单，上面有网吧内部照片，机器配置都写得明白，最醒目的还是当中"新潮锐网吧二十号开业庆典，当日全天免费上机，开业首月上午开通免费畅玩时段"的说明，这对从每月三五百元生活费里省钱上网打游戏的高校学生来说，诱惑力实在是太大了。

陈立笑道："不错，总算没埋没你的经济学专业，还知道提前打广告。"

周斌苦笑道："你可别提这事儿了，为了让苗静给我发传单搞宣传，我可是真金白金一万块搭进去了！"

陈立看着拥在外面等着进门的人群，笑道："苗静也没白拿你的钱，看这阵势恐怕是把这附近的大学都招呼了个遍。"

周斌坏笑着指了指楼上道："那是，我的钱可没那么好拿，特地让她找了二十个美女正换特制空姐服呢，你想不想上去瞅瞅？"

陈立龇牙笑道："有这种好事儿，你还站这儿陪我瞎聊？"

沈彤听得好奇，自己跑到楼上去看特制空姐服。

作为商都市第一家将上网时价压到三元以下、装修也相当够水准的大型网吧，陈立不担心会没有客源，而他在新潮锐网吧上投入这么大的资源跟精力，最主要还是要让银杏花苑的潜在客户看到银杏花苑的热闹与人气，这在一定程度上弥补了社区生活配套不足的问题。

李钧锋、刘同江他们也都专门做了准备，今天特意搞了一个看房游大学城的活动，新放出两栋楼的房源促进销售。

陈立才没有心思关心网吧这边，他朝西侧的售楼处走过去，走进大厅，就见里面人头涌动，不比外面冷清。

苗静、冯歆她们以及售楼处的诸多置业顾问，统统都被淹没在了人群里。

陈立好不容易才找到正被几个客户围住的李钧锋，将客户交代给置业顾问后俩人进了陈立的办公室。

李钧锋一张脸不知道是热的还是激动的，红通通的，兴奋地说道："太过瘾了，现在十点钟都还没有到，就已经有四十多位客户决定签约了。你当初做的决定，太大胆，也太正确了！将客户的顾虑打消后，我们的价格就有绝对优势，足足比西岸的湖滨佳苑低七八百元，而且还有适合工薪阶层的小户型！"

陈立看着大厅中兴奋的人群笑道："慢慢来，还没完呢，网吧那边这个月上午都免费，保证天天都像赶庙会，你只管请客户过来就是了，我就怕你联系的客户面不够广。"

李钧锋摆了摆手道："不会的，绝对够！售楼处加上置业公司那边记录的潜在客户绝对比咱们的房子多出好几倍，以后总算是不用再因为小区冷清跟客户费口舌了。"

陈立心知这都是网吧带来的人气起了作用，之前虽然有人气回暖的迹象，可毕竟靠着小区住户还是单薄。现在网吧开起来，将附近学校的学生引流到银杏花苑这边来，不仅人气冷清的问题解决了，周边商户的经营也将好转，会形成良性循环，进而加强银杏花苑的入住率。

十点钟时，外面响起震耳欲聋的鞭炮声，网吧举行开业仪式，陈立被周斌从售楼处硬拖了回去。

苗静找来的一群靓丽养眼女生穿了周斌再版特制的空姐服，从网吧里分成两列走出来的时候，人群的欢呼声达到高潮。有周斌那一万块垫底，苗静很是给力，二十个女生个个高跟鞋旗袍肉丝袜，让看了几个月棉袄保暖裤的男生们狠狠地饱了眼福。

陈立被周斌押着站到了网吧门口，在鞭炮声中剪了彩。

人群立刻蜂拥着挤进了网吧。虽然这片地方网吧不少，可大都是环境脏乱、机器老旧的黑网吧，像新潮锐这样的绝对是独一份，最关键的是今天免费，谁都想过来感受一下。

陈立和周斌被挤到一边了，躲到置业公司里享受片刻的安静。这时候，赵阳和牛老三等几个人放完了鞭炮，也都回了置业公司。

牛老三和他手下几个人现在是置业公司的员工，都换上一身整齐的职业西装，将之前的痞气盖了下去，相当的精神。

陈立问赵阳："湖滨佳苑那边有没有找到合适的门面？"

"门面、房租都谈得差不多了，正想着你有时间过去看一眼，没有什么问题就定下来。"赵阳道。

"这事你决定就好了，签完约装修过后就直接开置业公司的分店，牛坤当分店长，领两个人过去先将门面撑起来！"陈立道。

他定下湖滨佳苑的三十套房，可没有想过要自己买下来，而是在湖滨佳苑开一家房产中介，将这三十套房高价挂到中介，一套套往外销售。至于近期能不能卖出去他不急，养三个人，加上日常办公开销，每个月也就五六千元。

牛老三听陈立这么说，脸上的青春痘都兴奋得要爆出来。虽然正式成为了新潮锐置业的员工，比以前在街上瞎混强多了，但跟苗静、冯歆他们动不动就上万的月薪还差得远，没想到这么快就有了独当一面的机会，牛老三兴奋得都不知道该说什么好。

"牛老三你现在也牛气了啊。"周斌捶了牛老三的肩膀，笑道。

"在正式场合，就不要再讲绰号了。"陈立正色说道，他还是希望将牛老三这些人引导到正经的职业道路上来，吩咐牛老三，"我们以后会在商都开更多的地产中介分店，会把业务规模继续扩大，你要把心思多用到业务上，要跟冯歆学学……"

"谁背后说本小姐坏话呢？"冯歆一身职业装，外面裹了个红色的羽绒袄跑了过来。

陈立见冯歆提着个冒着热气的塑料袋，不知装着什么，便开玩笑道："你不在售楼处那边忙活，这可算是擅离工作岗位，当心我扣你工资！"

"扣吧，扣吧！你什么时候给我开过工资了，姐姐我一直都是靠奖金过日子的！"冯歆说着解开塑料袋，香气顿时飘满屋，"刚烤熟的热乎地瓜，叫声姐姐都有的吃……"

陈立拿了一个啃了口笑道："看在你有孝心的分儿上，工资就不扣你的了。对了，你这东西哪儿买的，别告诉我为了吃个烤地瓜你专门跑了趟江秀街，有这工夫你办两笔单子都够买一车地瓜了。"

冯歆鄙视地瞥了陈立一眼道："老帽儿，你也不看看今天这阵势，江秀街边的小吃摊好挪窝的都过来了。"说着自个儿又拿了两个烤地瓜吹着热气，"要不是看你在这儿，本小姐有钱没地方花了，给你们买地瓜吃？好心没好报的，我走了。今天售楼处疯了似的，中午看来是没时间吃饭了，我给苗静也带一个过去。"

陈立这才注意到，远处一家热饮店前卖煎饼的小推车正在摆家什，一时半会儿挤不进网吧的人，很多都围在那里。

第一批进驻银杏花苑临街商铺的店家现在都已经装修完毕，陆续开业，饭店、超市、洗衣房等一应俱全，完全可以满足小区里住户及附近城中村居民的日常生活需求；网吧开起来之后，也能吸引附近大量的高校学生，商户的生意也得到了保障。

到这一步，银杏花苑的死扣算是真正解开了，以后就可以进入正常的销售状态。这几个月总算是没有白忙活。

沈彤刚才典礼的时候贪看热闹跑出来，现在再想进去就难了，郁闷地跑来置业公司找陈立抱怨。陈立也没办法，只好找地方请她吃饭安抚一下。

两人刚出了置业公司，要往钟秀路去，停在路口的一辆黑色奔驰突然打开了车门，一个穿黑色中山装的年轻男子走下车，对陈立微微躬了躬身道："陈总，我们周总想跟您见一面！"

陈立看这人年纪也不像学生，面色严肃更不像是买房的客户，笑道："你们找错人了吧，我不认识什么周总。"

"没错，我们请的就是新潮锐置业公司的陈总您。"年轻男子道。

陈立看向沈彤撇了撇嘴，扭头对年轻男子道："今天没空，等有空了再去见你们周总。"

"陈总，是要跟女朋友去吃饭吗？方不方便让我做东呢？"

一个四十多岁的中年人从奔驰车里钻出来，白色的中山装整洁挺括，白净的脸上挂着让人舒服的温和笑容。

陈立下了自行车笑问道："请问您是？"

"敝人是荣光地产的周正荣。"中年男人边说边伸出手来。

第49章

陈立带着沈彤坐上了周正荣的车，笑着问道："周总来的时间不短了吧？"早上过来时，陈立就见这辆奔驰停在路口，还以为里面没有人，没想到湖滨佳苑开发商荣光集团老总周正荣，一直坐在车里。

周正荣笑道："也没多久，难得这边这么热闹就过来看看，能在这儿认识陈总真是荣幸。"

陈立笑笑没有作声。之前李梦去医院找他说湖滨佳苑的事儿，他推脱说只帮忙，不插手，还定了湖滨佳苑三十套房子。他没指望真能在三个月内将全部的购房合约转手出去顺利挣到差价，他的主要目的还是为了引出周正荣，只是没想到这个周正荣会以这样的方式出场。

车子一路开到了湖滨佳苑小区边。周正荣率先下车站在一家茶楼的门前，笑呵呵地等着陈立。

陈立抬头看见刷着明亮黑漆的实木金字招牌上面用草书写着"正荣茶社"四个字。

正荣茶社开在湖滨佳苑临湖一面商铺群中，是一座毫不起眼的两层小茶楼。之前陈立带着曦曦在湖滨佳苑玩儿从门口路过时还想着，茶楼开在这地方倒是不错，开窗就能看到雁鸣湖。

正荣茶社……周正荣……这个人倒是比钱万里多了些文雅，还在自己的地方开了个茶楼。

周正荣笑着引陈立与沈彤进去。茶楼内完全不似十二月的清冷，装修也颇为雅致，仿古的顶梁上垂下几盏灯笼样式的灯具，地上铺着半米见方的灰色石砖，门左侧一溜一尺宽的水道由两尺高的木槽围着，内里种着青绿鲜竹。水声轻灵，汇进厅中一潭假石水池。

水池后双圆门的博古架上摆满了精致茶具，其后一架两米长木质茶台尤为醒目，一个穿着旗袍的年轻女服务员正在泡茶。见周正荣进来，服务员正要起身，周正荣笑着摆了摆手，看着毫无架子。

陈立、沈彤随着周正荣进了右边的门廊，一架狭窄木梯通往楼上，原以为楼上该是隔开的雅间，没想到是一整个的大房间，临街一侧大窗，正可看到雁鸣湖的风景。

临墙一侧放着一个大书案，其上笔墨纸砚俱全，后墙上几幅裱好的字画，或是主人手迹；另一侧是与楼下同样材质造型的实木茶台，却是足足比书案大了一倍。

李梦跷着脚坐在茶台边的木墩上，见到周正荣后跟着陈立，原本挂在脸上的笑容不由得僵了起来。李梦小心防备着陈立，生怕被陈立抢了湖滨佳苑的生意，结果依然是徒劳一场，她实在想不通周正荣怎么会主动去找陈立。

"正好李总也在，大家一起坐下来喝喝茶，聊聊天！"周正荣说着走到茶台前坐下来，娴熟地摆弄起了茶台上的器具。

陈立挨着李梦坐下来。

"你又算计我……"李梦瞥眼看了看陈立旁边的沈彤，小声冲陈立说道。

陈立笑着却不答话。

"哦？看样子陈老弟跟李总也是很好的朋友嘛。我在这儿弄了这个小茶楼就是想有个地方能跟志同道合的朋友一起品品茶，早就想寻个机会请陈老弟过来坐一坐了。"周正荣笑道。

陈立听到周正荣已经不经意地将陈总换成了陈老弟，便也笑道："周总是个雅致的人，只是不知道周总找我是有什么事吗?"

周正荣笑着将冲好的香茶先斟了杯递给陈立。

对于大学城的规划，商都市的地产商们自然都看在眼里。周正荣当初为求稳妥在雁鸣湖西岸建起了湖滨佳苑，其实也是在观望大学城的发展形势，锦苑国际开发的银杏花苑其实早已成了众多地产商眼中的风向标。

这是一个让人矛盾的问题，谁都知道大学城会好，可就像当初的银杏花苑，房子盖起来了，总不能一直放在那里等着规划实施之后再卖，资金无法回笼对企业来说绝对是致命的，可是现在不动手又会失了先机。规划与执行的不对等，才是阻碍商都地产界大举进驻大学城的根本原因。

半年前银杏花苑的销售滞后让周正荣暗自庆幸自己没有去当这个出头鸟，可九月份之后银杏花苑的销售突然好转，这不得不让他又对大学城起了心思，暗自琢磨着是不是那边又有什么转机是自己不知道的。

银杏花苑征名广告在商都炒得红火，所以他才接洽了操盘这个事件的碧沙广告，与李梦签下了协议，但在李梦的操控下，滨湖佳苑尾盘的销售只能算勉强稳定，且更多是依赖李梦的人脉关系，还远没有收获银杏花苑那么大的效果。

周正荣几经打听，才知道在银杏花苑的销售中真正发挥作用的，是陈立这个毫不起眼的销售总监。

周正荣给李梦、沈彤都倒上茶，才道:"陈老弟几个月时间就把银杏花苑做得风生水起，我是慕名已久，早就想交陈老弟这个朋友。大家坐下来聊聊天，说不定就能聊出什么好的项目一起合作了。陈老弟觉得我这湖滨佳苑怎么样?"

陈立扭头看了眼眉目紧锁的李梦笑道:"周总有心了，湖滨佳苑的情况我跟李总也聊过，李总可是能力过人，直接就从我这拿了三十套房子的订单过去，我比不得周总家业丰实，正指望着这三十套房子能坐地起价，大挣一笔呢。"

李梦坐在旁边听着陈立这话，怎么听都觉得别扭。电视台那边以每平米一千六的价格从陈立的置业公司拿了三十套房子，陈立实打实赚了三十万的佣金，而陈立拿湖滨佳苑的房子，还是为了多拿一笔佣金而已。

周正荣看了眼李梦笑道："李总自然是能力出众，我这二百套尾盘交给李总肯定是放心的，不过陈老弟的意思是，我这儿的房价还能做得更高？"

陈立笑着站起来走到窗边道："湖滨佳苑地处现在的主城区边缘，又临雁鸣湖，论风光地势自是没的说，以前景来看现在两千一平方的房价实在是太低了。我那三十套房子都是位置最佳的湖景房，涨不了一千五百块可没法脱手。"

"三千五？"一直都没怎么出声的李梦听陈立这么说不禁惊讶出声。

"陈老弟这么看好湖滨佳苑？"周正荣从容的脸上也起了异色，这可是个商都市里从来都没有出现过的价钱，他不由得要怀疑一下，陈立会不会只是个徒有其表的夸夸其谈之辈。

陈立笑道："我不只是看好湖滨佳苑，也看好银杏花苑。"他抬手指着窗外茫茫的湖景，"周总还是小看了雁鸣湖这片地方的发展前景。未来商都向东扩展那是大势所趋，雁鸣湖区域西靠主城区，东临商东新区，北面是高新区，又占有天然风光优势，未来这里将是商都市的城市名片，真正的中心地带。不管是大学城里的银杏花苑还是濒临雁鸣湖的湖滨佳苑都将是炙手可热的楼王。"

周正荣品了口香茶，暗自揣摩起陈立的话。他之前的聚焦点只在于规划推进中的大学城，从没想过要将大学城包含在雁鸣湖这一整片区域内去考虑，现在想来，陈立所说的确非虚。但问题的根本在于大学城的发展、雁鸣湖的治理，如果这两样市里没有足够的财力支撑做起来，其他的一切都遥遥无期。

十年后的楼王，跟此时的荣光地产又有什么关系？

可是听陈立的口气，似乎并不担心大学城的发展滞后，周正荣对陈立道："陈老弟的见识果然高人一等，只是你觉得这一切要多长时间才能实现？"

陈立摇头笑道："做生意是要自己争取的，不然真等到那一天，黄花菜都凉了。我倒是有些想法，只是不知道周总对大学城有没有兴趣。"

"你说说看！"听陈立提到大学城，周正荣才笑出了声，这正是他今天找陈立来的真正目的。

"不知道周总跟银杏花苑的钱总熟不熟悉，我倒是有个方案，只是方案太大，还是大家一起做，让两家共同获利才好。"陈立笑道。

同在商都做地产生意，周正荣与钱万里作为竞争对手打过多次交道，看陈立的意思是要等钱万里过来才会说下去，他便直接打了电话请钱万里过来，又招呼服务员让楼下小厨置办几道精致小菜，几人闲聊着等钱万里过来。

李梦今天一直安静坐着，没那么多话，这时候琢磨着，陈立或许就没看上湖滨这二百套尾盘的生意，定下那三十套房子，就是用来敲周正荣的门吧？看周正荣这意思恐怕也是冲着陈立去的，自己小肚鸡肠了一番，却是全没被这些人看在眼里。

不过陈立跟周正荣不直接赶人，李梦就死赖在那里不走，她也想听听陈立到底又有什么大方案，竟然需要钱万里和周正荣两家地产公司联合起来才能做，她更是认定了这次死活也要从陈立手里分一杯羹出来。

◎
第49章

271

第50章

钱万里赶过来时，正荣茶社二楼包厢里已经摆好精致的菜碟。

"老周，今天怎么这么好心请我过来喝茶！上次的正山小种还有没有了？"钱万里接到周正荣电话的时候，已经在饭店里吃上了午饭，可听说陈立也在这儿，还有什么事要谈，就赶紧赶了过来，跟周正荣打过招呼，对陈立笑道，"你小子不吭不响地都把局摆到周总这儿了。"

众人客气着坐下来，陈立心知钱万里肯定会有些不爽自己有想法不先跟他打招呼，便笑道："既然钱总都到了，那咱们就来聊聊雁鸣湖东西岸两大楼王的事儿吧！"

"楼王？"钱万里疑惑地问道。

周正荣笑道："陈老弟说我这湖滨佳苑的价钱还能再涨一千五，才配得上这么好的地方。"

钱万里也期待市区两级政府能加快对雁鸣湖区域的改造，心想陈立既然将周正荣都拉进来了，是不是有什么最新的内幕消息，便道："周总跟这小子还不熟，他最拿手的就是给人画大饼，不过他这饼一向味道不错。"

周正荣听得出钱万里话中对陈立的肯定，便对陈立道："陈老弟有什么想法不妨说来听听。"

"前段时间罗荣民副市长到大学城考察的事大家都知道，我可以很确定地告诉你们，罗副市长那边正在着手推进雁鸣湖东岸的规划调整，未来重点是要加快雁鸣湖东岸大学城区域的建设，要将雁鸣湖作为商都市的名片加以打造。雁鸣湖东岸的小厂小作坊，以及国棉厂都在规划方案之中，雁鸣湖东边沿岸拟作为大片生态绿地存在。"陈立说着看向了坐在一起的钱万里与周正荣。

周正荣点点头，有些事情他也听说过，但他并不知道市里的决心有多强，现在市区两级政府，日子可没有想象中的那么好过。

"陈立，你别怪我给你泄气，这规划是挺好，可真要做下来，就没那么容易。上次罗副市长视察，出了银杏花苑就被国棉厂的职工给堵了路，这里面的难处可不是看起来那么简单。"钱万里觉得奇怪，规划与实际落实完全是两回事，他上次跟陈立明确说过，他自己也找相关的朋友问过，不管罗荣民的决心有多大，财政上就是没钱。

陈立点了点头道："钱总说得对，国棉厂的厂房改造、职工安置，附近城中村拆迁，沿岸小厂小作坊治理，绿化，样样都是花钱的事，没有钱，规划再好，也是一盘死棋。"

"没有两个亿恐怕根本拿不下来，要是有这笔钱，大学城早就建起来了。市里都没有办法的事儿，我们也只能等着。"周正荣苦笑道。

陈立看着钱万里与周正荣笑道："那如果这盘死棋能做活呢？"

钱万里道："要是能做活，那大学城以后就是商都市里最炙手可热的地方。"

"政府没钱，那咱们可以自己做！如果荣光地产与锦苑国际联手，打包接手雁鸣湖东岸的小厂小作坊治理、绿化改造以及道路施工建设，接手国棉厂及城中村的改制改造，两家公司大约要拿出两个亿，这样做的条件是要求金水区政府以国棉厂以及城中村拆迁后的四百亩地作为补偿。这盘棋做活之后，雁鸣湖东西两岸的湖滨佳苑和银杏花苑会受多大的益，周总与钱总应该是能想清楚的。"

钱万里与周正荣互相望了一眼，都从对方眼里看到了光彩。

"就算这事儿没做成，至少还能落下那四百亩地，估计也亏不了你们。"陈立笑着说道，"事儿我说明白了，剩下的就看你们的了。"

按照陈立所说，实际上是为雁鸣湖东岸的开发做开局，这么做相当于是在帮政府解决难题，政府方面的优惠政策肯定会有，后期拿地贷款建设新项目都不会成问题；往近处看，绿地建成改造了雁鸣湖的环境，那沿湖的房价肯定会上涨，到时候再将那四百亩荒地开发起来，又是一处新楼王。这是规模达十几亿的大手笔，两家谁都没有能力单独做，但两家联合起来，就可以分食这块大蛋糕。而且这事一旦开始做了，对银杏花苑二期以及湖滨佳苑后期销售的促进作用将是难以想象的。

这么大一块蛋糕，就是转变了一下思路，就这么摆在了周正荣与钱万里面前。

不过，这事儿毕竟牵扯巨大，一旦开始运作，两家公司必然是全力以赴，要把所有的资源都砸进去。钱万里与周正荣即使再有心，也不是这一时半会儿能决定的，当下也都把兴奋压了下去招呼吃饭，钱万里直张罗着让周正荣拿好酒出来。

李梦在旁听着，心中已是激动不已。通过建造绿地来炒作楼盘离不开广告宣传，而后期一个可能高达十亿的新项目运作，投入的广告费用可不是湖滨佳苑这二百套尾盘能比的。李梦不由暗自庆幸当初主动去找陈立说了湖滨佳苑的事儿，不然这事就跟她没有半点儿关系了。

在正荣茶社吃了午饭，几人又喝茶闲聊了会儿，陈立便带着沈彤告辞。他心中有数，钱万里与周正荣已经被说动，生意虽好，可动辄数亿的投资，远超过两家各自所做的项目，不是一时半会儿能决定的。

李梦也知道再待着就有些不识趣了，便也告辞，跟着陈立一起出了茶社。李梦站在门口笑问陈立道："你觉得这事儿能成吗？要真成了，你可别吃独食，多少也让姐姐闻闻香气儿。"

陈立笑道："李总不是已经将湖滨佳苑的单子拿下来了，怎么还担心吃不着肉？"

　　李梦斜眼瞥着陈立，打了这几个月的交道，她是再也不会相信陈立的鬼话，看着一直跟在陈立身边的沈彤笑道："上午看何婉身边跟了个帅哥，我还想着你让人家踹了呢。不过，你这边倒是也没闲着，才几天不见，又骗了个这么漂亮的女孩儿。小姑娘，听姐姐的，小白脸都靠不住，尤其是能忽悠的小白脸。"

　　沈彤轻笑一下也不搭腔，陈立也懒得跟李梦解释什么。

　　李梦开车回碧沙广告，陈立正想着找何婉谈与钱万里、周正荣下一步合作的事。他不怕钱万里、周正荣不入局。与沈彤走到何婉家楼下，看到保姆带着曦曦在玩儿跷跷板，何婉正跟一个年轻男子站在楼下说话。

　　男子身材高大，二十七八岁的样子，长相相当英俊，也显得相当干练，黑色休闲裤、白衬衣加奶黄色羊绒衫，外罩黑色夹克，都是巴宝莉的标志，走到大街上是不难吸引小女孩眼光的那种类型。

　　陈立心道，李梦刚才说何婉跟个男的在一起，还以为她是故意挑拨离间，原来还真有其人，不过何婉这么漂亮有追求者也正常。

　　"何婉姐……"陈立笑着走上前打招呼。

　　何婉看到陈立走过来，欣喜地问道："你怎么过来了？"将陈立与身边的男子相互介绍道，"义新是志诚的堂弟，刚从国外留学回来，过来看我跟曦曦；义新，这是我刚刚跟你说的陈立……"

　　方义新的眼神在沈彤脸上停了一瞬，才朝陈立伸出手，说道："刚听何婉说起你，这段时间印象广告都依靠你才支撑下来，我正想着什么时候请你吃顿饭，大家认识一下呢。"

　　方家对何婉素来敌视，何婉也有心防备着方家，陈立没想到何婉与方志诚的这个堂弟关系却是不坏。

　　陈立笑笑，说道："哪里啊，工作都是何总带着我们做的。"

　　方义新对陈立笑道："印象广告现在的主要业务就是大学城那边的银杏花苑，听何婉说陈经理对地产营销相当精通，这方面做得相当出色。我们方氏集团不仅会参股印象广告，还会将商都市的地产营销业务交给印象广告来承揽，到时候还希望陈经理再接再厉，我们方氏集团是从来不会亏待有功之臣的。"

方义新说话看似客气，但话里完全是领导对员工的倨傲，这种表面客气的神态陈立再熟悉不过。

沈彤看到这边没有她什么事儿，就跑去逗曦曦玩儿。

陈立听刘同江说过，方氏集团有对印象广告注资的权限，方氏集团此时仅仅是参股，而不是跟何婉争夺对印象广告的控股权，却也无碍，但他之前没有听说方氏集团在商都市有什么地产业务，便问何婉："方家这次是计划进军商都市的地产业？"

"对，印象广告现在主做地产营销，恰逢其时。我这次过来就是跟金水区政府接洽，已经将国棉厂的那块地拿下来了。陈经理，你现在就可以考虑给我们出个方案了……"方义新笑着随手拍了下陈立后背，很有些鼓励员工奋进的派头。

陈立心中猛地一紧，方义新说的正是他撮合钱万里、周正荣要一起拿下的那块地，这事无论如何不能让方家抢了先。

这个方义新还是太狂傲了，明知道他与锦苑国际有合作，也应该清楚锦苑国际多少会对国棉厂有些兴趣，竟然毫不介意地就将这个消息透露出来。是他已经与金水区签下协议，还是压根儿就没有将自己放在眼里？

第51章

　　这会儿陈立再也无心闲聊，随意应付了几句就拉着刚跟曦曦熟悉起来的沈彤告辞。

　　何婉看陈立与沈彤走得匆忙，忍不住摇头而笑，跟方义新说道："陈立做事总是这么匆忙，还想着拉你跟他一起吃饭呢。你以后真要在商都市做一番事业，陈立是绝对能帮得上你的……"

　　方家小辈里，方志诚与方义新的关系很好。何婉与方志诚交往时，因为和方义新是校友，往来也很多，彼此也很熟悉。若说方家能有一个人对她跟方志诚这段感情是祝福的，那就只能是方义新了。

　　方志诚出车祸去世，当时在国外留学的方义新特地赶回来参加葬礼。

　　何婉知道，方家，特别是志诚的父母怨恨她夺走他们的儿子。她也担心方家会夺走曦曦跟印象广告，但这次见到方义新，知道方义新以后会代表方家主持在商都市的业务，何婉就放下心来。因而方义新提出对印象广告注资一百万换取30%的股权时，她也没有拒绝。她还想着找机会跟陈立说一声，没想到这会儿就遇上了，但陈立似乎并不喜欢方义新。

　　想到这里，何婉也禁不住要摇头，心想年轻人脾气都是极盛。

　　何婉看陈立的眼神里，有一种令方义新很不舒服的柔情，这时候听何婉如此看重陈立，他也只能压住心头的不快，淡漠地说道："以后有机会的。"

钱万里这时候应该还没走，陈立便一路拉着沈彤又往正荣茶社走去。

方义新说的时候信心十足，陈立就怕这事夜长梦多，一刻都不敢拖延。罗荣民直接领导市规划委的工作，方家想拿国棉厂的地，就算跟金水区政府谈妥，也应该知会罗荣民一声。陈立猜想这时候金水区应该还没有知会罗荣民，那他无论如何一定要抢在前面，否则罗荣民先同意金水区提出来的方案，事后再有变化，就会极其被动。

午饭在正荣茶社吃得早，陈立看这会儿才十二点半，一边走一边直接把电话打到了张浩然的手机上。

"什么事情，这会儿打电话给我？是不是又想找我蹭饭啊？"张浩然在电话那头笑着问道。

"金水区政府是不是已经为国棉厂的难题找到出路了？"事情紧急，陈立也就不绕弯子了，在电话里直接问道。

"这个我倒没有听说，不过下午金水区的陈区长要到罗副市长办公室汇报工作，可能要谈这件事吧？你消息很灵通啊，我都还没有听说，你怎么知道的？"张浩然笑道。

陈立心想罗荣民还没有就这个事情表态，那就还有挽回的余地，一时半会儿在电话里也解释不清楚，知道金水区区长约在下午三点钟到罗荣民办公室，那他们还有两三个小时的回旋时间，就直接约张浩然到湖滨佳苑的正荣茶社来谈："浩然哥，我有个可以一次性解决国棉厂和雁鸣湖污染改造等所有问题的一揽子方案，但很可能跟金水区区长找罗叔叔汇报的方案有冲突，你现在能不能过来湖滨佳苑这儿的正荣茶社一趟？"

挂了电话，陈立让沈彤先回去，他直接赶去茶社找钱万里、周正荣。

钱万里与周正荣还在茶社里喝茶聊天，看陈立去而复返，疑惑地问："你怎么又回来了？"

"方案的事，恐怕容不得你们慢慢考虑了。我刚知道消息，现在已经有人看上国棉厂那块地了，而且下午三点钟前，金水区区长就要找罗荣民副市长汇报工作，很可能就是谈这件事。我现在约了张浩然过来，这事钱总与周总愿不愿干，都要在三点钟前做出决定……"

钱万里举着喝了一半的茶水再也喝不下去，周正荣惊异地望着陈立。

如果陈立只跟他们说这事儿有人抢了先，他们会觉得这是陈立在虚张声势有意逼他快做决定，可陈立说直接约了罗荣民的大秘张浩然过来，他们就不得不认真考虑一下这件事了。

张浩然作为市政府副秘书长，常务副市长罗荣民身边的第一红人，周正荣自然早就听说过，只是无缘见面。陈立能直接把他约到这里来，说明陈立、钱万里，与罗荣民的关系不浅啊。

张浩然听陈立说有办法一次性解决掉让罗荣民愁了很久的国棉厂和雁鸣湖东岸的问题，便急匆匆赶了过来，听陈立讲了他的方案，也认为很有可行性，向钱万里与周正荣透露了罗荣民在这些问题上的态度，要他们拿定主意，一起去找罗荣民汇报。

钱万里之前与罗荣民有过接触，对罗荣民方面的态度能猜出一二；周正荣却是完全看张浩然，如果整件事由罗荣民负责推动，他与钱万里联手的成功概率就更高了。

同样的话陈立说出来，周正荣或许还要考虑一下，但张浩然的身份就代表了罗荣民，他也就不再犹豫，当即决定与钱万里共同开发改造雁鸣湖东岸。

这会儿已经两点，四人不再耽搁，直接赶到市政府面见罗荣民。

路上堵了一会儿车，两点四十分，陈立他们四个人才匆忙赶到罗荣民办公室。

金水区的陈区长还没到，钱万里罗荣民是认识的，陈立只跟罗荣民介绍周正荣。

罗荣民看出陈立来得匆忙，还带着钱万里和周正荣，便问道："钱总、周总，你们这是有什么急事要找我？"罗荣民刚才在开一个碰头会，张浩然打电话过来时，也没有将事情说得太详细，他这时候还不知道是怎么回事。

张浩然直接说道："罗副市长，钱总、周总对国棉厂改制、雁鸣湖改造等事有一个具体的计划，想要跟您汇报一下。"

"哦？"罗荣民看了眼张浩然，跟钱万里、周正荣笑道，"国棉厂的问题拖了这么久，看来今天总算是有希望解决了。金水区区长也要过来谈这个问题，现在陈区长还没来，那就先听听你们有什么想法吧。"

"银杏花苑和中原大学之间是国棉厂的旧厂房，连着宿舍区有四百亩的土地，我们想拿下这块地。我们负责雁鸣湖东岸小厂小作坊的改造，以及后续的湖区污染治理绿化工作。在雁鸣湖东边沿岸修一条南北向的景观车道连接钟秀路，再以一条东西向的路直通中原大学北门，将这一片区域彻底做活。"钱万里清楚陈立的思路，这时候自然是他站出来跟罗荣民汇报。

"嗯……"罗荣民听了沉声道，"这倒是个好事情，一次性解决了大学城规划推进的所有难题，不过这可是个大工程，你们做得下来吗？"

钱万里道："做得下来，也只有我们能做得下来。我们两家三个月内就可以投入三到五千万的启动资金，之后还将投入一亿两千万甚至更高。解决国棉厂改制及职工安置问题，拿到国棉厂等区域的地，还有跟银行抵押贷款着手雁鸣湖东岸的改造，这些都有利于促进银杏花苑与湖滨佳苑的房屋销售，后期开发国棉厂那四百亩地，就更不成什么问题。这是一套完整的循环方案，如果没有分踞雁鸣湖两岸的银杏花苑和湖滨佳苑的地势，其他公司根本做不成，这件事交给我们来做互惠共利，所以我们的决心很大。当然，也需要罗副市长的支持。"

看罗荣民点头认可，陈立又补充说道："这次钱总与周总赶这么急，是知道金水区陈区长那边很可能是跟洛城的方龙集团谈了一个方案，但方龙集团之前是做重工机械的，刚刚进入商都市的地产行业。国棉厂的地即使被方龙集团拿到了手，他们也只会坐等政府完成雁鸣湖东岸大学城的规划推进才会开发。自己投入大量的资金来整改雁鸣湖东岸对方龙集团来说绝对是亏本的买卖——这个方案就是拿给他们，他们也做不下来。"

陈立并不想让罗荣民措手不及，将这个底也都先交出来。

这边谈着事，市政府工作人员就敲门进来汇报："罗副市长，金水区的陈区长到了。"

罗荣民笑着对陈立说道："金水区的人过来了，正好一起听听他们怎么说。"

陈立自信他的这份方案，绝对是罗荣民及金水区政府无法拒绝的，也不是方家有能力竞争的。他看罗荣民的态度，其实是心中有了定数，不过金水区的人既然已经来了，总不能连见也不见，大家便都随着罗荣民的安排，安然坐了下来。

张浩然出去了一会儿，随后就引了两个人进来，一个四十多岁的矮胖中年人，就是金水区的区长陈宏昌，后一个就是中午刚刚在湖滨佳苑见过面的方义新。

◎
第51章

第52章

方义新走进门，就看见陈立与钱万里、周正荣等人坐在罗荣民办公室另一侧的沙发上。他刚到商都，还没有正式与钱万里、周正荣等商都市的开发商接触过，但看到陈立坐在这里，也就不难猜到另两人的身份，心中又惊又疑：他们跑过来见罗荣民谈什么事情，而且谈过事情，竟然也不离开？

不过，方义新心想，他这边已经跟金水区谈好国棉厂那块地的事了，那也是锦苑国际之前拒绝掉的项目，他这次跟陈宏昌过来，说是汇报，主要也是知会主管城市规划的罗荣民一声，在程序上并不需要得到罗荣民的首肯。

想到这里，方义新心思稍定，对陈立也是很有分寸地点头一笑。

钱万里和周正荣在商都市做了多年的地产生意，自然跟陈宏昌相识。尤其是钱万里，与陈宏昌那边有着极深的过往，只不过在罗荣民办公室里，谁也不会将以往的不快挂到脸上，都只是互相点头招呼了一下。

大家简单介绍过，罗荣民也直接挑明，钱万里、周正荣过来也是谈国棉厂地块的问题，要陈宏昌与方义新先谈。

正如陈立所猜，方家，也就是方龙集团的目标，只在于国棉厂的厂房及宿舍区土地，最终目标还是要将这片商业用地改成居住用地，开发成小区。

当然，拿下国棉厂地块，就意味着要解决国棉厂职工的安置问题，方义新代表的方龙集团虽然也有一套方案，但相比较陈立所提的那份方案，距离还是太大了，陈立都不需要刻意地察言观色，就知道罗荣民心中的决定是什么。

听方义新讲完，罗荣民问陈宏昌道："陈区长对方龙集团的这份方案有什么想法？"

陈宏昌道："国棉厂是我们区里一个老大难问题，更是大学城规划建设的一个阻碍。方龙集团的这个方案我们也开会讨论过，以目前的情况来看的确具有可行性，至少可以先解决一下国棉厂下岗职工的困境，将中原大学新校区与锦苑国际开发的银杏花苑连成一片，形成规模效应……"

罗荣民点点头，心知要没有锦苑与荣光地产提出的方案，方龙集团这个方案无疑也是不错的选择，耐着性子问方义新道："关于这份方案，你们还有什么要补充的吗？"

方义新对罗荣民留钱万里、周正荣在办公室里是又惊又疑，但不便公开质疑罗荣民，硬着头皮说道："我们唯一的希望就是政府能加快大学城的规划推进，到时候我们方龙集团也会配合政府在这片地方开发高规格的小区，共同将大学城建设好。"

陈立听着不禁暗笑，这是不见兔子不撒鹰，罗荣民那边没动作，他这边也绝不会出手，这对罗荣民来说完全是饮鸩止渴。

罗荣民看方龙集团是这样的打算，看向了陈立这边，跟方义新、陈宏昌说道："正好今天锦苑国际的钱总和荣光地产的周总一起过来也是为了建设大学城的，他们对国棉厂这片地方也很感兴趣。我们是敞开了大门欢迎社会各界都积极参与到城市建设中去，陈区长，咱们不妨听听他们怎么说。"

陈宏昌笑着点头称是，不经意地扭头看钱万里时，眼睛里却藏有一抹阴戾。

钱万里不至于无理，但也是撇过头，没有理会陈宏昌暗藏的告诫。

陈立听钱万里说过这个陈宏昌。陈宏昌原来是金水区的常务副区长，是钱万里的老靠山在金水区的主要对手之一。现在陈宏昌被扶正了，怎么可能看钱万里顺眼？

"咳咳……"陈立手藏在暗处，推了钱万里一下。

钱万里会意，笑着站了起来，挺着肚子就走上前，将陈立的方案一股脑往外倒。

他是老国企出身，与政府这边打交道的经验丰富，陈立与他说的是从公司开发的角度，他这会儿却是处处都从政府开发的角度出发，从整个雁鸣湖东岸着手，说得头头是道，又全是敞亮话，让人觉得钱万里只是在尽他的公民义务，全心全意地为了新商都的建设服务。

周正荣保持低调，他与陈宏昌无怨无仇，即便是要联手抢下这个项目，表面上也不会跟陈宏昌结仇，这会儿也只是低声对陈立笑道："钱总这是真人不露相，以前也没觉得他口才这么好。"

陈立笑着点了点头。

听了钱万里的方案，陈宏昌的脸色越来越黑，坐在罗荣民办公桌前，低头不语；方义新更是沉不住气，看向陈立的眼神已有一丝藏不住的怒色，他再傻也知道钱万里、周正荣能刚好赶在他们之前找罗荣民谈这事，必是陈立中午听到他的一番话后给钱万里、周正荣通风报信。

"怎么样，陈区长觉得锦苑国际和荣光地产这个方案如何？"罗荣民笑问陈宏昌道。

陈宏昌脸色不大好看，但这时候鬼都不能否认锦苑与荣光地产联合提出来的方案要比方龙集团好出几倍去，他不想承认，也只能硬着头皮说道："方案是不错，比方龙集团细致得多，连雁鸣湖东岸都一起规划了进去。如果岸边那些小厂小作坊的污染问题能解决，建成绿地的话，确实是帮咱们解决了大难题，钟秀路到中原大学北门的路能修起来也对这片地方的发展起到很积极的作用。"

方义新此时如坐针毡，为了国棉厂这片地，他已经跟陈宏昌他们打过一段时间交道，他认为是十拿九稳的，谁能想到会遇到锦苑与荣光地产联手截和？

见陈宏昌这么轻易就败下阵，方义新白净的一张脸，涌起阵阵潮红。

陈宏昌略作犹豫，看向了罗荣民又继续说道："不过……"

罗荣民笑道："陈区长有什么想法只管说，我这里不是一言堂，只要是对建设商都有益，都可以拿出来说。"

陈宏昌说道："据我所知，如果真要将这个计划执行下去，以锦苑国际和荣光地产的规模，恐怕会有些困难。万一这方案执行不下去，看上去很美好的事情，反倒没有好结果。方龙集团的方案是没有那么大，一次性也解决不了那么多的问题，但是以方龙集团的资产规模，我相信至少能先解决国棉厂的问题。"

陈立笑着站起来道："论公司实力，自然是方龙集团更优越一些。都是为了商都市的建设，如果方龙集团愿意做的话，这个方案方龙集团完全可以参与竞争，但陈区长也不用担心锦苑与荣光地产联合做不了这个项目——到时候两家公司会提交详细的方案，给金水区政府进行评估。"

陈宏昌疑惑地看着陈立，他一早也注意到了这个年轻人。

能跟钱万里、周正荣两家地产公司老总一起坐进罗荣民办公室的，自然不会是普通人，可他所知道的有家族实力的年轻一辈里，没有陈立这么一号人物。难道也跟方义新一样，都是外埠哪家大集团的公子？

这样想着，陈宏昌不禁谨慎了几分，问陈立道："你是？"

"陈立所在的新潮锐置业公司，是我们两家公司的房产策划顾问。"钱万里与陈立打了几个月的交道，也磨出了默契。虽然知道陈立与罗荣民关系亲近，可这会儿是谈正事，总得拿出个官方的身份来，又怕陈立自个儿说出口不够分量，便直接替陈立介绍起来。

新潮锐置业公司。陈宏昌没听说过，不过也暗自记了下来。只是陈立已经将话说得这么死，他眼下能说的话都帮着说了，剩下的就只能看方义新的了。

方义新清楚，锦苑与荣光地产联手做这个项目，并不单单是为了国棉厂及附近的那块地，很重要的一个因素，还是提升湖滨佳苑与银杏花苑的

第52章

285

房价。

锦苑国际与荣光地产联手做这个项目，有足够的利益可图，方龙集团却缺乏足够的利益支撑，怎么都竞争不过锦苑与荣光的联手。

方义新内心极痛苦，沉默了半天，才抬头强笑道："看来锦苑国际和荣光地产这次是势在必得了，我们方龙集团暂时是拿不出能比你们更好的方案，"又对罗荣民说道，"不过我们方龙集团还是很希望能够加入商都市的建设行列，今后有合适的项目，少不了要来麻烦罗副市长您。"

罗荣民见方义新代表的方龙集团这么轻易就退出竞争，心里一笑，他说道："还是那句话，商都市敞开大门欢迎社会各界都参与到城市建设中来。"又对陈宏昌道，"这件事还是得由你们区政府牵头去做，去评估锦苑与荣光提出的方案，到时候市区估计也要拿来讨论一下，这毕竟是商都市难得的大工程。金水区该给的支持，一定要给，要着眼大局。这不仅仅是一个国棉厂的问题，而是牵涉到整个雁鸣湖东岸，甚至是商都市整体规划建设的问题，这个头一定要开好。"

陈宏昌点头应承着，在罗荣民面前与钱万里、陈立、周正荣分别握手，叮嘱他们要尽快拿出具体方案来；方义新也起身跟罗荣民告辞，走到门前时回头看了嘴角挂笑的陈立，他的眼角抽搐了两下。

第 53 章

方义新看到陈宏昌坐进他的车里来，也顾不上礼节，掏出烟来。见陈宏昌不抽烟，他自顾自地点了一根抽起来。

方义新这时候还是心乱如麻。

国棉厂的那块地方龙集团筹谋已久，也是看准了商都市要向东扩张的形势，想着借拿下国棉厂这块地的契机涉足商都地产界。这无疑是方家扩展商业版图极为重要的一笔，谁做成了这件事，谁就是方家的有功之臣，方义新也是费尽了心思才从诸多叔伯兄弟手中抢下了这份光鲜差事。

可谁想半路突然就杀出了程咬金，本是万无一失的事，偏偏就出了这么大的娄子。若是他这会儿跟洛城那边汇报此事，立刻就会成为众口指责、攻讦的对象，要是将这边的事务交给其他人接手，他在方家何时才会再有独当一面的机会？

方义新咬牙暗道，这事绝不算完。

陈宏昌也是万分为难。他与钱万里早就不对付，看不得钱万里得意，但锦苑与荣光联手提出的那份方案，实在是找不出毛病来。不要说罗荣民明显支持锦苑国际与荣光地产，就是金水区委、区政府的主要领导，都不会拒绝这份方案。

只是，方家想拿下国棉厂的地皮，还是金水区老书记、商都副市长刘伟任牵的线，陈宏昌能坐上区长的位置，还是亏得刘副市长帮忙说话——现在这个局面，他也不好向刘伟任交代。

虽说天色尚早，但打电话给蒋良生才得知，刘伟任已经离开市政府回家了，陈宏昌只好先与方义新赶往刘伟任家汇报这事。

刘伟任身材高大，眉头深锁地坐在沙发上，听陈宏昌讲起今天在罗荣民办公室发生的事情，半晌没有说话。

刘伟任在商都政坛打拼了几十年，八十年代初在商都市一中任教，后调到市教育局，再到金水区担任副区长、组织部长、区长、区委书记，一路升迁，直到两年前坐上商都市副市长的位置，他已经见惯了太多的人事。

虽然坐到现在的位置，刘伟任十分满足，可他今年才刚刚五十岁，对于一个正厅级干部来说，未来的政治生命还很长远，能做的事还很多。

罗荣民这个时候空降到商都市，一来就坐稳了常务副市长的位置，背后有省里，甚至还有更高层的支持，刘伟任也没有想过要跟罗荣民争发展的势头。

这半年里，罗荣民虽然处处谨慎，稳扎稳打，并没有什么太明显的举动，可也在处处布局留笔，刘伟任知道距离他锋芒毕露的日子不远了，但没有想到罗荣民露出来第一道锋芒，就直接刺到了他们这边。

刘伟任的视线在陈宏昌、方义新身上转了一遍，论起在商都的底蕴，自己若是出手，罗荣民的日子就没有那么好过了，但现在还不是针锋相对的时候。

方家虽然远在洛城，但方龙盛主政洛城，在洛城市委书记任上一坐就是五年，在省里也是影响力巨大；方龙茂主持的方龙集团更是中原省龙头企业，坐拥几十亿资产，政商两界都影响巨大。

方龙集团找到自己时，他也正是看重了方家的实力才出面帮着张罗，现在罗荣民挫了方家进军商都地产界的锐气，方家应该会有所动作，他这边还是暗中推波助澜就好。到时候，商都政界的形势，或许会有微妙的改变也说不定。

刘伟任想到这里，看向有些颓然的方义新，说道："义新啊，我跟你大伯、二伯都是相交多年的老朋友，方龙集团有意参与商都市的建设，我是非常欢迎的，所以才极力促成你们拿下国棉厂的土地。现在有了更好的方案可供选择，我这边也不好说什么，不过，雁鸣湖以东大学城以及商东新区规划了这么多年，现在要加速建设，可供选择的地方还有很多，我看你也不用因为没拿下国棉厂灰心。凡事都没有绝对，锦苑国际和荣光地产现在也只是提出了方案，要真能执行，对雁鸣湖东岸地域的开发也会有极大的促进。你也要打开思路去考虑问题。"

方义新也明白刘伟任的意思，他在车里跟陈宏昌已经讨论过了，眼下想再把国棉厂的地抢回来已经是不可能了。金水区一年的财政预算也才十个亿，对雁鸣湖东岸的规划执行一直都是有心无力，现在陈立的方案一出来，除非方龙集团愿意投资执行陈立的方案，不然谁也挡不住锦苑国际和荣光地产的步伐。

他在车里将这边的情况跟父亲通了气，他父亲方龙进的意思也是方龙集团初期要为进入商都拿下一座桥头堡，为以后的布局做准备，只要有替代方案打开局面就行，没必要一开始就与商都当地的开发商针锋相对。

现在听刘伟任也是这个意思，方义新稍稍松一口气，说道："刘副市长，我明白您的意思，方龙集团进驻商都地产界的计划绝不会因为这点儿小小的挫折就停滞不前，只希望您能一如既往地支持我们。"

"那是自然，如果你有什么难处都可以去找宏昌和良生。"刘伟任笑着对方义新道，他不具体干涉太多的事情，即便是方家想要找替代方案，也是让蒋良生与陈宏昌帮着解决。

方义新冲蒋良生与陈宏昌笑道："今后少不了要劳烦蒋秘书长跟陈区长了。"

方义新正准备告辞，就见一个年轻人推门走进来，与蒋良生、陈宏昌招呼一声，大大咧咧坐到刘伟任的身边，说道："舅，能不能将你的小车借我用一晚，明早上给你送回来，不会耽误司机送你上班。"

刘伟任无奈摇头，笑道："你这臭小子，多少天不来看我，来了张嘴就要用车——这是市政府的公车，我也不能随便用，再说也太不凑巧，车让小张开到汽修厂检修去了。"

年轻人笑道："我最近太忙，明年就要毕业了，借车也是联系几个同学，商量毕业后创业的事情。"听刘伟任说他的专用的小车在检修，顿时没了进门时兴冲冲的劲头，说道，"舅舅你这边还有事情，我就先回学校了，下次再过来陪你吃饭。"说完他便起身离开，甚至都没有看方义新，还以为方义新也是市政府或金水区政府的工作人员。

"刘副市长的外甥刘牧楷是中大的高才生，都还没有跟你介绍。"陈宏昌看方义新一脸的疑惑，压着声音跟他介绍，"刘副市长家只有一个女儿，现在国外留学，对这个外甥可不比亲生的差。"

方义新又客套了几句，便起身告辞。他开车出小区门口，看到刘牧楷正站在路边等出租，便停下车招呼刘牧楷上车。

刘牧楷见惯了舅舅家太多的陌生人，刚才也懒得打招呼，这会儿只当方义新是有意巴结，都懒得问他是谁，便说道："那你送我去火车站吧。"

方义新也不比刘牧楷大几岁，俩人闲聊着也熟悉了些。听刘牧楷说他今天是外地来了几个朋友，这才来借车，准备后半夜去火车站接人。方义新笑道："我刚过来商都，就住在宝塔区的华庭大酒店，要不我先回酒店，你开我的车子去接朋友？"

方义新回国也没有换车，一九九七年的尼桑轿车还有八成新。刘牧楷欣然应了下来，这才想到要问方义新的身份，到华庭大酒店后，又跟方义新约好明天电话联系，就将车子开走了。

今天是网吧开业的大日子，比预想的还要热闹，周斌自然少不了要庆祝一下。

原本要邀大家去市里吃饭，但网吧以及售楼处要比想象中忙碌多了，到晚上八点多大家才闲下来。周斌索性就在网吧旁边的饭店里订了一间包厢，将苗静、冯歆、沈彤、赵阳、牛老三等人都邀过来。

　　陈立从罗荣民办公室回来，没理会兴奋过头的钱万里、周正荣，赶回置业公司的办公室考虑后期的方案，也被拉了出来。

　　陈立坐在桌前对周斌笑道："咱们这么多人都过来了，何婉姐怎么没叫？她可是科技公司的大股东！"

　　周斌一脸贱笑道："何婉姐不是这两天才刚出院嘛，上午开业庆典都没过来，这大晚上我可不敢乱喊人，要叫也得你叫才行。"

　　陈立想着方义新的事要提前跟何婉打个招呼，便拨通何婉的电话，请她过来吃饭。

　　何婉接到陈立电话，也惦记着方义新计划注资印象广告的事得跟陈立说一声，便带着女儿曦曦赶过来。

　　喝过酒，周斌、苗静、冯歆他们还要去市里唱歌，但何婉身体还有些虚弱，曦曦也不能睡得太晚，陈立便与何婉领着曦曦到置业公司谈事情去……

◎
第53章

291

第54章

在置业公司的办公室里，陈立将他撮合钱万里与周正荣一起改造雁鸣湖东岸绿地以及承接国棉厂改制的事告诉了何婉。

何婉听了，既震惊，又难免有些替陈立担心。

银杏花苑一期销售应该是没有什么问题了，二期也应该能承接下来，但真正将雁鸣湖绿地改造、国棉厂改制以及银杏花苑以东四百余亩的开发接手过来，差不多是七八个亿规模的超级项目，新潮锐置业公司要是没有足够的把握，稍有差池，就会波及太多人事。

何婉这时候都有些顾不及方义新心里是什么感受了。

陈立摇头笑道："何婉姐你这就想得太远了。这事虽然是我促成的，但新潮锐现在可没有什么资本去陪钱万里跟周正荣玩这场游戏。他们下一步会联手成立合资公司运作整个项目，这里面有没有我的事儿还两说呢。我现在就指望他们将这个项目做起来，银杏的二期销售，就没有什么压力了。"

"难怪你当时敢与锦苑签二期的对赌协议，原来算计是在这里啊。"何婉这时候才恍然大悟，心想雁鸣湖绿地改造真要启动了，银杏花苑二期的房价推到二千元以上应该是没有什么问题，关键是不知道能推到多高。毕竟与锦苑的对赌协议里规定，银杏二期的房价在两千元以下，新潮锐置业是不参与分成的。

何婉还是担心方义新那边会有什么想法，说道："义新这次过来，是代表方龙集团要拿下国棉厂那块地的，不知道他知道这件事，会有什么想法……"

陈立点头道："下午在罗副市长的办公室里，我与钱万里以及荣光地产的周正荣，已经跟方义新见过面了，方龙集团应该是决定退出了。"

何婉知道方家那边的情况，方家在政商两界都势力庞大，而且极为强势，怕是没有那么容易退出。

当初志诚的父亲方龙茂反对她与志诚的婚事，希望能结下个门当户对的亲家，以便有绝对的实力继承方龙集团，结果志诚一意孤行跟自己结婚，还离开洛城独自到商都来创业，这件事让方龙茂震怒异常。现在印象广告又牵扯进这件事里，志诚的父亲方龙茂会有什么想法？

此外，志诚去世后，方家小一辈的兄弟姐妹为有机会成为方龙集团的继承人，互相之间竞争激烈。义新难得有独当一面的机会，这次没有顺利拿下国棉厂的地，对方家那边怎么交代？方义新会轻易认栽？

何婉心里有些烦乱起来，她既担心方义新的处境和心态，又怕陈立得罪了方家对他以后的发展不利，更做不到为方义新去责怪陈立。

陈立看出何婉为难，心知方义新在何婉心里与方家其他人还是有区别的，便对何婉道："何婉姐，上次在医院跟你聊过关于方家跟印象广告的事儿，现在方家有意在商都发展，你就要有心理准备了，估计他们还是要拿下印象广告的控股权。"

何婉叹了一口气，对陈立说道："义新这次来找我，主要就是说拿一百万注资印象广告，换取30%的股权。"

陈立心中暗想，恐怕有了今天这事，方义新想要的就不止30%了，他对何婉说道："上次让印象广告入股新潮锐置业公司，就是为了防备这件事。眼下既然已经找上门了，咱们也该有所防备。明天我会交代刘同江经理，让他挑选一些合适的人手，在新潮锐置业下面成立地产营销部，负责跟进银杏

◎
第54章

花苑的二期项目——至于其他的，以后再安排吧。"

何婉点头应着，心里却是一团乱麻，看到周斌打电话过来催陈立到市里的好乐迪KTV唱歌，便先带曦曦离开了……

何婉回到家时已经十点多了，思来想去还是决定打个电话给方义新，具体要说什么她也没有想好，既想要安慰一下方义新，又希望能够化解方义新和陈立的冲突。

何婉心里清楚方家的行事作风，与方义新过不去对陈立来说总是个麻烦。

电话响了很久，直到何婉以为不会有人接听时，才传来方义新有些慵懒的声音："喂，何婉，这么晚打电话过来有事吗？"

何婉为难道："义新，我听陈立说……"

"哦，你是想说国棉厂的事吧，那没什么，商都这么大还怕没有咱们方家买不到的地吗？"方义新在电话里毫不介意地笑道。

何婉听方义新的口气，不禁松了口气，暗想，以方龙集团的财力，想在商都开发房产，未必真要盯住国棉厂这块地皮，自己似乎是多虑了，便浅笑道："嗯，是的，义新你都出马了，这些事儿肯定难不倒你的。"

方义新轻笑了几声，便道："何婉你还有事吗？没事的话我就先挂了，今天累得很，明天还要早起。"

"那没什么事了……这次的事，你也别介意，你要是还没有明确的目标，可以咨询陈立，他对商都的地产情况很了解。你要是有需要，我这边以及陈立都会尽力帮忙。你跟陈立很多地方还挺像，应该能成为朋友。"何婉道。

"好的，知道了。"方义新挂了电话，但下一刻，他便狠狠地将手机摔在了桌上。

他也曾怀疑会不会是何婉与陈立一起套他的消息，但细想下来，他也是上午才跟何婉提了这事。这事其实跟何婉无关，最可恨的还是陈立，他身为印象广告的策划部经理，竟然跑过去给银杏花苑及荣光地产通风报信，提前一步狙击了他们。

要是他与陈宏昌提前在罗荣民跟前谈定这事，金水区政府决议一出，也就没有这些幺蛾子了。

方义新后悔自己嘴巴不严，但何婉到了现在还为陈立说话，他心里更是恼恨，难道她真就认为自己一点儿都不介意吗？难道她真不知道自己这些年来对她的感情吗？

第二天上午十点多，方义新来到湖滨佳苑找何婉。他一晚上都没有睡好，一直在考虑如何挽回现在的局面，直到天蒙蒙亮才迷糊了一阵子，醒后就赶紧过来了。

现在国棉厂的地被锦苑国际和荣光地产联手拿去已成定局，但就像刘伟任说的，凡事没有绝对，这事才刚刚开始，只要刘伟任及陈宏昌等人支持方家的态度不变，事情未必没有转机。

方义新这趟过来还是要做出一些成绩的，为方家进军商都开创局面，这样他才能在方家内部争得更多的话语权。

国棉厂地块出现这样的问题，很多事情就变得相当复杂，但也不能急于一时，乱了阵脚，方义新决定还是再见一下何婉。

银杏花苑一期昨天一天就销售了上百套房，接下来会进入快速出货期；沿街的商铺也都租得差不多了，各项工作都步入了正轨，后面的广告业务也都按照计划在进行，何婉不需要再去碧沙广告那边盯着；新潮锐置业公司下面成立地产营销部，也由刘同江负责，何婉上午都在家里陪曦曦。

方义新如同昨晚电话中那样，好像什么事都没有发生过，进门就拿着零食、玩具哄曦曦高兴。这场面让何婉不由想到了去世的丈夫方志诚。

当年在学校，方志诚和方义新是焦不离孟、孟不离焦的好兄弟，那些美好的岁月随着方志诚的去世都变得没了光彩。

"何婉，咱们好长时间没有像当初那样聊天了吧。"方义新放下怀里的曦曦，让保姆带着她去楼下玩，两人便坐了下来。

家里只剩下了何婉与方义新，方义新看着何婉比当年更加秀丽、又多了几分端庄美艳的脸，不禁有些痴了。

"是啊，上次坐在一起还是你出国之前来看我跟志诚，那时候还没有曦曦。你上飞机之后，志诚差点儿哭出来，志诚一直都说你是他最好的兄弟、亲人……"何婉回想起与方志诚有关的过往，脸上洋溢着幸福。

方义新却是微微皱着眉头。这些年他接触的女人不在少数，可真正能谈得上"感情"二字的，只有一个何婉。志诚活着，他只能把这份感情埋在心里，可现在志诚已经去世，他自信这世上再没有人能比他更合适去照顾何婉了。

"何婉，志诚已经去了……我希望你和曦曦能够生活得更好。"方义新拍了拍坐在身边的何婉的肩膀安慰道。

何婉尴尬地笑了一下，站起身道："我去给你倒杯热水。"

方义新摆了摆手道："不用，下午没什么事，我陪你说说话。"

何婉浅笑着又坐下来，却是有意隔出了段距离。

方义新摇头笑道："何婉，你又要操持印象广告，又要带曦曦也不容易。不过现在我回来了，以后你就不用那么累。我考虑过了，咱们方龙集团既然要在商都市做地产，总是离不开广告营销的配合，而且方龙集团进军商都也是要全方面开花。现在我过来处理商都这边的事务，正好可以利用这个机会，加大对印象广告的投入，将规模做大。以后你就不要那么辛苦了，把曦曦带好就行，公司那边的事儿就交给我来做。"

何婉听着不禁有些失神，果然如陈立所料，方家到底还是来打印象广告的主意了。

方义新看何婉神色不对，又笑道："你放心，我这次是准备追加投资到两百万，不过我只要51%的股份，剩下49%你留着，安心拿好分红，轻轻松松地带着曦曦过日子。"

何婉强笑了一下，不知该怎么接方义新这话。

"哦，对了，那个叫陈立的策划部经理到底是怎么回事？你好像都不知道锦苑国际与荣光地产有意参与国棉厂地块开发的事，他是不是绕过你，在跟锦苑及荣光地产单独接触？"方义新问道。

何婉这时候不会再将印象广告及新潮锐的具体事情说给方义新知道，只是轻轻摇头道："这个事我虽然也是昨晚才知道的，但之前也是多亏了陈立，印象广告才支撑下来。陈立替锦苑及荣光地产出方案，也是为了促进银杏花苑的销售——这是印象广告承接下来的，也是印象广告最大的利润来源——他是不会出卖印象广告的。"

方义新点头道："希望如此，那就看他后面会给印象广告这边什么交代吧。你这个人就是心肠太软，毕竟他是外人，还是要提防着些……"

方义新看何婉没有任何表示，神色明显已带着些不耐烦，心下更是把陈立恨得紧。

他实在想不明白，自己与何婉相识这么多年，为何现在何婉却对那个陈立如此上心。当下他就打定了主意，无论如何，这个陈立绝不能留在何婉身边，一定要把他清理出去。

何婉看快到中午了，便留了方义新在家吃饭，还像以前志诚在的时候那般，到门口超市去买了几样菜，亲自下厨做了一桌菜招待方义新。

吃饭时，方义新接到刘牧楷的电话。

刘牧楷知道方义新是方家的子弟，就不敢再怠慢了，用完车就想着给送回来。

方义新约了刘牧楷下午在湖滨佳苑门口见面。方义新在何婉家吃过了午饭，又跟曦曦玩了会儿，直到刘牧楷的电话再次打来，才出了何婉家。

◎
第54章

第55章

"嘀嘀……"

方义新从何婉家走出来，刚出湖滨佳苑，便听到汽车喇叭响。他看到刘牧楷将车停在对面的马路边，笑着走过去坐上车。

刘牧楷已经知道方义新的身份不是他能比的，递了根烟过去，笑道："昨天多谢方哥借车啦。"

方义新笑道："这点儿小事有什么好谢的。对了，你朋友刚过来，你要是还用车的话，只管拿去用。"

刘牧楷笑道："没事儿，都是高中时的哥们儿，他们几个准备毕业后到商都来创业。现在创业哪有那么容易，我看他们其实就是来蹭吃蹭喝的。昨晚一场酒喝到天亮才睡，估计他们得睡到晚上才能起来接着闹腾。"

"哦，创业？你还没有毕业急什么啊？大学的时光可是很难得的，有这时间还不如多陪陪女朋友。"方义新看刘牧楷顶着黑眼圈精神不好，笑着说。

提到女朋友，刘牧楷不禁又想到了沈彤。

从第一眼看见沈彤，刘牧楷就喜欢上了她。沈彤长得漂亮不说，家世又极好，老妈经营贸易公司有着上千万的身家，老爸好歹也是个市局的副处长。

他虽然只是刘伟任的外甥，但舅舅只有一个女儿，把他当成亲儿子看待，也是巴望着他能够出人头地。俩人说起来也算是门当户对，但沈彤从来都不正眼看他。

沈彤越是这样，刘牧楷就越是喜欢她，觉得无非是多花一些工夫的事情，却不想半个月前突然冒出个"陈立"来。

想到这里，刘牧楷就恨得牙痒痒，他深深抽了口烟，把烟头扔出窗外讪笑道："先立业后成家嘛，再过半个学期就该毕业了，我舅舅想让我去市政府实习，我受不了那地方的拘束，好歹先找点儿事做，省得家里唠叨。"

"嗯……"方义新听了一笑，他不知道刘牧楷的能力如何，但作为刘伟任的外甥，却是值得拉过来的，便沉吟道，"不知道你对地产有没有兴趣。方龙集团正打算来商都开辟地产业务，我是被派来打头阵的。说来也是苦活，现在这边连个能交心的朋友都没有，你愿不愿过来帮我？"

刘牧楷一向自视甚高，但觉得不能在方家公子面前拿捏身份。而当前方龙集团刚进商都拓展业务，他这个时候加入进去也能显出自己的能力，做些事情，省得别人说他是处处靠着舅舅刘伟任的庇护。

"怎么不愿意，我还怕方哥你嫌弃我没有工作经验呢？你公司在哪儿？咱们现在过去看看。"刘牧楷说道。

方义新笑道："公司现在正处于筹备期，你要是愿意干，现在先委屈你给我做个助理，工资两万，过两天再给你配辆专车。其他的，等以后公司发展起来再说。"

刘牧楷真要去市政府工作，除了面子上好看，工资其实低得很，前两年没有职务，也不可能有什么外快；听到方义新开这么好的条件，知道也是看舅舅的面子，笑道："那行啊，而且我们可说定了，有什么工作一定要交给我去做，我可不想白拿工资啊……"

"我这几天在跑公司注册的事情，办公地点刚定下来，简单装修一下就正式运营。另外，我总住酒店也不是个事儿，打算先在商都买套房子安定下来——要不，你先帮我跑这事？"方义新说道。

刘牧楷笑道："这个你放心，商都这地方跟我家后花园似的，没有比我更熟的了。商都现在最火的就是国贸那片儿，一会儿我打电话给陈区长，让他推荐几处合适的地方，房价应该还能优惠一些。"

方义新心里一笑，这种小事他怎么能动不动就找陈宏昌呢？指着车窗对面湖滨佳苑的售楼处，跟刘牧楷说道："我觉得这湖滨佳苑就不错。"

虽然何婉对陈立的态度让他很不爽，但他还是放不下何婉，住在湖滨佳苑离何婉近一些，总归是近水楼台先得月；而且雁鸣湖绿地改造一旦启动，湖滨佳苑的房价必然要涨一截，他现在是拿自己的钱出来置业，还是要考虑以后的增值。

"这地方还行，虽然偏了点儿，环境不是十分好，不过还没出主城，住着也清静。你等一下啊，我找朋友问一问，看能不能找到熟人好办事。"刘牧楷说着拿出了电话，他已经迫不及待地在方义新面前表现起自己在商都市的人脉了。

刘牧楷愿意表现，方义新也乐得不吭声。

李梦前两天刚知道何婉、陈立以新潮锐置业公司的名义，与锦苑签下银杏花苑二期项目委托销售的协议。她从张洪庆那里知道那份协议的具体条款时，心里还疑惑何婉、陈立凭什么能将银杏花苑的二期房价推高到每平米两千往上，直到昨天听到陈立向钱万里、周正荣抛出那份方案，才恍惚知道是怎么回事。

真要能将雁鸣湖周围那些污染严重的小工厂拆掉，进行绿地改造，环境顿时就会有改头换面般的提升，到时候不仅湖滨佳苑的房价能提上去，银杏花苑二期房价推高到两千以上应该也不会有什么问题。

银杏花苑二期的委托销售对何婉、陈立来说，就是一笔稳赚不赔的买卖。陈立这孙子还从她手里廉价订走湖滨佳苑方位最好的三十套湖景房，现在就直接在自家的中介门店挂价三千往外卖，真要让这孙子卖出去，从这三十套湖景房他就能直接捞走五六百万的差价。

虽然此时承接湖滨佳苑的销售也能得势，但李梦心里总觉得有些堵。她再得势，抹去成本，也顶天赚一二百万，远不如陈立倒腾三十套湖景房的收入。

特别是昨天下午，周正荣已经将湖滨佳苑临湖的那批优质房源从碧沙销售范围内划出去，其他房源都直接提高到两千六起售，更是令李梦心里不爽，但她还没有资格强势对抗周正荣。

在雁鸣湖绿地改造方案正式出台之前，湖滨佳苑又骤然提了三成的价，销售暂时就会停滞下来。李梦正在公司生闷气，接到朋友一通电话，说是市长家的公子要过来看房，她才匆匆赶到售楼处。

刚坐进湖滨佳苑售楼处的办公室，李梦就看外面大厅里两个样貌不凡的青年男子并肩走进来，一个年轻一些，脸上还隐约带着稚嫩；另一个也挺年轻，看着有些面熟，却想不起是谁，风度气质极佳，眉眼间有着普通人所没有的傲气，应该是真正的客户。

李梦走出办公室，亲自迎了上去问道："我是李梦，两位是周总介绍过来的朋友吧？"

没想到李梦还真是个美人，刘牧楷笑着迎过去，说道："我就是周总介绍过来的刘牧楷……"

李梦柳眉轻展，伸出纤细柔软的手，握住刘牧楷的手，笑道："原来你就是刘公子啊，这位……"她越看越觉得方义新眼熟。

"李梦，你真不认识我了？"方义新伸出手，笑问道。

当年何婉与李梦都是学校传媒系女神样的人物，一个读大一，一个读大二，方义新也看上了何婉，但被志诚抢了先，他才转而追求李梦，结果李梦完全不给他机会。

那段时间方义新可以说是郁闷到要死，刚才听刘牧楷说这里主管销售的老总叫李梦，还以为是同名，没想到会这么巧，真就是当年那个冰霜美人。

"方义新！"

李梦这才想起这个方义新来，虽然当初的方义新也很出色，但她心不在此，将方义新在内的众多追求者都拒之门外，没有什么过深的接触，没想到时隔多年却能够再遇见。

李梦打量着方义新，曾经的记忆慢慢醒转过来。

方义新看起来成熟了许多，打扮得精神利落，步态眼神中也隐现着成功人士特有的自信与骄傲。李梦当年就听说方义新家世极好，心想他这些年应该发展得很好，笑着说道："世界还真小啊，听说你前两年出国，现在刚回来？"

故人见面，更有当年方义新追求过的事在前，两人更显得亲切。

方义新看着李梦也很诧异，这朵当年的冰雪玫瑰如今却变得热情了许多，一颦一笑风情万种，虽然身上多了许多世俗，可曲线诱人的身段更远胜当年的清瘦。

方义新意在何婉，对湖滨佳苑的房子具体什么情况倒是并不太在意，坐下跟李梦攀谈了几句，便直接让李梦取了合同过来，想要在湖滨佳苑买一套湖景复式。

李梦却是苦笑着告诉方义新，湖滨佳苑的湖景复式房源有限，之前被一个人直接定走了三十套，如今剩下的不多，昨天又被老板封盘不卖了，方义新一定要买，她可以帮忙说一声，但就不是外面的挂牌价了。

"什么价？"方义新料到湖滨佳苑会提价，但没想到周正荣的动作这么快。

李梦给周正荣打了个电话，极力帮方义新争取，最后周正荣同意拿出一套湖景房，但房价不低于每平米三千元。李梦这时候才知道，陈立手里的三十套湖景房在中介门店的挂牌价，上午直接提到三千六了。

李梦气得牙都要咬碎，没想到三十套湖景房，陈立每平方米敢赚一千六的差价。

"行。"方义新很干脆地答应，直接通知陪他到商都办事的集团会计带六十万现金过来。

第56章

签署文件什么的，都交由方龙集团会计与售楼处的工作人员办理，方义新拉着刘牧楷坐在办公室里跟李梦闲聊叙旧。

李梦知道方义新家世极好，但不知道具体情况，没想到他眼都不眨就拿出六十万全款，还有专门的会计办这些事，再听刘牧楷话里的意思，以后也只是方义新身边的助理，暗感他的背景在商都市都未必有几人能及。

聊着话，李梦还是将话题转到湖滨佳苑上，笑着介绍道："湖滨佳苑挨着雁鸣湖，景致好，房子本身构造、小区环境都不错，现在除了湖景房，其他房价还是相对便宜的，但用不了多久，就会涨起来的。你要是现在多买几套存着，增值空间很大。"

在方义新看来，李梦虽然气质不如何婉，可脸蛋儿真是不差半点儿，尤其是凹凸有致的身段儿，配上不时流露的风情，更是别有一番味道。想着身边有这么一个女人在也能打发些时间，也算是慰藉一下当年的遗憾，他笑着说："哦，你对湖滨佳苑的房子这么有信心？不会是想忽悠我多买几套吧？"

"义新你这么说我可就要伤心了。"李梦嫣然一笑，多少有些暧昧起来，说道，"大家都是老朋友，我现在还能帮你争取到底价，怎么可能忽悠你呢？而且，我说这个可是有根据的，我自己也准备在这儿置办两套房子呢。"

"真有什么说法，我倒是不介意在这儿多买几套房子放着。家里的企业不需要我个人投资，我手里正好也有一笔资金，能增值也不错。"方义新对李梦笑道。

刘牧楷看出方义新与这个李梦似有勾勾搭搭的意思，他在这儿也无聊，就起身说去街上买烟，随手带上了办公室的门。

李梦说道："虽然事情还没有正式对外公布，但我可以提前告诉你，老同学，市里很快就要将雁鸣湖当成城市名片进行打造，两岸小工厂拆迁后，都改造建成湖景绿地，同时湖东的大学城也会加快建设，这些事情在年前就会高速启动起来。老同学你也是见过世面的人，应该能判断出湖滨佳苑的升值空间。"

李梦的利益还在湖滨佳苑的销售，她也怕周正荣会进一步削减碧沙的销售权限，就想着多卖几套房，将佣金拿到手里再说。

方义新微微皱起了眉头，这与昨天在罗荣民办公室听到的如出一辙，没想到李梦也能知道这么核心的事，继续试探地问道："大学城的规划都扯多少年了，也没见动静，你怎么就这么肯定年前就会启动？市里以及金水区财政上可没有那么多资金啊？"

李梦想，陈立那份方案就算执行起来，自己也捞不到多少好处，还不如现在拿来做个人情，既卖了房子又能搭上方义新的关系，就探着身子凑到方义新身边，吐气如兰地悄声说道："这事儿我跟你说了，你可别外传。雁鸣湖两岸的绿地改造及国棉厂地块开发，不是市里或金水区去做，而由湖滨佳苑和雁鸣湖东岸的银杏花苑两家开发商一起拿钱合作。你要是不信，可以到对面的银杏花苑问问，房价是不是也提了一大截，或者直接封盘不卖了。"

"锦苑与荣光地产？不像有这么大的实力啊……"见李梦没有替荣光地产保密的自觉，方义新继续不动声色地试探。

"这时候两家公司财力是还欠缺些，但绿地改造一旦正式启动，湖滨佳苑及银杏花苑的房屋销售额很快就会提上去，销售款源源不断地补充到合资公司，雁鸣湖改造以及对国棉厂地块的开发就不愁资金……"李梦说道。

钱万里、周正荣昨天不会将全盘计划都吐露出来，方义新这会儿才算是在李梦这里补全了信息。说起来，两家公司资金缺口还是极大的，打的还是抬高房价卖房子补充资金缺口的主意，而一旦中间出现一丁点儿的脱节，两家公司都会极难受。

　　"这可是要预想的一切情况都顺利才行啊，要是哪个关节玩脱了，事情拖延下去，两家公司怕是很难受吧？"方义新眼睛一亮，相信钱万里、周正荣也应该意识到了这个隐患，他们要是意识到了，应该不介意有有资金实力的第三方公司加入。

　　李梦没想到方义新也是真懂行，尴尬地笑道："或许有这层担忧吧，但成功的机率真是不小。"

　　方义新心想，要是湖滨佳苑的高层有这样的风险意识，也许正是方龙集团介入的一个缺口！

　　方龙集团不缺钱，缺的是机会。

　　如果方龙集团注资与他们两家共同开发国棉厂的地，荣光地产与锦苑国际少了资金上的压力与风险，虽然自己这边的最终收益可能要比最初设想的低一些，却也是方龙集团进驻商都地产界的一个契机；而且一旦方龙集团介入这件事，陈立那小子还能逃出他的手掌心？

　　方义新按捺住心里的兴奋，不由得调侃李梦道："这事算是你们公司的商业机密吧，你就这么拿出来说，不怕你们老总知道了会有意见？"

第56章

　　李梦苦笑道："事倒是挺大，不过跟我没什么关系，我又不是湖滨佳苑的。"

　　"哦？你不是荣光地产的人？"方义新有些意外地问道。

　　李梦笑着从包里拿了张名片，递给方义新道："我还真不是湖滨佳苑的人，不过我跟湖滨佳苑、银杏花苑都有业务往来，目前承接湖滨佳苑的地产营销业务。老同学有什么合适的生意可以介绍给我，我们的实力你尽可以放心……"

　　方义新没想到碧沙广告不仅与银杏花苑有联系，竟然与印象广告的业务模式也一样，那就再好不过了。

这会儿刘牧楷出门溜达了一圈回来了，集团会计也办好了购房手续，推门走进来。

方义新心想，李梦既然另有怀抱，跟荣光地产及锦苑并不是穿一条裤子的，那就更容易攻克，他也不再犹豫，直接站起来说道："这么多年不见，我们换个地方好好聊聊。我手里也有个项目，说不定你会感兴趣的。"

不管是为了多卖几套房，还是真有什么大项目，李梦都不能拒绝方义新的邀请，笑着请方义新稍等，她去交代下工作。

李梦走出办公室，刘牧楷瞅着她套裙包裹着的浑圆臀部，也有些痴，笑着跟方义新打趣道："这个李梦，虽然年纪大了点儿，不过还是很有些味道的嘛。"

方义新道："不只有味道，还很有价值。"

刘牧楷不知道李梦到底有什么价值。过了一会儿，李梦拿着小包风姿绰约地走出来。一行人一起出了门，坐车去了华庭酒店楼下的咖啡厅。

方义新走后，何婉在家里反复思量，觉得有必要去找陈立谈一谈，没想到开车刚出小区，就看到李梦钻进方义新车里的一幕。

方义新这次到商都联系李梦，何婉也不会觉得意外，但她对李梦这个女人一直怀着很强的戒心，担心她会将更多的事情透露给方义新。

何婉如今心里很矛盾，一方面与方义新相交多年，又是亡夫的至亲兄弟，实在是对他提不起敌意；但另一方面，方义新还是代表方家过来的，这时候又明确想拿到印象广告的控股权……

印象广告掌握新潮锐置业公司30%的股份，方家真要注资，将印象公告的控股权拿过去，事情就会变得很复杂。

看着李梦坐进方义新的车里扬长而去，何婉直接开车到新潮锐置业公司找陈立。

何婉进办公室，见陈立正优哉游哉地跷腿坐在办公桌前，手里拿了本

《产业经济学》在看。她拿下陈立的书，说道："你还有心思看书？"

陈立笑道："何婉姐，这都快月底了，马上就该考试了，我一个在校大学生不看书，我干吗啊？"

陈立平日做的事情，实在是让人没法与他在校大学生的身份联系在一起，何婉对陈立的两种身份时常感觉错乱，她放下书，坐在陈立对面说道："义新上午去找我，说是准备拿两百万注资印象广告，拿走印象广告的控股权。"

陈立听来却是微微一笑，摆手道："这不奇怪，昨天就跟你说过了。"

何婉说道："现在怕是转移员工还不够，印象广告毕竟有新潮锐置业30%的股份！"

陈立坐正身子，说道："方家有钱没地方花，要注入印象广告，我们不会拦着。但印象广告的资产是多少，价值多少，方家两百万是不是就能拿走控股权，这并不是方家说了算的。现在新潮锐置业握有银杏花苑一期尾盘及二期的委托销售合同，新潮锐置业30%的股权的价值是能够计算出来的。他们要注资，可以跟他们谈……"

何婉想想也是，新潮锐置业十二月的分账利润保守估算不会低于一百万，特别是雁鸣湖绿地改造即将启动，一期及二期的分账利润总数应该能达到两千万，以印象广告30%的股权计算，仅未来两年的利润分成就不会低于五六百万，方家想拿走印象广告的控股权，两百万实在是太低了。

何婉这时候才想到还是自己关心则乱，方家真要注资，大不了实打实谈判就是，实在没有必要担心太多。

看何婉宽下心来，陈立说道："对了，印象广告那边掏空了，置业公司这边还是你来做总经理。"

何婉诧异地问道："我做总经理？那你干吗？你才是新潮锐置业的大股东。"

陈立晃了晃手里的《产业经济学》笑道："我上着学呢。一方面，家里不希望我这么早就做这些事，另外，我还没跟罗荣民交底，万一说漏了，免不了要被他说。现在你先替我撑着，咱们股份又不对外公布，说是你的，或者我的，又有什么区别?"

何婉听了陈立最后一句话，脸有些红，但她愿意替陈立多分担些事情，忍不住娇怨道:"那你还是想拿我当傀儡哦……"

第 57 章

　　方义新一行到了华庭酒店，刘牧楷只当二人是要再续旧情，便热情地拉方龙集团的会计跟他一起到中大吃饭。他还有几个同学在中大门口的宾馆住着，想着同学们跟会计彼此熟悉起来，要是都能在方龙集团的地产公司工作，他的地位就不一样了。

　　方义新与李梦到大堂的咖啡馆里坐了下来。

　　李梦脱去外套，内里穿着紧贴了身段儿的连衣裙，坐下后露出的一截修长大腿被透明的肉色丝袜包裹着，引得邻桌的客人不时往这边滑动眼角。

　　"你还是像当年一样惹眼，跟你在一起的男人都会成为其他男人的公敌。"方义新歪着脑袋，眼神在李梦身上打量着说道。

　　李梦侧头瞥了方义新一眼，脸上尽是遮不住的慵懒道："不行了，我们女人一过二十五，就像出了保鲜期的花儿，就要枯萎了，不像你们男人，这往后只会越来越有气度。"她让方义新扭头看几个年轻女服务员正朝他们这边指点着说什么。

　　"你说他们是看我还是看你呢？"方义新笑问道。

　　"看咱们俩吧。幸亏我还没彻底枯萎，跟你在一起还能沾你的光呢。"李梦撩着发梢笑道。

方义新被李梦几句话撩拨出几分当年的情结，开口问道："上大学时，你为什么要拒绝我呢？不，是拒绝所有人。别告诉你压根儿就不喜欢男人。"

李梦听着方义新的玩笑，却是突然眉头一皱，扭过头看着窗外，半天没有言声。

方义新也感到气氛突然尴尬，想不出自己开玩笑的一句话，怎么就让刚才还热情的李梦突然就冷漠起来，这张侧脸正如当年那朵拒人于千里之外的冰霜玫瑰再现，他笑着缓解尴尬："当年的事不提了，说多了我也伤心啊……"

李梦摆了摆手，回头已是恢复了风采，她笑道："没事。对了，你说有生意给我介绍，到底是什么生意？"

陈立这次撮合周正荣与钱万里共同开发雁鸣湖东岸的事对李梦冲击很大，她却又不得不承认陈立的计划确实极妙。

想到自己费死劲把湖滨佳苑的尾盘都卖出去，也就能挣一两百万的辛苦钱，而陈立轻描淡写就能赚两三千万，她心里不甘，却知道想从陈立嘴里抢肉不容易，还是颇为期待方义新能有什么新的项目与她合作。

"你放心，就凭咱们两个人的交情，有好事自然不会亏待了你，而且这事还非你不可……"方义新听得出李梦说雁鸣湖改造的事时，语气中隐隐透着不满，这一切似乎都在显露着李梦的贪婪。只要有李梦想要的，就不怕她不做，方家最擅长的，就是用不容拒绝的好处去换取合作。

见方义新这会儿又卖起关子，李梦扶额笑道："那你倒是说啊。"

"不瞒你说，我这趟过来，就是代表方龙集团要拿下国棉厂的那块地，但这块地现在被荣光地产与锦苑国际联手抢了过去。我现在改变主意了，我们方龙集团可以出资，与锦苑、荣光两家共同开发这个项目，希望你来帮忙牵线。如果这件事做成了，你的好处必然少不了。"方义新道。

李梦心情复杂地盯着方义新看了半晌，没想到方义新绕了半天，竟然是图谋这个，她花枝乱颤地笑出声来："这世界还真是小啊，我说怎么会恰好遇到你呢？这是我们有缘呢，还是你刻意安排的？"

"不管这个，"方义新盯着李梦漂亮的大眼睛，问道，"怎么？你不愿意吗？"

李梦摆了摆手道："我当然愿意牵这根线，就是突然想到了一个人，不知道你认不认识？"

"谁？"方义新问道。

"陈立！"李梦笑道。

"陈立……"方义新念叨着这个名字，咬牙道，"锦苑国际和荣光地产联手改造雁鸣湖的策划案，就是这个家伙做的吧？"

李梦点了点头。

方义新道："这个家伙是挺讨厌的，但我会向印象广告注资，等我入主印象广告之后，就会先把他清理掉的。"

"入主印象广告？"李梦疑惑问道。

方义新点头道："印象广告的创始人方志诚是我堂兄，还有何婉，我们都是同一个院系的校友，不知道你有没有印象。现在我堂哥不在了，我们方龙集团自然要来接管。这个你不要过问，你只要跟我说能不能帮我做成这件事！"

李梦与印象广告一直都有竞争关系，自然知道方志诚与何婉都是当年传媒系的校友，只是她并不知道方义新与方志诚竟然是堂兄弟，没想到世界还真是这么小。

不过，见方义新明显小看陈立了，她笑道："你认识陈立就好，不过我劝你不管是想与锦苑国际、荣光地产合作，还是入主印象广告，都要注意一下这个人，他没那么简单。"

"哦？有多难对付？我们方龙集团几十亿的资产，还会被他一个陈立拦住脚步吗？"方义兴笑道。

"几十亿……"李梦笑道，"那倒是实力雄厚，可以玩玩儿，不过你还没说给我什么好处呢。"

方义新看着笑面如花的李梦，将手伸了过去，轻轻抚住李梦放在桌上的手背，笑道："以咱们俩的关系，我怎么会亏待你呢，说不定以后我的就是你的了。"

李梦眼中闪过一瞬的冰冷，随即就掩了过去，不着痕迹地将手抽了出来，轻声道："你猴急什么，现在说正事呢。这样吧，我估计你注资印象广告的事儿也不会那么顺利，不如你在我的碧沙广告注资三百万，我算你30%的股份，以后咱们也好合作。"

"怎么会不顺利?"方义新眼神一滞，问道。

李梦轻笑着，却不再多说。

方义新最终还是决定应下投资碧沙广告的提议，三百万对他来说不算什么。碧沙广告能承接湖滨佳苑的销售业务，说明李梦与周正荣的关系多半不一般，价值估算为一千万也不算高。何况也需要用三百万在李梦这里换个人情，不然李梦凭什么帮他撮合这件事?

方义新笑道："三百万对于方龙集团不是什么大事，我答应你，但是你得跟我去洛城一趟，这边的情况我还得向公司汇报一下，而且与荣光地产、锦苑国际合作开发也需要有一个详细的计划，你对这边的人事都比较了解，可以给我当个参谋。"

李梦开价三百万只是试探方义新，方义新这么痛快就答应下来，还要让她一起去洛城汇报，她心里反倒迟疑起来。

她对方义新及方龙集团并不了解，她一旦参与其中，就相当于是在陈立的背后作梗，如果这个计划失败，她现在跟荣光地产及锦苑国际的业务合作都会泡汤。

方义新不把陈立看在眼里，她却要好好掂量一下。

"丁零零……"方义新兜里的电话响起来，掏出来看是陈宏昌打来的，见李梦仍有犹豫，便当着李梦的面接通了电话。

电话里陈宏昌只说让他晚上去刘伟任家一趟，有重要的事情商谈。

方义新挂了电话，对李梦笑道："是金水区的陈宏昌区长，让我晚上去一趟刘伟任副市长家里，你要不要跟我一起去?"

李梦听到了电话的内容，暗道，方龙集团真要是有刘副市长的支持，这事便绝做不了假，而且大有可为，便笑着应了下来。

当晚，方义新带着李梦到刘伟任家的时候，蒋良生与陈宏昌都已经到了。

见方义新带了个陌生女人过来，陈宏昌不禁冲方义新皱了皱眉头。方义新简单介绍李梦是碧沙广告的总经理，便一起坐了下来。

刘伟任却只闲谈些欢迎方龙集团来投资的官话，不说让他过来的意图，方义新心知这是碍于李梦，闲谈中便笑说李梦是他当年的梦中情人，这次来商都竟然能够相遇也是缘分。李梦更是场面上的老手，顺着方义新的话，若有似无地倚坐在方义新身边，颇有些小鸟依人的味道。

待方义新讲出有意让李梦从中牵线，与荣光地产、锦苑国际联合接手雁鸣湖改造项目的想法后，刘伟任才笑着点头道："义新到底是年轻人，脑子活络，这个想法确实可行。方龙集团实力雄厚，若是能三家携手共同开发雁鸣湖沿岸及国棉厂的项目，是加了双重保险，不要说金水区政府，市里这边自然也会大力支持。"

方义新看了眼李梦道："这还只是个初步的想法，还是要跟总公司那边商议一下，我准备最近几天带着李总一起回一趟洛城。"

刘伟任笑着点了点头，看了眼陈宏昌。陈宏昌道："昨天我们金水区政府组织了专题会议，再次讨论了雁鸣湖东岸大学城开发事宜，在钟秀路以北对着国棉厂的位置还有块五十亩的空地一直闲置，金水区政府准备尽快安排，在合适的时候挂牌拍卖。"

"若是方龙集团有兴趣，这块地的拍卖方龙集团优先。"蒋良生见方义新面带疑惑接口道。

方义新听着已是心中有数，这是准备搞一场定向拍卖，那五十亩地就是刘伟任为方龙集团这次没能拿下国棉厂地皮给出的补偿。毕竟为了这件事，方龙集团也是做了充足的准备，就是冲着方家的面子，刘伟任也要有所交代。

　　若是没有跟荣光地产、锦苑国际合作开发的想法，这自然是件好事，这次过来总算不是一无所获，但现在的形势，自己若是退而求其次，只带了这五十亩地回去，方家谁都看得明白这是商都的关系卖给方家的面子，自己相当于铩羽而归。

　　这样的结果对自己来说是百害而无一利，为今之计只有带着李梦一起回洛城，拟定一份参与荣光地产、锦苑国际共同开发雁鸣湖东岸的计划之后再做打算。

　　有这五十亩地一起纳入计划是锦上添花，到时候局势扭转，这事就变成自己为了加速方龙集团进驻商都地产业而看准时机，随机应变的结果。

　　"那真是谢谢陈区长，谢谢刘副市长、蒋秘书长对我们方龙集团的支持，不过这件事我需要向洛城那边汇报一下，毕竟事态有了变化，一切还要等总公司决议……"方义新笑着一一谢过，并没有当场答应下来。

　　刘伟任丝毫不以为意，他只是不想驳了方家的面子，至于方家最后怎么决定，对他来说都无关紧要。若是方龙集团真的参与进雁鸣湖东岸及国棉厂的改造项目中，以方家的强势，到时候自然有罗荣民发愁的时候。

　　方义新又闲谈了几句，便带着李梦一起出了刘伟任家。两人刚上了李梦的车，李梦便亲昵地斜倚着方义新肩膀笑道："义新，咱们什么时候回洛城啊？"

　　方义新看了眼娇媚异常的李梦，不由得心神荡漾，伸手要摸一把李梦的脸蛋，却被李梦娇羞地躲了过去，他心下更是遐想联翩，调笑李梦道："回洛城不急，不过咱们这么多年不见是不是该好好叙叙旧了？"

　　李梦笑着瞥了方义新一眼，娇笑道："人家都要跟你回洛城了，你还想怎么样？"说着启动了汽车。

　　夜幕下两人驱车回到了方义新住的华庭酒店，方义新终究还是被李梦从车上赶了下来。看着远去的车灯，方义新仍是有些心摇神动，暗道，迟早吃了你这个浪女人。

李梦把车开过街口停下来，从包里拿出湿纸巾，认真擦拭着刚才被方义新握过的手。连副市长刘伟任都要卖方家的面子，就凭这一点她就已经下定了参与的决心，但也要好好打算一下，该如何与方义新打这个交道……

◎
第 57 章